苏州文学地图

张鸿声　主编

图书在版编目(CIP)数据

苏州文学地图 / 张鸿声主编. —北京：北京大学出版社，2023.1
（城市文学地图系列）
ISBN 978-7-301-33299-3

Ⅰ.①苏… Ⅱ.①张… Ⅲ.①地方文学史—苏州 Ⅳ.① I209.953.3

中国版本图书馆 CIP 数据核字（2022）第 160220 号

书　　　名	苏州文学地图 SUZHOU WENXUE DITU
著作责任者	张鸿声　主编
责任编辑	张雅秋
标准书号	ISBN 978-7-301-33299-3
出版发行	北京大学出版社
地　　　址	北京市海淀区成府路 205 号　100871
网　　　址	http://www.pup.cn　新浪微博：@北京大学出版社
电子邮箱	编辑部 wsz@pup.cn　总编室 zpup@pup.cn
电　　　话	邮购部 010-62752015　发行部 010-62750672　编辑部 010-62757065
印　刷　者	涿州市星河印刷有限公司
经　销　者	新华书店
	710 毫米 × 1000 毫米　16 开本　20 印张　204 千字 2023 年 1 月第 1 版　2024 年 6 月第 2 次印刷
定　　　价	88.00 元

未经许可，不得以任何方式复制或抄袭本书之部分或全部内容。
版权所有，侵权必究
举报电话：010-62752024　电子邮箱：fd@pup.cn
图书如有印装质量问题，请与出版部联系，电话：010-62756370

目录

丛书总序 .... 张鸿声 / 1

第一章 姑苏市肆 1
 一 城·门 1
 二 市井商肆 18
 三 姑苏街巷 39

第二章 百艺游娱 56
 一 书画百艺 56
 二 茶娱饮食 62

第三章 水之乡 86
 一 水乡：渔民、商业、内河 86
 二 枫桥与寒山寺 96
 三 甪直与甪直的文学故事 109

第四章 园　林 133
 一 沧浪亭 133
 二 狮子林 142
 三 拙政园 154
 四 留　园 168

第五章 虎　丘 176
一　虎丘山 176
二　虎丘之宜 186
三　虎丘胜迹 199

第六章 近山诸胜 224
一　庭　山 224
二　天平山 240
三　邓尉梅景 249
四　灵岩山 255

第七章 名人与名宅 259
一　俞樾与曲园 259
二　章太炎与章园 271
三　周瘦鹃与紫兰小筑 282
四　范烟桥与邻雅旧宅 294
五　茧庐与程小青 303

丛书总序

关于本丛书，得从九年前说起。

2011年，中国地图出版社约我主编一本《北京文学地图》。当时，我主持了一个北京市的文化产业的项目，是关于北京文学旅游方面的。项目完成后，团队成员们都觉得意犹未尽，要说的题外话还很多，而且，比之项目本身还更有意思。之后，中国地图出版社的几位领导也极有兴趣，一再与我商谈，看是否能做成一部以近现代文学对北京城市的叙述为对象，以北京城市地理为脉络的随笔式文化著作，既能作为随笔散文来看，也能作为文学旅游的导读。

其实，这一类著作，在国外并不少见。比如，哈罗德布鲁姆（Harold Bloom）就主编有《巴黎文学地图》《纽约文学地图》《都柏林文学地图》《伦敦文学地图》《罗马文学地图》《圣彼得堡文学地图》等等。哈罗德布鲁姆是大名鼎鼎的文学理论家、批评家，执教于耶鲁、哈佛，其《影响的焦虑》是文艺研究的必读书。不过，哈罗德布鲁姆主编的这几本书，主要是叙述作家在城市中的行止。虽然也涉及作家对于城市空间的描绘，但不是最重要的。另外，讨论"文学中的城市"而又兼及旅游功能的读物也有。陈思和先生曾谈起，他在访问日本东京的时候，有朋友给他看了一幅真的地图，图上标出了许多著名作家的行旅路线。日本学术界和文化界在文学旅游方面的成果丰赡。其中，尤以京都大学为甚。2016年，我参加在京都举办的东亚汉学会会议，还顺道去查找过相关资料。我们不敢望前贤之高，但比之同类著作，《北京文学地图》也有不同的地方。其独特之处是，完全以作家的城市叙述为主。由于参与编写的都是大学文学院的学者，既有文学研究功底，也擅长散文写作，所以，按我的想法，著作立意与论述的蕴藉，来自深厚的学术研究；而文字的轻快与优美，又属于散文创作。在阐明学理性观念时，还要有文学性，以及旅游的实用性。

关于这一点，陈平原先生在给《北京文学地图》的序中说的非常准确，不妨在这里引录一下：

> 记得当初在《"五方杂处"说北京》（《书城》2002年3期）中，我提及如何兼及深度旅游与文学阅读，还专门介绍了Ian Cunninham 编纂的《作家的伦敦》（Writers' London, London: Prion Books Ltd. 2001）、马尔坎布莱德贝里（Malcolm Bradbury）的《文学地图》（台北：昭明出版社，2000），以及日本学者木之内诚《上海历史导游地图》（东京：大修馆书店，1999），并大发感慨："曾在不同场合煽风点火，希望有人步木之内诚先生后尘，为北京编著'历史导游地图'，可惜至今没人接这个茬。"事后证明，我属于只会空想、执行力很差的书斋人物。因为不断有读过此文者，邀约以文学家的眼光写一册

"北京旅游指南",我都临阵退却——不是没兴趣,而是杂事繁多,担心答应下来,不知何年何月才能完成。

现在好了,张鸿声教授的团队实现了我的梦想,让早已消逝在历史深处的老舍的太平湖、蔡元培的孔德学校,以及只剩下遗址供人凭吊的圆明园、前门火车站,还有虽巍然屹立却也饱经沧桑的钟鼓楼、琉璃厂等,以简明扼要而不失丰满的叙述呈现在读者面前。我曾经说过,"虽有文明史建构文学史叙述的考虑,但我更希望像波德莱尔观察巴黎、狄更斯描写伦敦那样,理解北京这座城市的七情六欲、喜怒哀乐。如此兼及历史与文学的研究角度,当然是我自己的学科背景决定的。"本书作者与我学识及志趣相近,故所撰不同于一般的文化史著作,带有浓厚的文学色彩。

关于《北京文学地图》,陈平原先生不免抬爱,有些话说的我都不好意思。但是,对于这本书的立意、类型与文学风格,却又说的非常精到。

这之后,出版社力劝我再做一本《上海文学地图》。我原本的专业研究,多是以上海文学为对象的,所以也就更方便一些。2012年底,《上海文学地图》也出版了。因为已经有了《北京文学地图》的写作经验,《上海文学地图》的编写就更扎实,材料也更多。陈思和先生给《上海文学地图》作序,写序过程中,他考察了书中涉及的巴黎大戏院、长乐路的文化艺术出版社、宝山路的商务印书馆等文艺旧址,颇显考据功夫。他说:

王国维考据学提出二重证据法,即"地下之材料"与"纸上之材料"的二重互证。我想人的经验在尚未消失之前,深藏于脑海深处,如同深埋于地底下,把这些经验写出来也如同出土文物一般,若再与书中描写的细节两相对照,亦可证其说不虚。

陈思和先生关注材料方面的考据。序中还说此书有"考据"的成分,则真是夸奖了:

这样的书阅读起来真是有趣味,每一章、每一节,鸿声教授与他的团队都做了认真的考据,结合文学作品的描写,将历史的上海和文学的上海互为见证。

除此之外,两本"地图"的趣味性也是重要特色。我在《北京文学地图》的"后记"中说了一段话:"既可以按照城市地理,寻找北京的文学故事,又可以在文学中,发现北京的城市内奥;面对北京的一砖一瓦,见出别样的光辉。说俗一点,既可以是'北京的文学游',又可以说是'游览'了北京的文学。"因为趣味的关系,我当时还给两本书题了书名,尽管当时我的书法比较糟糕。

《北京文学地图》出版之后,在不长的时间里,第一版第一次印刷就告售罄。很快,出版社就进行了第二次印刷。之后,出版社还出了一种普及本。其间,不断有朋友向我索取,样书很快也送完了,我只好在网上购买再送朋友。很快,网上也没有书了。当时,出版社还有继续做下去的动议,两本书的封面还有"城市文学地图系列丛书"字样,只是我实在没有精力去做了。后来,我在访问台湾几所大学的时候,谈起这两本书,台湾的教授朋友们非常有兴趣,还说以后到大陆来,要拿着书作为游览北京、上海的"攻略"。我听了心下一惊,不免暗暗叫苦:倘若书中某处写的不准确,把人家领错了路怎么办呐!由于台湾朋友的推荐,台湾著名的五南出版社编辑惠娟女士多次与我商谈台湾版的问题,并约定在下一次访问台湾时详说细节。只不过,因为诸事烦扰,约定的出访没有成行,台湾版的事情也就没有跟进。之后,因为各种事情耽误,后续的工程也搁下了。这一搁,就是5年。

大约在2017年,我的一部专著《城市现代性的另一种表达》在北京大学出版社出版。因为后期编校的原因,我与北京大学出版社的张雅秋老师——也是我多年的朋友——常常要见面,或者她来朝阳,或者我去海淀,就说起"地图"的事情。她觉得,这一套"文学地图"实在应该做下去。虽然北京、上海两个城市的"文学地图"已经完成,可是,以中国这样伟大的文学国度,还有若干个文学城市的地图需要去发现。这中间,我在校内也换了岗位,相对有了余裕,于是,关于南京、苏州、杭州、成都的"文学地图"编写又开始了。虽然有此前两本书的写作经验,但是,对于宁、苏、杭、蓉等文学城市的认知可能更加复杂。一来,与上海比较,宁、苏、杭、蓉等城市的文学叙述多属古代文学,需要写作团队深厚的古典文学功力;二来,所涉及文学作品,多是散在的小型篇制,资料的查找有较大困难。而成都呢,可讲的作家文字又不太够,且还集中于李劼人。整个材料体量很不均匀。所有这些,都构成了写作的困难。好在有两个力量不断使我增加信心，一是北京大学出版社的支持，特别是雅秋的不断督促；二是，一众古典文学学者加入进来，而且，他们多有在苏州、杭州、南京、成都生长、读书乃至工作的经历。在这里，要深深感谢各方面。

关于宁、苏、杭、蓉等城市文学地图，除去与北京、上海两书的共有性之外，还有两个特点。一是大量讲述城市的文学故事，并由故事带出文学地理。比如杭州，有白居易与白堤、苏东坡与苏堤、林逋与孤山、苏小小与西泠、梁祝与凤凰山，还有《白蛇传》与断桥、雷峰塔，以及李叔同与虎跑等等；二是，比之北京、上海两书，因城而异，涉及的文学文体与年代更加多元。比如，文学的北京、上海，由于是核心城市，除了传统文体，所涉及的当代流行歌曲、影视作品也很多。而在宁、苏、杭、蓉文学地图中，除却诗歌、戏剧、散文、小说、典籍、史志之外，更多的是古代的杂记、笔记、掌故。另外，民间故事也占了相当篇幅。涉及当代文学的部分也很多，如叶兆言、陆文夫、范小青等等。

宁、苏、杭、蓉四本"文学地图"将要出版了。我想，在我们手持一卷，走过了北京、上海的文学天地之后，进入更加温婉、柔和的文学风景中，也许更加惬意。城市的文学行走，也必定会持续下去。

张鸿声

2020 年 5 月于北京朝阳

第一章　姑苏市肆

一　城　门

学者顾颉刚先生是苏州人,他曾说过:"苏州城之古为全国第一,尚是春秋时物。"苏州城门历史长达两千五百余年,源自春秋始建的阖闾城。西晋左思的《吴都赋》描述了阖闾城的宏伟与秀丽:

> 郛郭周匝,重城结隅。通门二八,水道陆衢。所以经始,用累千祀。宪紫宫以营室,廓广庭之漫漫。寒暑隔阂于邃宇,虹霓回带于云馆。所以跨跱,焕炳万里也。造姑苏之高台,临四远而特建,带朝夕之浚池,佩长洲之茂苑。

《吴都赋》所说的"吴都",既指古吴都会苏州,又指东吴建业,是一个兼括两地、包容古今的泛时空概念。据唐代《吴地记》说,阖闾城有八座水陆城门,"西阊、胥二门,南盘、蛇二门,东娄、匠二门,北齐、平二门","陆门八,以象天之八风,水门八,以象地之八卦"。汉代之后,城门数量多次增减,名字屡有变化,今天苏州城门仍以八为数。

(一)传奇的胥门

胥门与盘门同为苏州幸存的古代城门。

胥门位于城西万年桥南。胥门作东西向,为春秋吴国建造都城时所辟古门之一,以遥对姑胥山(即姑苏山)得名。《苏州府志》云:"胥门,西门也,在阊门南,一曰姑胥门。"胥门因"伍子胥宅在其旁"(范成大《吴郡志》),城门上悬挂过伍子胥的头颅而天下尽晓。现存城门为元至正十一年(1351)重建,明清重修。

明凌濛初《二刻拍案惊奇》第三十三卷《杨抽马甘请杖,富家郎浪受惊》"正话"前的"入话"讲了明朝永乐年间苏州籍人氏姚广孝在胥门受辱的故事。姚广孝乃是僧家出身,广有法术,兼习兵机,因辅佐燕王朱棣登上皇位而封少师之职。

一日,成祖皇帝御笔亲差他到南海普陀落伽山进香。少师随坐了几号大样官船,从长江中起行。不则数日,来到苏州码头上,湾船在姑苏馆驿河下。苏州是他父母之邦,他有心要上岸观看风俗,比旧同异如何。屏去从人,不要跟随,独自一个穿着直裰在身,只做野僧打扮,从胥门走进街市上来行走。

正在看玩之际,忽见喝道之声远远而来。市上人虽不见十分惊惶,却也各自走开在两边了让他。有的说是管粮曹官人来了。少师虽则步行,自然不放他在眼里的,只在街上摇摆不避。须臾之间,那个官人看看抬近,轿前皂快人等高声喝骂道:"秃驴怎不回避!"少师只是微微冷笑。就有两个应捕把他推来抢去。少师口里只说得一句道:"不得无礼,我怎么该避你们的?"应捕见他不肯走开,道是冲了节,一把拿住。只等轿到面前,应捕口禀道:"一个野僧冲道,拿了听候发落。"轿上那个官人问道:"你是那里野和尚,这等倔强?"少师只不作声。那个官人大怒,喝教拿下打着。众人喏了一声,如鹰拿燕雀,把少师按倒在地,打了二十板。少师再不分辨,竟自忍受了。

才打得完,只见府里一个承差同一个船上人,飞也似跑来道:"那里不寻得少师爷到,却在这里!"众人惊道:"谁是少师爷?"承差道:"适才司道府县各爷多到钦差少师姚老爷船上迎接,说着了小服从胥门进来了,故此同他船上水手急急赶来,各位爷多在后面来了,你们何得在此无理!"众人见说,大惊失色,一哄而散。连抬那官人的轿夫,把个官来撇在地上了,丢下轿子,恨不爷娘多生两只脚,尽数跑了,刚刚剩下得一个官人在那里。

第二天,少师姚广孝并未将这个官员治罪,只说这是上辈子欠下的,让这位官员也不必放在心上。这位当了官的和尚也续写了胥门的传奇。

(二)繁华的阊门

阊门,乃苏州古城之西门,通往虎丘方向。文人们把阊门看作苏州之始:"吴趋自有史,请从阊门起。"(陆机《吴趋行》)苏州的老百姓则有一句广为流传的老话,"金阊门,银胥门",说明了这座城门的富贵气象。

阊门始建于春秋时期(前514),是苏州古城八座水陆城门之一。据《吴越春秋》载:"大城立昌门者,象天通阊阖风。"取名"阊门",乃是象征"以通天气"。周显王十四年(前355)阊门遭战火毁损,战国末年(前248)重新修建。秦汉时期,阊门一直没有变化,"二八通门,仍皆其旧"。六朝时期,阊门仍是最主要的一门。西晋文坛领袖陆机在《吴趋行》中曾夸赞它巍峨的气象:"阊门何峨峨,飞阁跨通波。"隋唐时期,随着大运河的开通,阊门一带水巷迤逦,舟船往来。中唐著名的"悯农"诗人李绅描摹阊门景象说:"烟水吴都郭,阊门架碧流。"(《过吴门二十四韵》)唐宝历二年(826),白居易任苏州刺史时,在阊门到虎丘之间开凿了一条长达七里的山塘河。离开苏州以后,他曾作词回忆从阊门出发朝出暮归的嬉游经历:"阊门晓严旗鼓出,皋桥夕闹船舫回。"(《忆旧游》)五代后梁龙德二年(922),阊门又改用砖砌。宋元时期,阊门多次修缮,愈加壮观。到明代,阊门成为商业贸易中心。唐寅在《阊门即事》诗中更是赞道:

世间乐土是吴中,中有阊门更擅雄。翠袖三千楼上下,黄金百万水西东。五更市买何曾绝？四远方言总不同。若使画师描作画，画师应道画难工。

世间的乐土在吴中，吴中的盛地在阊门。阊门美女如云，黄金成堆，云集四方商贾、八方来客，商铺繁华不分昼夜。这样的景象即使一等的画师，也很难画出来。

清代是阊门繁荣的鼎盛时期。尤其在康乾年间，阊门内外汇聚了全国十多个省近五十家商业会馆及公所，外国商贩也来此设铺贸易，故有"金阊门"之誉。咸丰十年（1860），阊门因庚申之役毁于战火。虽于三年后（同治年间）部分重建，但整个阊门地区都失去了昔日的辉煌。到20世纪50年代，阊门只剩下城门北侧弧形一角，两千多年历史的古城门自此消失。如今，阊门外一带有石路商业区，小服装店云集，东中市、西中市被认为是特色五金街，还有最热闹的七里山塘街。

传言孔子当年登山"望东吴阊门"，感叹"吴门有白气如练"。阊门既是一个原点性的地标，也是苏州繁华中心。清代徐扬画的《姑苏繁华图》中，最为繁华最有看头的就是阊门段。《红楼梦》开篇第一回也说阊门"最是红尘中一二等富贵风流之地"。因此，阊门也成为苏州的标志。中唐张籍《寄苏州白二十三使君》诗曰："阊门柳色烟中远，茂苑莺声雨后新。此处吟诗向山寺，知君忘却曲江春。"诗题中的白二十三指时任苏州刺史的白居易，诗句中的阊门、茂苑指苏州。作为白居易的好友，张籍赞美白居易修建的七里山塘让苏州的春色更加秀丽,更钦佩他在政治失意、外任苏杭期间能够勤勉政务,忘却长安城里的诽谤和是非。

北宋词人贺铸北游后重返苏州时想起亡妻,强烈的物是人非之感涌动心间,深情地写下词章:"重过阊门万事非,同来何事不同归?梧桐半死清霜后,头白鸳鸯失伴飞。原上草,露初晞,旧栖新垅两依依。空床卧听南窗雨,谁复挑灯夜补衣!"(《鹧鸪天》)这首词也以"阊门"指代苏州。贺铸本卫州共城(今河南辉县)人,历任州府副职,由于秉性刚直,尚气使酒,终生不得美官,悒悒不得志,不到五十岁就在苏州升平桥筑室定居。又因有别墅在横塘,时常扁舟往来。贺铸夫人赵氏,勤劳贤惠,曾与贺铸同住苏州,后来死在那里。贺铸再到阊门,缘物生情,由旧物之存想到爱妻之失,哀情顿出。

晚清文史学家、"越中俊才"李慈铭游览苏州,作《姑苏道中杂诗》曰:"唯亭灯火近黄昏,一夕江潮长旧痕。睡起耳目满吴语,绿杨烟晓泊阊门。"唯亭在距离苏州娄门东北三十五里的地方。据《百城烟水》记载,唯亭在过去是没有潮汐的,在南宋绍兴年间才始有。一个道人曾说:潮到唯亭出状元。宋时潮汐两至唯亭,明代四次,都果然有状元出现,非常灵验。诗人乘船经过唯亭,眺望姑苏黄昏的烟火,听江潮澎湃而来的声音。夜泊阊门,晨起听如歌的吴侬细语,看绿杨绕堤、人家枕河的水乡风光,这些成为诗人对苏州最深刻的印象。

阊门的风姿引人赞叹,与阊门的遇合离散也深深触动了许多文士的情怀。

白居易离任苏州刺史时,刘禹锡这样描写送别的场面:"闻有白太守,抛官归旧溪。苏州十万户,尽作婴儿啼。太守驻行舟,阊门草萋萋。挥袂谢啼者,依然两眉低。"(《白太守行》)老百姓舍不得这位仁厚的刺史,夹道相送,哭成一片。船即将从阊门驶离姑苏,白居易驻舟岸旁,向送行的人群挥手作别,难过得不敢正视他们的眼睛。刘禹锡也曾作诗表达自己离任苏州刺史时的心情:"流水阊门外,秋风吹柳条。从来送客处,今日自魂销。"(《别苏州二首》)阊门外流水淙淙,柳条依依,虽然经历过很多次离别,但唯有今天的离别最令人动容。离开苏州后,白居易经常怀念苏州,《忆旧游·寄刘苏州》诗云:

> 忆旧游,旧游安在哉?旧游之人半白首,旧游之地多苍苔。江南旧游凡几处?就中最忆吴江隈。长洲苑绿柳万树,齐云楼春酒一杯。阊门晓严旗鼓出,皋桥夕闹船舫回。修蛾慢脸灯下醉,急管繁弦头上催。六七年前狂烂熳,三千里外思徘徊。李娟张态一春梦,周五殷三归夜台。虎丘月色为谁好?娃官花枝应自开。赖得刘郎解吟咏,江山气色合归来。

江南旧游有多处,最让白居易怀念的还是苏州。河畔的柳树、齐云楼的美酒、阊门的晨光、七里山塘的嬉游、虎丘的月色、灯下的美人,聚合成一种疏狂烂漫的回忆,让他魂牵梦绕。阊门胜景,亲手规划，水路的开通惠民利民，因此白居易对阊门有一种别样的深情。

王安石也曾到过苏州，他的《泊舟姑苏》诗曰："朝游盘门东，暮出阊门西。四顾茫无人，但见白日低。荒林带昏烟，上有归鸟啼。物皆得所托，而我无安栖。"这首诗是王安石任舒州通判期间，于皇祐五年（1053）六月过常州至苏州相水时所作。当时的他三十三岁，在政治上有野心有抱负，在职务上颇有政绩，但提出的政见并没有被仁宗皇帝采纳。他到苏州，对景物的感受和别人不同。别人看见的是阊门的繁华，他感受到的却是阊门的空旷。别人赞叹的是阊门的雄伟，他看在眼里的却是树枝上的归鸟。他就像一只无枝可依的鸟儿，对政治前途充满了迷茫。

书画大家米芾《阊门舟中戏作呈伯原志东》其二写自己在阊门附近寻访春秋时代吴王长洲苑、潮汐池遗迹，诗句说："吴王故苑古长洲，潮汐池边一伫留。秀蕙芳兰无处所，乱莞丛苇满清流。"昔日秀蕙芳兰满长洲的繁华景象已经成为历史了，只能在凌乱的蒲苇中辨识遗迹，历史沧桑感不免由此而生。米芾有一次在风雨中游阊门，作诗《阊门舟中戏作呈伯原志东》，其一曰："颠风忽起吹舟悍，雨打图书藏裹乱。阊门咫尺不安流，何况盟津与江汉。非无轻楫并长樟，逆风流水适相遭。须臾风回水流顺，星宿浮槎问月高。"阊门的风雨都这么大，更何况黄河南岸的盟津和长江汉江？但须臾之间，风平浪静，满船星月。米芾作为书法名家，书法风格痛快淋漓，欹纵变幻，雄健清新，他对阊门的感受也充满了雄浑豪健之气。

苏州是富贵风流地,"金阊门"的富贵风流尤甚。发生在这里的悲欢离合、起伏跌宕的故事,或苍凉,或香艳,至今仍令人唏嘘感叹。

刘禹锡《泰娘歌》写阊门歌伎泰娘从风光无限到凄凉沦落的一生:

> 泰娘家本阊门西,门前绿水环金堤。有时妆成好天气,走上皋桥折花戏。风流太守韦尚书,路傍忽见停隼旟。斗量明珠鸟传意,绀幰迎入专城居。长鬟如云衣似雾,锦茵罗荐承轻步。舞学惊鸿水榭春,歌撩上客兰堂暮。从郎西入帝城中,贵游簪组香帘栊。低鬟缓视抱明月,纤指破拨生胡风。繁华一旦有消歇,题剑无光履声绝。洛阳旧宅生草莱,杜陵萧萧松柏哀。妆奁虫网厚如茧,博山炉侧倾寒灰。蕲州刺史张公子,白马新到铜驼里。自言买笑掷黄金,月堕云中从此始。安知鹎鸟座隅飞,寂寞旅魂招不归。秦嘉镜有前时结,韩寿香销故箧衣。山城少人江水碧,断雁哀猿风雨夕。朱弦已绝为知音,云鬟未秋私自惜。举目风烟非旧时,梦寻归路多参差。如何将此千行泪,更洒湘江斑竹枝。

诗中的泰娘色艺俱佳,青春年少时风光无比,终不免零落无依的命运。刘禹锡为歌作序曰:"泰娘本韦尚书家主讴者。初,尚书为吴郡,得之,命乐工诲之琵琶,使之歌且舞。无几何,尽得其术。居一二岁,携之以归京师。京师多新声善工。于是又捐去故技,以新声度曲。而泰娘名字往往见称于贵游之间。"可悲的是,在元和初,尚书死于东都。泰娘出居民间,坐吃山空。后来成了蕲州张刺史的歌伎。不料张刺史被贬武陵郡后郁郁而死,泰娘又成了无家可归的可怜人。在偏僻的南蛮武陵,谁人识得泰娘的美貌和技艺?!泰娘终日抱着乐器自弹自唱,歌声悲凉。(郑凤鸣《阊门女人》)阊门是繁华之地,泰娘曾经是点缀繁华的明珠。当她年老色衰时,阊门抛弃了她。这样的命运又何止泰娘一人呢!

冯梦龙《警世通言》第二十六卷《唐解元一笑姻缘》写的是"唐伯虎点秋香"的故事。唐伯虎对秋香一见钟情就是在阊门:

> 却说苏州六门:葑、盘、胥、阊、娄、齐。那六门中,只有阊门最盛,乃舟车辐辏之所。真个是:
> 翠袖三千楼上下,黄金百万水东西;
> 五更市贩何曾绝,四远方言总不齐。
> 唐解元一日坐在阊门游船之上,就有许多斯文中人,慕名来拜,出扇求其字画。解元画了几笔水墨,写了几首绝句。那闻风而至者,其来愈多。解元不耐烦,命童子且把大杯斟酒来。解元倚窗独酌,忽见有画舫从旁摇过,舫中珠翠夺目,内有一青衣小鬟,眉目秀艳,体态绰约,舒头船外,注视解元,掩口而笑。须臾船过,解元神荡魂摇,问舟子:"可认得去的那只船么?"舟人答言:"此船乃无锡华学士府眷也。"解元欲尾

其后,急呼小艇不至,心中如有所失。

当然,秋香初赏唐寅风流也是在阊门,二人成婚后,唐寅问起当日掩口而笑的缘故,秋香说:

> 妾昔见诸少年拥君,出素扇纷求书画,君一概不理,倚窗酌酒,旁若无人。妾知君非凡品,故一笑耳。

冯梦龙《醒世恒言》第二十卷《张廷秀逃生救父》说的是明万历年间的事。江西南昌府人张权家道中落,学了木匠。他与妻子商议,离开故土,搬到苏州阊门外皇华亭侧边开个店铺,起个别号,在白粉墙上刷两行大字:"江西张仰亭精造坚固小木家火,不误主顾。"后来张权带两个儿子入阊门,到天库前开玉器铺子的王员外家做活儿。王员外看中他的长子张廷秀,过继为义子,并将二女儿玉姐许配给他。王员外的长女瑞姐和女婿赵昂因为嫉妒,陷害张权入狱,张廷秀兄弟要为父申冤,又险些被赵昂设计害死,不幸流落他乡。二人日后科场高中,才救了父亲性命。阊门的富贵暗藏着矛盾和斗争,这一场由财富引发的家庭纠纷,是很多阊门商贾家庭生活的缩影。小说也写尽了金钱社会的世态炎凉。张权落难之时,那伙计并家人,见此般光景,也不相顾,各自去寻活路。张廷秀兄弟落水分别被救,那救人的其中一个是商人,因自己没有儿子,就把弟弟文秀骗到河南为自己养老。另一个是戏班班主,戏班缺人,就把廷秀骗到南京当了戏子。这两个自私自利的"恩人"趁火打劫，全然不想别人家的冤情利害。王员外家的奴仆得了赵昂夫妻的银子，便不分是非曲直，协助歹人陷害张廷秀，挤兑玉姐。

冯梦龙《山歌》也屡次提到阊门。《镬子》唱一个被虐待的女子最终被卖入娼门：

你搭自弗小心，吃个白日撞偷子物事；你再去请子个天地，扎子个草人，籴子个黄豆，也来打个奴身。打得百践粉碎，折开子我个盖老，卖来别人。换子一个汤罐，倒找子渠银子三分，上子野蛮子个担上，一挑挑出子阊门。[黄莺儿]挑出郡阊门，上新桥望北行。冶坊浜里家居近，姓王近村，三代有名。家中大小多得甚，细详论，指望一夫一妇，原来靠此做营生。（歌）安我来粪箕里，一丢丢子我来炉里去，依先入子个火坑门！

《破骔帽歌》以一个成了精的帽子的口吻唱主人小张官人的生活：

总成你相交子多少姹童窠子？陪伴子若干监生举人？看子多少提偶，扮戏，游湖，踏青？唱船里人中显贵，酒楼上闹里夺尊。捉个猪胆去油，教我受子多少腌臜苦脑？捉个百药箭上色，教我吃子多少乌皂泥筋？板刷常常相会，引线弗曾离身。一日子修理得介停当，戴出子阊门。月城里遇着子朋友说话，聚集了东西来往无数个闲人。

《山人》讽刺算卦的先生：

> 头戴无些正，全靠虚帮衬。嗏，口里滴溜清，心肠墨锭！八句歪诗，尝搭公文进。今日胥门接某大人，明日阊门送某大人。

冯梦龙的山歌唱市井百态：女人被卖到阊门做妓女，男人在阊门这个众生云集的热闹地方靠头顶的帽子显示身份，算卦先生在阊门胥门为人们预测命运沉浮。文学作品中的阊门，既有富贵风流，温情脉脉，也有贫寒悲苦，身不由己；阊门的芸芸众生，与别处一样充满矛盾斗争，世态炎凉，尔虞我诈，无情浇薄。

（三）荷花飘香的葑门

葑门位于苏州城东。史志上关于其来历和名称含义的记载颇多，且富有传奇色彩。其名称就有葑门、封门、鱄门、鲟门等。据说，"封门"是以今湖州德清的封、禺二山得名。又因为周围多水塘，盛产葑（茭白），改为葑门。清初重建门楼，题以"溪流清映"额。1936年门楼被拆除，1950年代初城门又被拆除。

据旧籍记载，苏州的荷花荡共有三处：一是石湖湖湾的走狗荡，二是天荡西北湖湾的葑门荷荡，三是黄天荡。袁宏道《荷花荡》写到："荷花荡在葑门外，每年六月廿四日，游人最盛。"葑门荷荡，即诸多明清文人笔下的荷花荡。《百城烟水》说："荷花荡在葑门外二里许，其东南接黄天荡。"清乾隆《元和县志》谓："葑门东南出瓦屑泾，过荷花荡为朝天湖，即黄天荡"；又说："荷，有红、白、黄、碧、锦边、并头、西番、罗汉、观音诸种，葑门外最甚。"可见，荷花荡就在葑门外瓦屑泾和黄天荡之间。

明清时期记载观荷风俗的诗文很多。明代"性灵派"文学家袁宏道曾在苏州为官，他把"六月荷花二十四"称为"苏人三件大奇事"之一（冯梦龙《古今谭概》）。其散文《荷花荡》记载了是日观荷游赏的盛况：

> 荷花荡在葑门外，每年六月廿四日，游人最盛。画舫云集，渔舟小艇，雇觅一空。远方游客，至有持数万钱，无所得舟，蚁旋岸上者。舟中丽人，皆时妆淡服，摩肩簇舄，汗透重纱如雨。其男女之杂，灿烂之景，不可名状。大约露帏则千花竞笑，举袂则乱云出峡，挥扇则星流月映，闻歌则雷辊涛趋。苏人游冶之盛，至是日极矣。

明天启二年（1622），张岱偶至苏州，恰逢"荷花生日"，写就了散文名篇《葑门荷宕》，其中援引袁宏道《荷花荡》的相关描述，并进一步说：

盖恨虎丘中秋夜之模糊躲闪，特至是日而明白昭著之也。

张岱曾写散文《虎丘中秋夜》，盛赞虎丘的中秋之夜昆曲演唱高潮迭起，犹如天籁，及至看了荷花生日的盛况，忽然觉得昆曲的韵致"模糊躲闪"，反倒不如荷花荡的热闹明艳来得痛快！

冯梦龙《醒世恒言》第四卷《灌园叟晚逢仙女》中，灌园叟秋先的家住在江南平江府东门外长乐村，离城有两里地，对面就是荷花荡：

> 篱门外，正对着一个大湖，名为朝天湖，俗名荷花荡。这湖东连吴淞江，西通震泽，南接庞山湖。湖中景致，四时晴雨皆宜。秋先于岸傍堆土作堤，广植桃柳。每至春时，红绿间发，宛似西湖胜景。沿湖遍插芙蓉，湖中种五色莲花。盛开之日，满湖锦云烂熳，香气袭人，小舟荡桨采菱，歌声泠泠。遇斜风微起，傫船竞渡，纵横如飞。柳下渔人，舣船晒网。也有戏鱼的，结网的，醉卧船头的，没水赌胜的，欢笑之音不绝。那赏莲游人，画船箫管鳞集。至黄昏回棹，灯火万点，间以星影萤光，错落难辨。深秋时，霜风初起，枫林渐染黄碧，野岸衰柳芙蓉，杂间白蘋红蓼，掩映水际。芦苇中鸿雁群集，嘹呖干云，哀声动人。隆冬天气，彤云密布，六花飞舞，上下一色。那四时景致，言之不尽。有诗为证：

朝天湖畔水连天，不唱渔歌即采莲。

小小茅堂花万种，主人日日对花眠。

……倘有花片，被雨打泥污的，必以清水再四涤净，然后送入湖中，谓之"浴花"。

明代戏剧家马佶人著有传奇《荷花荡》，讲述寄寓虎丘僧舍的落魄公子李梦白和阊门富家小姐傅莲贞六月廿四日在荷花荡一见钟情的故事。剧本唱词描述了当时赏荷的热闹景象：

画船一望集如云，到闹丛中去夺尊。……觅扁舟，探荷香，览胜湖滨，好一派接天碧出水红，新又听得歌声和香风阵阵迎。

清代袁学澜所著风俗书《吴郡岁华纪丽》对赏荷也有生动的记述，说在荷花生日这一天，按照旧俗，人们纷纷到葑门外荷花荡观荷纳凉。画船箫鼓，群集于此。还有在荷花荡观看赛龙舟的风俗，小艇野航，依然毕集。赏荷时经常遇到晚上下雨的情况，游人只好赤脚而归，因此民间有"赤脚荷花荡"的歌谣。

不过，清嘉庆后，受太平天国战事影响，葑门荷荡赏荷活动越来越冷清了。《清嘉录》说："今数十年来，翠盖红衣，零落殆尽，烟波浩渺，剩有小艇渔父，相为莫逆而已。"袁学澜《荷诞日葑门荷花荡观荷并序》说赏荷的游客已渐渐从葑门流向虎丘："今世异时移,游客皆舣舟虎阜山浜,以应观荷佳节……余忆昔之盛,而慨今之衰。"观荷纳凉的风俗,在咸丰、同治年间已逐渐衰落了。

民国时期把黄天荡称为荷花荡,仍有可观。据民国版的《苏州指南》记载,荷花塘在葑门外觅渡桥东南七八里,独墅湖旁。居民在岸边筑小堤,以种植荷花为业,荷花田绵亘数里。夏季荷花开放的季节,色如云锦,清香扑鼻。城中的百姓,多雇船去游览。一般提前一天做好各项准备工作,拂晓就登舟,赶在太阳没有升起、露珠没有晒干的时候到达,那时的景致最好。周瘦鹃在散文《莲》中,把莲花称作"君子之花",并记述某年农历六月二十四日,就是莲花生日这一天,曾与程小青、陶冷月雇船前往黄天荡观莲。他的另一篇散文《荷花的生日》(收入周瘦鹃《花木丛中》)则追慕古人赏荷的风雅,感慨如今看花却不见花的尴尬,回忆和亡妻一起逛荷花荡的往事:

> 而苏州旧俗,红男绿女总得挑上这一天去逛荷花荡,酒食征逐,热闹一番,再买些荷花或莲蓬回去。其见之诗词的,如邵长蘅《冶游》云:"六月荷花荡,轻桡泛兰塘;花娇映红玉,语笑熏风香。"舒铁云《六月二十四日荷花荡泛舟作》云:"吴门桥外荡轻舻,流管清丝泛玉凫。应是花神避生日,万人如海一花无。"高高兴兴地趁热闹去看荷花,而偏偏不见一花,真是大杀风景;那只得以花神避寿解嘲了。词如沈朝初《忆江南》云:"苏州好,廿四赏荷花。黄石彩桥停画鹢,水晶冰窨

劈西瓜。痛饮对流霞。"张远《南歌子》云："六月今将尽，荷花分外清。说将故事与郎听。道是荷花生日，要行行。粉腻乌云浸，珠匀细葛轻。手遮西日听弹筝。买得残花归去，笑盈盈。"记得二十余年前，我与亡妻凤君也曾逛过荷花荡，扁舟一叶，在万柄荷叶荷花中迤逦而过，真有"花为四壁船为家"的况味。凤君买了几只莲蓬，剥莲子给我尝新，此情此景，历历在目，可惜此乐不可复再了！

二 市井商肆

（一）商　肆

意大利旅行家马可·波罗在游记中曾提到苏州城，说它漂亮得难以想象。他在游记中说，苏州方圆有三十二公里，人口众多、稠密，管辖十六个富庶的大城市和城镇，商业和工艺十分繁荣兴盛。苏州的名字是指"地上的城市"，正如行在（杭州）的名字是指"天上的城市"一样。的确，明清时期，苏州是繁华的东南都会，水上交通便利，贸易繁荣。明代藏书家郎瑛《七修类稿》将苏州与杭州相比，说若论风光景致，两者同样卓绝，"若以钱粮论之，则苏十倍于杭"。明代吴江学士莫旦《苏州赋》把苏州府的水乡风情和市井繁华描摹得淋漓尽致：

苏州，拱京师以直隶，据江浙之上游，擅田土之膏腴，饶户口之富稠；文物萃东南之佳丽，诗书衍邹鲁之源流，实江南之大郡，信天下之无尕。……若夫水村山郭，沃壤平原；洲渚相间，阡陌相连；柴门流水，茅店青帘；樵歌牧唱，农舍钓船；云帆浪楫，蟹籪鱼筌；鸟飞屏外，人行画边；渔郎声哨，莲女貌妍。所谓水云之乡，稼渔之区者欤。至于治雄三寝，城连万雉；列巷通衢，华区锦肆；坊市棋列，桥梁栉比；梵宫莲宇，高门甲第；货财所居，珍异所聚；歌台舞榭，春船夜市；远土巨商，他方流妓；千金一笑，万钱一箸。所谓海内繁华，江南佳丽者欤。

因为苏州的富庶，清乾嘉时期的诗人洪亮吉有词《临江仙·苏州》云："海物新奇争入市，晨餐都厌鱼虾。"老百姓早餐连鱼虾都懒得吃，足见其富足。

苏州城商铺林立，货品丰富，珍异聚集。明清小说写到各色各样的店铺。冯梦龙《喻世明言》第一卷《蒋兴哥重会珍珠衫》说枫桥是柴米牙行聚集处，反映出明末苏州作为全国米粮贸易中心之一斑。《豆棚闲话》第三则说平江府（苏州旧称）是个货物码头，市井热闹，人物丛集，开典铺的甚多。《警世通言》第十五卷《金令史美婢酬秀童》中的矫大户就在苏州开了多年的典当行，"为富不仁，轻兑出，重兑入，水丝出，足纹入，兼将解下的珠宝，但拣好的都换了自用。又凡质物值钱者，才足了年数，就假托变卖过了，不准赎取。如此刻剥贫户，以致肥饶"。凌濛初《初刻拍案惊奇》第八卷《乌将军一饭必酬，陈大郎三人重会》中的吴江县陈大郎开小杂货店，时常到苏州城置办货物。《警世通言》第二十二卷《宋小官团圆破毡笠》中的陈三郎在苏州开棺材店，寿板和见成儿的都有。《醒世恒言》第七卷《钱秀才错占凤凰俦》中的尤辰在吴江县开果子店，经常到洞庭山贩水果。《醒世恒言》第二十卷《张廷秀逃生救父》中的江西人张权在苏州先开了木匠店，受到开玉器店的王员外照顾，结亲后又开了大布店，生意日盛一日，挨挤不开，雇了个伙计相帮，家中置办得十分次第。明陆人龙《型世言》第三卷写周于伦家几代人在阊门外开大酒坊，酿造卖往京城的三白、状元红、莲花白等各种酒浆，因为店铺开在进京船只的必经之路上，所以生意特别兴旺。《型世言》第二十三卷《白镪动心交谊绝，双猪入梦死冤明》也提到盛诚在苏州开缎子店。

　　苏州城汇集了四方商贾，外贸也相当频繁。《初刻拍案惊奇》第一卷写苏州客商张乘运等，专做海外生意。这边的中国货物拿到那边，一倍就有三倍价；换了那边货物带到中国，也是如此。一往一回，便有八九倍利息。张应俞《杜骗新书》第六类《牙行骗》写福建造纸商人施守训多次载纸往苏州发卖，住在牙人翁滨二的店里。冯梦龙《喻世明言》第二十八卷写上元县黄公，以贩线香为业，惯走江北一带地方。黄公死后，其女继承父业，乔扮男装，与同里人李秀卿一道，轮流一人往南京贩货，一人在庐州发货讨账，几年勤苦营运，手中颇为宽裕。冯梦龙《喻世明言》第一卷写蒋兴哥在广东贩了些珍珠、玳瑁、苏木、沉香之类，搭伴起身，那伙同伴商量，都要到苏州发卖。兴哥久闻苏州是一个大码头，有心要去走一遍，做这一回买卖再回去。《醒世恒言》第三十五卷写贩漆商人徐阿寄在苏杭之间往来贸易，获利不少。清人所刊话本集《人中画》第三卷写李天造在芜湖贩卖桐油，卖不出去，转到苏州贩卖，一年有余，六百两银子进的桐油就卖了一千两有余。其他像苏州商人贩布三万匹到辽阳（凌濛初《二刻拍案惊奇》第三十七卷），苏州王继轩到山东卖米（李渔《无声戏》第八回）等，都是苏州商人在外行商的例子。

在各种行业中，苏州的纺织业最为引人注目。冯梦龙《醒世恒言》第十八卷《施润泽滩阙遇友》描写苏州府吴江县蚕丝重镇盛泽镇的繁华：

> 说这苏州府吴江县，离城七十里，有个乡镇，地名盛泽。镇上居民稠广，土俗淳朴，俱以蚕桑为业。男女勤谨，络纬机杼之声，通宵彻夜。那市上两岸绸丝牙行，约有千百余家，远近村坊织成绸匹，俱到此上市。四方商贾来收买的，蜂攒蚁集，挨挤不开，路途无伫足之隙，乃出产锦绣之乡，积聚绫罗之地。江南养蚕所在甚多，惟此镇处最盛。有几句口号为证：
> 东风二月暖洋洋，江南处处蚕桑忙。蚕欲温和桑欲干，明如良玉发奇光。缫成万缕千丝长，大筐小筐随络床。美人抽绎

沾唾香，一经一纬机杼张。咿咿轧轧谐宫商，花开锦簇成匹量。莫忧入口无餐粮，朝来镇上添远商。

这段文字，再现了盛泽镇丝绸集市牙行交易丝绸的情况。纺织在苏州地区很普遍，民间个体纺织工很多，《型世言》第三十三回写明代苏州府嘉定县乡民阮胜之妻纺得一手好纱，绩得一手好麻，织得一手赛过绢的好布。而官方织染机构也有大量织染工人。明洪武初年，苏州就设立了织染局。清初顺治四年（1647），织造局所属织机有八百张，到了乾隆四十五年（1780），官营和民营的织机已发展到一万数千张。布匹交易成为重要的贸易活动。《杜骗新书》第一类《脱剥骗》说徽州府的吴胜理在苏州府开店铺，收买各种布匹，同时也开铺面，四方来买布的人很多，每天有几十两的交易。《型世言》第三回写桐乡的章必达，曾贩卖绸绫，往来苏州。许仲元《三异笔谈》第三卷《布利》说一个苏州的布匹商人一年销售百万匹，论匹盈利百文，十年富甲诸商，布匹远销全国各地，足见苏州纺织业的规模和影响之大。（见葛永海《古代小说与城市文化研究》）

因为姑苏富足，也发生了很多为富不仁、见利忘义、重利无情的事情。

南宋洪迈《夷坚志》补卷第七"直塘风雹"讲苏州常熟县东南直塘富民张三八翁一家"稔恶黩货，见利辄取"，遭到报应的事情：

平江常熟县之东南，地名直塘，去城百里余。富民张三八翁，用机械起家。其长子以乾道元年先亡。有盐商从鄂州来，见村人家牛生白犊，胁间隐起十四字，曰"苏州直塘广安寺前张（此处疑脱'三'字）八郎之子"。以告翁，翁悲怆不释。因商复西，托持钱三十万，并买犊母归，善饲之。后八年翁死，次子曰五三将仕，不以父兄为戒，尤稔恶黩货，见利辄取。淳熙元年，有一客立约，籴米五百斛，价已定，又欲斗增二十钱，客不可，遂没其定议之值。客抑郁不得伸，但举手加额告天而已。时五月十三日，天清无云，午后大风忽从西北起，阴霾蔽空，雨雹倾注，风声吼怒，甚于雷霆。张氏仓廪帑库，所贮钱米万计，扫荡无一存。所居大屋，揭去数里外，合抱之木尽拔。典质金帛在匮，随风宛转于半空，不知所届。常所用斗，大小各不同，凡十有三等，悉列门外，若明以告人者。将仕君惊怖之际，一木堕于旁，折其臂。相近项氏，亦失台衣千缗。是日黄昏，县中风雷继作，王氏失钱八千缗，杜氏失千缗，人闻钱飞空有声，已而散落于地上及军营者甚多。此以匹夫之冤，逢天威怒，致祸延同类，可不畏哉！

张三八的长子死后变成了牛，他自己也不长寿，次子遭遇风雹，钱被飓风刮走，胳膊也被砸折了。这个故事反映了商业繁荣背景下商贾和平民对诚信、良心的期盼。

宋李昉《太平广记》第二百八十卷"刘景复"写苏州城里商人们供奉的"让王"的凶狠残暴：

> 吴泰伯庙，在东阊门之西。每春秋季，市肆皆率其党，合牢醴，祈福于三让王，多图善马、彩舆、女子以献之。非其月，亦无虚日。乙丑春，有金银行首纠合其徒，以绡画美人，捧胡琴以从，其貌出于旧绘者，名美人为胜儿。盖户牖墙壁会前后所献者，无以匹也。女巫方舞，有进士刘景复，送客之金陵，置酒于庙之东通波馆，而欠伸思寝，乃就榻。方寝，见紫衣冠者言曰："让王奉屈。"刘生随而至庙，周旋揖让而坐。王语刘生曰："适纳一胡琴，艺甚精而色殊丽。吾知子善歌，故奉邀作胡琴一章，以宠其艺。"初，生颇不甘，命酌人间酒一杯，与歌。逡巡酒至，并献酒物。视之，乃适馆中祖筵者也。生饮数杯，醉而作歌曰："繁弦已停杂吹歇，胜儿调弄逻逤发。……"歌既成，刘生乘醉，落洎草扎而献。王寻绎数四，召胜儿以授之。王之侍儿有不乐者，妒色形于坐。王恃酒，以金如意击胜儿首，血淋襟袖，生乃惊起。明日视绘素，果有损痕。歌今传于吴中。

泰伯是古公亶父（周太王）长子。传说他因让位，偕弟仲雍避居江南，在梅里（今无锡梅村一带）建"勾吴"国，筑"泰伯城"。孔子称他为"至德"，司马迁在《史记》里把他列为"世家第一"。在小说中，这位"让王"对金银商祭献给他的艺精色殊的美人胜儿表现出宠爱之意，引起其他侍儿的嫉妒，"让王"竟然用金如意打破了胜儿的头颅。苏州的泰伯，就是商人们供奉的财神。

（二）玄妙观与观前街

苏州城有几处热闹的商业中心，如玄妙观前的观前街，从阊门到虎丘的山塘街，以及支硎山的香市。

玄妙观，又称圆妙观、元妙观，在苏州城中心。民谚有曰："乡下小儿上苏州，玄妙观前团团走。"据清袁学澜所撰《吴郡岁华纪丽》，玄妙观始建于西晋咸宁二年（276），名庆真道院，据说这里曾是吴王阖闾的故宫。唐为开元宫，宋名天庆观，元时改名玄妙观，明清扩建。姑苏第一街——观前街因地处玄妙观前而得名，为繁华的商业中心。至清代，设摊者日多，遂演变成为古城中心一处热闹的集市，有小吃、日用杂品、文具玩具、对联字画、花鸟鱼虫的摊店以及医卜星相、江湖杂耍等等，五花八门，不一而足。

玄妙观和观前街相得益彰。到苏州不可不去观前街，到观前街亦不可不去玄妙观。

明冯梦龙《警世通言》第十五卷《金令史美婢酬秀童》描述了玄都观（即玄妙观）的概貌：

> 话说苏州府城内有个玄都观，乃是梁朝所建。唐刺史刘禹锡有诗道："玄都观里桃千树"，就是此地。一名为玄妙观。这观踞郡城之中，为姑苏之胜。基址宽敞，庙貌崇宏，上至三

清,下至十殿,无所不备。

小说还记载了玄都观中一个法术灵通、好吃狗肉的道士张皮雀的传奇故事:

> 各房黄冠道士,何止数百。内中有个北极真武殿,俗名祖师殿。这一房道士,世传正一道教,善能书符遣将,剖断人间祸福。于中单表一个道士,俗家姓张,手中惯弄一个皮雀儿,人都唤他做张皮雀。其人有些古怪,荤酒自不必说,偏好吃一件东西。是甚东西?
>
> 吠月荒村里,奔风腊雪天。分明一太字,移点在傍边。
>
> 他好吃的是狗肉。屠狗店里把他做个好主顾,若打得一只壮狗,定去报他来吃。吃得快活时,人家送得钱来,都把与他也不算帐。或有鬼祟作耗,求他书符镇宅,遇着吃狗肉,就把箸蘸着狗肉汁,写个符去,教人贴于大门。邻人往往夜见贴符之处,如有神将往来,其祟立止。……
>
> 张皮雀在玄都观五十余年,后出渡钱塘江,风逆难行,张皮雀遣天将打缆,其去如飞。皮雀呵呵大笑,触了天将之怒,为其所击而死。后有人于徽商家扶鸾,皮雀降笔,自称:"原是天上苟元帅,尘缘已满,众将请他上天归班,非击死也。"徽商闻真武殿之灵异,舍施千金,于殿前堆一石假山,以为壮观之助。这假山虽则美观,反破了风水,从此本房道侣,更无得道者。

据《异林》《苏州府志》等记载，张皮雀是明代道士，本名道修，长洲县（今江苏苏州）人。少有异相，每次听到道院的钟鼓笙磬之声，就到道观里去听，父母都拦不住他。后来迁居吴中，当了道士，拜胡风子为师。胡风子是道士莫月鼎的弟子，住在苏州元妙观（玄妙观），胡风子把秘诀密授给道修，道修就能够祈风祷雨了。关于张皮雀这一称呼的由来，一种说法是，道修怀里经常藏一只皮雀，喜欢和小孩狎戏，所以当时的人们叫他张皮雀。另一种说法是，道修长得风格奇朗，头顶梳双髻，披青布袍，人们传说他捉住鬼以后，能耍弄那些鬼跟着他一边走一边叫，类似民间的"粥儿戏皮雀"，所以叫他张皮雀。张皮雀喜欢饮酒，吃狗肉，常有患病疾者来求治，正赶上他在吃狗肉，就用肉汤画符授人。张皮雀又能祈祷风雨，呼唤雷神，种种神异，皆有灵验。这些记载和小说中的描写大致相同。小说中关于张皮雀之死和苟元帅转世的传说颇有传奇色彩。张皮雀本为雷府都督苟元帅，擅长神霄雷法。苟元帅转世的说法，也解释了他喜欢吃狗肉的缘由。

范烟桥的《茶烟歇》还讲到玄妙观的"蓑衣真人惩罚债主"，也属于玄幻类的故事：

> 蓑衣真人殿，在玄妙观中，相传蓑衣真人为清初观中羽士，有幻术。观前桥下酱鸭肆，屡欠赁金，羽士向索不得，夜以瓦置肆前，明日，肆无顾客，如是者三日，羽士复向索，肆主曰："三日不得一主顾，所备俱腐败，损失更甚，何以筹

措？"羽士曰："能清所负，当为禳解。"肆主如言，羽士去瓦，翌日门庭若市，途人相顾言："此肆三日闭户，今复新张矣！"

羽士，即道士的别称。蓑衣真人不但能用法术挪移砖瓦，还能作法让船倍速前行：

又状头彭定求有事须北上，计时日恐弗及，谋于羽士。羽士曰："公舟起椗，即坚闭篷窗，勿使泄漏，如觉风涛声，戛然而止，则已至矣。"定求诺之，或窃觑羽士何所为，则供桌下置巨盆，注水制纸舟，飘浮其上，与《聊斋》所述同。后定求返，言是役行程固倍速，故彭氏岁首必诣蓑衣真人殿拈香云。

蓑衣真人于宋孝宗时在世，何姓。范成大的《吴郡志》说："天庆观……何道人者……披发颠狂，以蓑衣蔽形，故号蓑衣道人。寒暑不避，不与人亲。……"宋孝宗曾驻跸小镇锦溪，听说镇上有一位"披蓑衣修炼，摘蓑衣济人"的"蓑衣真人"，遂拜其为师，并命他同时主持苏州"天庆观"（玄妙观）和锦溪"天庆观"（通神道院）。民间传说蓑衣真人神通广大，可以"昼夜不眠，经月不食不饥"。大雪纷飞时，敲冰跳进河里洗蓑衣，浑身气出如蒸，周围积雪皆化。百姓向他求医，只要拿一根蓑草去，不出十天病人就能痊愈。苏州状元彭定求是清代人，曾撰《重修悟真道院碑记》，记载了悟真道院在康熙年间重建之事。看来蓑衣真人也像张天师一样，相传非止一代。张皮雀和蓑衣真人的故事，让玄妙观充满了传奇色彩和神秘气息，也令这一道教圣地对世俗民众有了更强的吸引力。

新年游观，颇得苏州人青睐。被称为"补白大王"的郑逸梅是老苏州，他的《新年中之玄妙观》说：

> 岁聿更新，人添喜气。我苏玄妙观，居城之中心，百业俱辍，得以嬉戏终朝，于是相率作玄妙观之游。观中鱼龙曼衍，百技杂陈，而负贩者流，麇集于此，为一年中之惟一利市。……予曩日在苏，每逢元旦，必与二三学友，前往闲览，倦则赴三万昌茶肆，凭槛品茗，一片承平气象，思之犹在目前。

对新年游览玄妙观的历史，郑逸梅讲得也很详细：

> 按新年游玄妙观，由来已久。蔡云《吴歈》云："弥罗阁阴花爆稀，长生殿边丝鹞飞。冶容少妇入人海，轻薄儿郎惯打围。"注云："新年游玩玄妙观，妇人之容饰妖邪者，游人环集，谓之打围，固由自取，然亦无人禁止之也。"又沈朝初《忆江南》词云："苏州好，到处庆新年。北寺笙歌声似沸，元都仕女拥如烟，衣服尽鲜妍。"注："北寺、玄妙观，为新岁游观地。"又顾铁卿《清嘉录》云：诸丛林各建岁醮，士女游玩琳宫梵宇，或烧香答愿，自此翩翩征逐，无论远近，随意

所之。城中玄妙观，尤为游人所争集，卖画张者，聚市于三清殿，乡人争买芒神春牛图。观内无市鬻之舍，支布幕为庐，晨集暮散，所鬻多糖果、小吃、琐碎玩具，间及什物而已。杂耍诸戏，来自四方，各献所长，以娱游客之目。如走索，吞剑，弄刀，弄毬，舞盆，踏高跷，撮戏法，飞水，摘豆，大变金钱，猴戏，木人头戏，隔壁戏，百鸟象声，西洋镜，太平箫，说因果，滩簧，测字，起课，算命，相面。更有搏粉人，卖地铃，丝鹩。茶坊、酒肆及小食店，门市如云，婆人装水烟为生者，逢人祇应，托盘供买食品者，亦所在成市。可知玄妙观新年状况之一斑。

观前街和北京的天桥、南京的夫子庙、上海的城隍庙、扬州的教场齐名，是一个集商业、娱乐、饮食、文化于一处的大众消遣场所。《吴郡岁华纪丽》卷六"观场风凉茶"记道："夏月炎歊最盛……惟有圆妙观广场，基址宏阔，清旷延风，境适居城之中，居民便于趋造。两旁复多茶肆，茗香泉洁，饴饧饼饵蜜饯诸果为添案物，名曰小吃，零星取尝，价值千钱。场中多支布为幔，分列星货地摊，食物、用物、小儿玩物、远方药物，靡不具萃。更有医卜星相之流，胡虫奇妲之观，鞠弋流枪之戏。若西洋镜、西洋画，皆足以娱目也。若摊簧曲、隔壁象声、弹唱盲词、演说因果，皆足以娱耳也。于是机局织工、梨园脚色，避炎停业，来集最多。而小家男妇老稚，每苦陋巷湫隘，日斜辍业，亦必于此追凉，都集茶篷歇坐，谓之吃风凉茶。"冯梦龙《警世通言》"叙"还讲了一个市井小儿在玄妙观听书的故事：

> 里中儿代庖而创其指，不呼痛。或怪之，曰："吾顷从玄妙观听说《三国志》来，关云长刮骨疗毒，且谈笑自若，我何痛为！"夫能使里中儿顿有刮骨疗毒之勇，推此，说孝而孝，说忠而忠，说节义而节义，触性性通，导情情出。视彼切磋之彦，貌而不情；博雅之儒，文而丧质，所得竟未知孰赝而孰真也。

市井小儿临时当厨师伤了手指却不喊痛，竟然是从玄妙观听"关云长刮骨疗毒"获得的勇气。冯梦龙讲这个故事是为了说明小说等俗文学对教化众生有极好的效果，胜过那些空洞的说教。这个故事也从侧面说明玄妙观在明天启年间市井艺术的繁荣境况。

曾朴小说《孽海花》开篇有一群苏州乡绅纵论天下风云，所选择的地点就是玄妙观前的雅聚园茶坊，以此亦大致可见此地人气的旺盛。光绪年间竹秋氏小说《绘芳录》第七回写金陵名妓慧珠等人到苏州游玩，走进元妙观，见两边买卖铺面十分整齐，往来游人滔滔不断。此时将交冬令，各省的人都到苏州来贩卖画片。这元妙观两廊下的壁间地上，铺设得花红柳绿，热闹非常。成书于光绪四年（1878）的小说《青楼梦》为江苏长洲人俞达所作，主人公金挹香的原型就是他本人，第九回写金挹香与三友元宵佳节夜游苏州城，到了玄妙观前,见各家店铺俱悬异样名灯,别具精致,能教龙马生辉,亦使群芳生色。又见流星花爆,不绝街前。

在时局动荡不安、人民生活困苦不堪的时候,观前街的平和与温暖,尤其让人留恋。郑振铎《黄昏的观前街》说:

> 观前街也是一条到过苏州的人没有一个不曾经过的;那末狭小的一道街,三个人并列走着,便可以不让旁的人走,再加之以没头苍蝇似的乱攒而前的人力车,或箩或桶的一担担的水与蔬菜,混合成了一个道地的中国式的小城市的拥挤与纷乱无秩序的情形。
>
> 然而,这一个黄昏时候的观前街,却与白昼大殊。……你白天觉得这条街狭小,在这时,你,才觉得这条街狭小得妙。她将你紧压住了,如夜间将自己的手放在心头,做了很刺激的梦……她将所有的宝藏,所有的繁华,所有的可引动人的东西,都陈列在你的面前,即在你的眼下,相去不到三尺左右,而别用一种黄昏的灯纱笼罩了起来,使它们更显得隐约而动情,如一位对窗里面的美人,如一位躲于绿帘后的少女……
>
> 有观前街的燠暖温馥与亲切之感的大都市,我只见到了一个委尼司。

著名学者张中行在游览苏州后,念念不忘的有城内"六事",依次是:观前、平江路、盘门、专诸巷、沧浪亭、胥门内买酒。玄妙观被排在首位，而且被张中行看作"苏州之所以为苏州"的地方，他在《姑苏半月》中写道：

> 玄妙观，在城中心略偏北偏东，是苏州的市井中心。游观前街，便于买物，更便于看人。物包括食物，餐馆中卖的。有两家餐馆，都是供应小市民的，既物美又价廉，我吃过不只一次。一家卖菜饭（米饭加菜，煮得很烂），另备简易菜三四种，比如买菜饭三两，肉元（北方名丸子或狮子头）一盘，白酒一两，费钱无几，可以过屠门而大嚼。另一家名绿杨，卖馄饨，我平生各地吃馄饨，当以此处为第一。当然，往观前，沿街东西散步，主要还是看人，听吴侬软语。与其他地方人相比，就"秀"字说，苏州人应居首位。秀与美是近邻，所以，如果有欣赏美人之癖，就应该到观前去徘徊一会儿。这里需要解释一下，我喜欢到观前去看看，主要还是想亲近风土人情。而所感呢，是"此苏州之所以为苏州"。

（三）山塘街

山塘街，是一条长七里许的古街，在今苏州姑苏区内。东挽"最是红尘中一二等富贵风流之地"的阊门，西携"吴中第一名胜"之虎丘，且与留园、寒山寺、西园寺等嘉园名刹毗邻而居，占尽了山水人文之形胜。按照民间人士的说法，七里山塘街，如一条扁担，挑起了苏州两千五百年的历史。

自从唐敬宗宝历元年（825）白居易任苏州刺史时开通从阊门前往虎丘的水路后，水陆平行的山塘街、河，成了人们自阊门游虎丘的必由之路。也因了人们的游娱活动，山塘街逐渐形成以繁盛市廛为特征的商业氛围。明清之际，山塘街进入繁盛时期。阊门、山塘附近成为南来北往的商贾、官员、士兵和漕运军民的驻足、必经之地，成为繁华的商品集散地和转运中心。康熙五次驾幸虎丘，就曾"出阊门，乘舟历山塘"。乾隆六下江南，尤喜骑马经山塘驻跸虎丘，留下"山塘策马揽山归"等九首吟咏山塘的御诗。乾隆帝以"十全老人"自诩，阅尽人间奢华富丽，却似乎对山塘街情有独钟。他御驾归京，意犹未尽，为其母钮祜禄氏皇太后七十寿诞所奉贺礼，竟然是在颐和园内建造一座仿真的苏州山塘街！

山塘街商铺林立。明末清初的白话短篇小说集、艾衲居士所作《豆棚闲话》第十则《虎丘山贾清客联盟》说，从山塘桥到虎丘，止得七里，那一带沿河临水住的，或是开着几扇板门，卖些杂货，或是吃食，远远望去，挨次铺排，倒也热闹齐整。不过豆棚下这位讲故事的人不是夸赞苏州的繁华，而是讽刺苏州人情浇薄，风俗虚哗，山塘街养活的尽是扯空砑光的人，商铺所售一半是骗外路的客料，一半是哄孩子的东西。吴敬梓《儒林外史》第四十八回写徽州府的王玉辉老人家，因为女儿守节而死，内心凄惶，要到南京作游。途经苏州，想起住在邓尉山里的一个好友，便在山塘街一个饭店里住下，往虎丘方向信步走去，只见一路卖的东西有腐乳、席子、各种玩物，还有那四时的花卉，极其热闹；也有卖酒饭的，也有卖点心的。晚清著名谴责小说蘧园《负曝闲谈》第三回写到山塘河畔的近水楼,近水楼是一座大酒馆,开在阊门城外,打开窗户,就是山塘河,这山塘河里全是灯船,到晚上点了灯,明晃晃的,在河里一来一往,甚是好看。近水楼有座河厅十分轩敞,可以摆下十几桌酒席。

山塘街的民俗活动在明清文学中记载颇多。

清代袁学澜《山塘观清明赛会》写山塘寒食节迎神活动:"东风绣陌吹香尘,莺花艳集苏台春。冶游士女空巷出,山塘寒食看迎神。……桁杨充罪免身炎,箫鼓神牌引路开。"每年清明节,官府到虎丘集中祭祀无人吊祭的孤魂野鬼,游人也在这一时节云集于此。最引人注目的莫过于扮作罪人,披枷戴锁,执香随会的"扮囚"表演,扮囚者以妇人为多,偶尔也有小孩夹杂其中。扮囚的目的一般是希望通过赎罪以实现一个心愿。曾朴小说《孽海花》第七回也曾写到山塘街的清明节,说这一天姑苏城外年年有胜会,倾城士女如痴如狂,一条七里山塘,停满了画船歌舫,真个靓妆藻野,袨服缛川,好不热闹。清初"红豆词人"吴绮《闰五月二日山塘泛舟序》写山塘街五月的花市:"水环花市,绿波时泛幽香",花香借着微风,飘到水上。那水上的画舫,飘出玉箫金管之声,姣童游女衣饰艳丽,美酒的气息也随着风飘到花间,这种境界,好像是在天上一般。

虎丘的中秋之夜以万人合唱的清雅令人着迷,而山塘街的中秋之夜则以世俗的热闹吸引着游人。《清嘉录》第八卷引清代苏州诗人蔡云《吴歈》说："七里山塘七里船，船船笙笛夜喧天。十千那够一船费，月未上弦直到圆。"七里山塘河，挤满了赏月的游船，那鼓乐喧天的欢笑从明月初升一直持续到月上中天。近几年，为传承中秋祭月这一山塘特色活动，苏州市政府还在阊门寻根广场举行传统祭月仪式，身着传统服饰的祭拜者在古山塘为人民祈福。晚清陈去病笔记《五石脂》总括了山塘街最热闹的几个节令：第一要数元宵灯节，市廛悬灯最盛。第二得数清明节，游人很多。第三是端午节，南北濠一带，是龙舟竞渡的中心点。第四是六月二十四日荷花生日，游船群集于葑门外的黄天荡，也就是今天所说的荷花荡。赏荷花的时候，家家提前把画船修竣好，油漆一新，再用彩绸扎成栏杆，炫耀生光。（葛永海《明清小说与苏州风情》）

在七里山塘，达官贵人、富豪士绅可以享受"隔岸飞花拥游骑，到门沽酒客船停。我来常作山公醉，一卧垆头未肯醒"的乐趣，穷人百姓则把此地当作贫儿觅食之乡。七里山塘，各地的会馆、公所麇集，工商百业各擅其长，工匠、商人、花农、梨园弟子、艺妓等三教九流与上流社会的达官贵人杂然同处。

（四）支硎山香市

支硎山在姑苏城西南二十五里、天平山北，据清徐崧、张大纯《百城烟水》记载，支硎山"以晋支遁常居此，有石盘薄平广，泉流其上，如磨刀石，故名"。山麓有建自梁代的观音寺，故亦称观音山。支硎山旧有南峰、中峰、北峰、盘陀、空谷、化成、楞伽院、观音寺等寺院，香火极盛；有寒泉、碧琳泉、南池、新泉、马坡、牛头峰、放鹤亭、石屋、马迹石诸胜，向为郊游踏青胜地。唐白居易、刘禹锡、皮日休、陆龟蒙等皆有诗咏。明王宠《支硎山》诗云："支硎特俊秀，平地插芙蓉。面面开霞壁，层层折剑锋。白鹇巢野竹，苍鼠戏长松。远忆道林辈，低头礼数峰。"明袁宏道《楞伽》一文说：

> 楞伽一名支硎。《吴地记》云："支公尝隐此山，后得道，乘白马升云而去。"余谓升云事不见于本传，岂非好事者因《世说》神骏一语，附会其说邪？杨循吉曰："此山去城不远，清僻可赏。至于茶梅烟雪，景物擅奇，名胜共游之山也。"……余往过山下，正值纷厖之时，奇石幽峦，拔起云际，寓目即归，未暇登览。归来与江进之约，欲以春和时往，而病寻作，乞骸去矣。名山胜水，信亦有缘哉！
>
> 山上有寒泉，雨后轰雷喷雪，极为可观。石门尤奇特，两石突起如门，下临绝壑。有马迹石，俗说支公好蓄骏马，足迹犹存，石上有马溺黄色一带。

支公骑白马升仙的故事为支硎山增添了神奇色彩。明代著名隐士赵宧光与妻子女诗人陆卿子偕隐于此山，手辟荒秽，疏泉架壑，又为此山增一段佳话。难怪乾隆皇帝六次临幸支硎山，题诗居然有二十余首。

观音山一年中最热闹的时候是农历二月十九日。相传这一天是观音诞辰。这里的观音可为人送子,所以二月十九前后两个月内,烧香的善男信女众多,逐渐形成"观音山香市"。蔡云在《吴歈》中就记载:"支硎有观音院香市,自二月十九始,俗谓之开山,开山后诸名园遍开。"《(崇祯)吴县志》载:"二月十九日以观音诞,支硎山进香。"黄省曾《吴风录》云:"二三月,郡中士女浑聚至支硎观音殿,供香不绝。"沈朝初《忆江南》词云:"苏州好,二月到支硎。大士焚香开宝座,小姑联袂斗芳耕。放鹤半山亭。"明袁宏道《楞伽》一文说:"闻二三月间,游人甚胜,朱楼复阁之女,骚人逸士之流,狭斜平康之伎,社南社北之儿,花攒绮簇,杂踏山间,不减上方、虎丘。"女香客游观音山多乘山轿,情侣尤其喜欢面对面同坐"山筭",清人鲍皋《姑苏竹枝词》说:"观音山路不通舟,拌折金钗买竹兜。侬自倒行郎尽看,省郎一步一回头。"

清王钺《秋虎丘》传奇写主人公汪伯玉秋游观音山,有人向他介绍:"这一搭就是观音山,每年春三月,好不兴头,人山人海都来烧香闲玩,也有词客游人,妇女往来不绝,这些游船都挨挤不上,还有两三日不得上岸的。"汪伯玉"攀花过坂桥",终于登上观音山,见"那里箫鼓楼船,正是游人闹","那是湖边惊起沙鸥叫","远树翠湖烟影翠未消","救苦观音座在莲花岛,玉女金童杨柳倒挂鹦哥鸟"。汪伯玉的妻子于桂娘被人陷害至死,还是观音山的菩萨显圣使其起死回生呢。

道光己酉(1849)春,苏州诗人袁学澜游览光福后途经观音山下,回来后写下了《观支硎山香市记》,详细记叙了自己的所见所闻。其中有姣童游女春游观音山的热闹景象：

> 每春时，吴中士女焚香顶礼，群焉投虔。距金阊门外，骤马一鞭，趋砖甓甬道，连犿绵亘二十余里，路尽而山寺造焉……于时夕阳在山，篟舆垒集，流苏九华，宝妆五钿，扬蕤布緋，与韶光争媚。画船六柱，箫管迭奏。则有红袴稚儿、青裙游女，肩负花枝，随风弱步。富豪侠少，宝骑珊鞭，结队闲行，翱翔容与。

文章还描述了观音山香市货物琳琅满目，人如蚁聚蜂屯，算卦说书百艺杂陈的场面：

> 复有货郎地摊，童孺戏具，筠篮木盏、泥孩竹马、地铃丝鹞、蚕帘柳棬诸物。男妇争买，论价耾杂，声如潮沸。路侧杂厕茶篷、酒肆、饼炉、香铺，赶趁春场，蜂屯蚁聚。老僧因果，瞽者说书，立者林列，行者摩肩，遗簪堕珥，睹不暇拾。

三　姑苏街巷

小巷（包括水巷）是苏州的灵魂。它纵横曲折、星罗棋布，宛如苏州城的神经脉络，通往城市各处：茶馆、酒楼、庭院、园林等，也汇集了各种民俗风物与文化艺术：古井、小吃、评弹、刺绣、昆剧等。如今苏州小巷已经失去了旖旎的风情，秀丽之外多了沧桑。陆文夫把苏州的小巷分为三类：一类是具有浓厚市井生活气息的小巷，即两边有低矮的平房、楼房，有店铺、居宅、茶馆、烟店、酱菜店等，人声熙攘，生活气息浓郁；一类是深院高墙间的小巷，有狭长深幽的备弄、失去青春的绣女、钟鸣鼎食之家及自成体系的花园等；还有一类介于上述两者之间，既有深院高墙，又有低矮平房、烟纸店及大饼店等临河水巷。（见陈娇华《小巷文化的独特镜像——论苏州小巷文化对陆文夫小说创作的影响》）

（一）市井小巷

苏州的一些道路，至今仍沿用千百年来商贸经营的行业旧名，如盐仓街、醋库巷、富郎中巷、仓米巷、豆粉园、绣线巷、果子桥、滚绣坊等等，可见当年姑苏城商业之繁华。而承载着吴王西施美谈的锦帆路、剪金桥巷，以壮士专诸之名命名的专诸巷，留下东坡足迹的苏公弄，体现范仲淹士大夫襟怀的范庄前等巷名，则留下姑苏人物的风流；学士街、孔副司巷、书院巷、大儒巷等，散发着翰墨书香；乌鹊桥路、枫桥路、桃花坞、腊梅里、杏花弄、柳枝巷、丁香巷、蔷薇弄等，散发着姑苏风情。（见顾晴宇《范小青苏州市民文学的民居审美意象解析》）

范小青小说《裤裆巷风流记》讲的是发生在苏州小巷里的人情琐事。小说先是追溯裤裆巷的得名由来：

裤裆巷原本不叫裤裆巷，叫天库巷……城里城外不少人家贪图这里风水好，有仙气，都来建房落户头，开店肆办作坊，才有了这条街，取名天库。

天库巷难得一块风水宝地，来造房子落户的人家，自然全是头挑的货色。头挑的料作，头挑的匠人，头挑的格式，头挑的做工，你比来我比去，你造三进我砌五进，你用陆墓金砖，我用黄杨紫檀；你雕梅兰竹菊，我刻凤穿牡丹。一时间深宅大院，雕花大楼，一宅宅竖起来，雕梁画栋气势峻峨，砖雕库门玲珑剔透，镂花长窗雕工精致，着实有水平，着实叫人眼热。小巷在高墙大院夹峙中，愈发显得进深、威风、气派。

天库巷经过几朝几代，到了明朝某年某月某日，一位巡抚大人路经天库巷，天上下雨，地下潮湿，石卵子打滑，轿夫跌倒，巡抚大人从轿子里跌出来，一手捂住额骨头，一手捏牢裤裆，气急败坏叫了一声"哎呀裤裆"。

这个狼狈的跟头和这句有失身份的话，偏巧被弄堂里一个烟花女子听见，熬不牢"扑哧"一笑，这一笑，笑出一桩风流事流传下世。老百姓不喜欢这位巡抚大人，便"裤裆裤裆"叫开来。……

据说天库巷被叫作裤裆巷之后，风水败了，名声臭了，街巷里茶坊酒楼、馒头浑堂自然不少，可是堂子、赌场愈加多，后来人称裤裆巷十家店肆三堂子。

在范小青的小说中，小巷居民内心深处的隐秘角落一览无遗。张师母、吴老太太们津津有味地投身于琐碎而又简单的小巷生活。三子有能力造新房子了，相处多年的邻居不但没有替他感到高兴，反而心里愤怒："现今居然容得下这种阔佬！"乔老先生为别人的有钱而愤愤不平："怎么会有这么多人，这么多车子，真是变世了，变世了……"究其深层原因，苏州市民骨子里是有优越感的，当他人优于自己时，则势必产生"失衡"，由经济环境的不平等带来心理的不平衡。（顾晴宇《范小青苏州市民文学的民居审美意象解析》）

苏童对女性的印象，大多来自十八岁以前在苏州街道的生活，尤其是女性街坊邻居。她们经常到苏童家来向他母亲诉说事情。一条老街，房子是平房，东家走到西家，连门都不用敲。这大概也是在苏童的小说中，没有大家闺秀，知识女性也很少的原因。苏童《园艺》写令丰在霏霏晨雨中来到凤鸣路，这条狭窄而拥挤的小街对于令丰是陌生的，街道两侧的木楼破陋杂乱，而且似乎都朝一个方向倾斜着。石子路下面大概没有排水道，雨水在路面上积成大大小小的水洼，水洼里漂着垃圾、死鼠甚至人的粪便。令丰打着一把黑布洋伞，在经过水洼时他不得不像歌舞明星一样做出各种跳跃动作。这就是小巷市井风貌，破败古旧。苏童《夏天的一条街道》写到街上的水果店和糖果店。水果店的柜台是比较特别的，被做成一个斜面，用木条隔成几个相同的框子，一些瘦小的桃子，一些青绿色的酸苹果躺在里面，就像躺在荒凉的山坡上。女店员是一个和善的长相清秀的年轻姑娘，总是安静地守着她的岗位。糖果店里，三个中年妇女一年四季吵吵嚷嚷的，对人的态度也很蛮横。其中一个妇女的眉角上有一个难看的刀疤，孩子走进去时她用沙哑的声音问你：买什么？那个刀疤就也像张大了嘴问你：买什么？但即使这样，糖果店在夏天仍然是孩子们热爱的地方。苏童《另一种妇女生活》写香椿树街上的酱园店，店里有三位中年女店员：粟美仙、顾雅仙和杭素玉。三个女人互相不睦，但爆发嘴仗的往往是在粟和杭之间。一旦发生口角，粟和杭都习惯于争取顾的支持。顾雅仙通常是袒护杭素玉的。因三个女人的口舌是非，店长孙汉周因作风问题被调离。后来杭素玉和调到煤店当主任的孙汉周幽会时被捉奸，随后被愤怒的丈夫杀死。这之后，酱园店楼上幽居的老姐妹生活也被搅乱。妹妹终于嫁了人，姐姐精神失常而自杀。小巷有静穆，也有埋藏在静谧下面的波澜和凶险。

陆文夫把小巷的世俗生活写得活色生香。在苏州深邃的小巷里，陆文夫慢慢地向前走，沿着高高的围墙，踏着细碎的石子，扶着牌坊的石柱，去倾听历史的回响。《深巷里的琵琶声》写他对苏州评弹的追慕：

> 我年轻的时候欢喜在苏州穿街走巷。特别是在秋天，深邃的小巷里飘溢着桂花的香气。随着那香气而来的还有丁丁冬冬的琵琶声，正如白居易在《琵琶行》中所写的那样，是"转轴拨弦三两声，未成曲调先有情"。循声寻觅，总能在那些石库门中，庭院里，门堂里发现一个美丽的姑娘或少妇，在弹着琵

琶,唱着苏州评弹。她们不是在卖唱,是在练习。

桂花的香气,动人的琵琶声,美丽的女子,充满了古雅的风情。唱红了的评弹演员,出入巷陌时就是另一番气派了:

> 一条小巷里如果能出一个走红的评弹演员,邻里间都会感到光荣,小姑娘们更是羡慕不已。看那红演员进出小巷,坐一部油光锃亮的黄包车,那黄包车有黑色的皮篷,有两盏白铜的车灯,能像手电似的向远处照射着行人。车夫的手边还有一个用手捏橡皮球的喇叭,坐车人的脚下还有一个用脚踏的像铜壶似的大铜铃。那时候苏州很少见到小汽车,乘坐这种黄包车的人就像现在乘坐一辆奔驰似的。
>
> 白天,女演员赶场子,浓装艳抹,怀抱琵琶,坐着黄包车从热闹的大街上风驰而过,喇叭声声,铜铃叮当,那艳丽,那风采,都足以使路人侧目而视,指指点点。深夜散场归来,小巷空寂,车灯煌煌,喇叭声和铃声能惊醒睡梦中的小姑娘,使她们重新入梦时也觉得自己是坐在那辆油壁香车上。

陆文夫笔下的小巷热闹拥挤、嘈杂世俗。有大年初一早晨烧香敬菩萨、燃放开门炮仗、叫"天官赐福"的独特风俗(《有人敲门》);有挑着馄饨担子,敲着"笃笃笃"的竹梆,沿街叫卖的小贩(《小贩世家》);有夜晚临街的窗里,时而上课请教,时而喝酒笑闹,

"白发红颜相映成趣"的怡人情趣(《临街的窗》);有古井边上,阿婆阿姨们聊天、洗菜、洗衣、淘米的古老情景(《井》);有深夜巷子中发出的颇有诗意的敲门声(《门铃》)。在小巷里,人们谈论是非,传播市井之谣,品评官府的贪廉得失,道说米价。(见陈娇华《小巷文化的独特镜像——论苏州小巷文化对陆文夫小说创作的影响》)女的呢,也许是一面在嗑着瓜子,一面在听无线电里的弹词,《英烈传》或者是《珍珠塔》,就这样打发着光阴(袁殊《诗巷》)。小巷里的市井生活就是这般闲散、琐碎。有趣时生动,无趣时无聊。

(二)避世深巷

袁殊的散文《诗巷》,这样描摹苏州的高门深巷:

> 黯长的陋巷,栉比的居屋,黑灰的门墙;而在这些并不雄伟高大的门墙之内,也许有数进深度的画栋雕梁,也许有幽篁小院,在散置的太湖石之间隙里,种植着玉簪,或盆兰,或梅桩。短墙之阴,长着老年的大叶的芭蕉,楠木大柱的厅堂,铺着破碎的大方地砖,而寂寞冷落,阒然无人的踪影,好像是没有人住似的……
>
> 这些人,或许就是历代书香,簪缨世裔,有年成不好的租米可收;有旧书、骨董、字画可摩挲;或挤到玄妙观去吃零食;再不然到观前买一小包糖果带回家,细细的咀嚼着日子,纤巧乖致,盘算着东邻西舍的人情,又好像自己是不存在似的。

苏州小巷带有一种退隐的文化印记。走到小巷深处，就回到了宁静，尤其是那些高墙深院中的娟丽女子。陆文夫小说《美食家》中的朱自冶和孔碧霞夫妇，作为资本家被改造之后，即隐于深巷：

> 朱自冶开始隐退了，他对饭店失望之后，便隐退到五十四号的一座石库门里。这门里共有四家，其中一家的户主叫做孔碧霞。孔碧霞原本是个政客的姨太太，这政客能做官时便做官，不能做官时便教书，所以还有教授的衔头。苏州小巷里的人物是无奇不有的。据说，年轻时的孔碧霞美得像个仙女，曾拜名伶万月楼为师，还客串过《天女散花》哩！可惜的是仙女到了四十岁以后就不那么惹人喜爱了，解放前夕，那政客不告而别，逃往香港，把个孔碧霞和一个八九岁的女儿遗弃在苏州。

孔碧霞会唱戏，会画几笔兰花，会烧讲究的菜。她隐匿在高院古宅中，精心烧制稀世美味，与一群远离尘嚣的人陶醉在精致、优雅的生活情调与趣味中。在岁月的流逝中，显示出永不凋谢的风华。《人之窝》中，被许家大院里的人称作许师母的费亭美，每天都打扮得整整齐齐，好像要出门，好像要会客。其实是哪里也不去，哪个也不见，打扮结束之后便坐到一张很大的绷架前绣花，绣累了便坐在楼上走廊的红栏边，胸前搂着一只猫，手里夹着一支烟，眼睛看着笼子里的一只画眉，痴痴呆呆的。这些优雅、娴静、精神自足、生活考究的女性,展露出老苏州独特的生活情调与文化品格。

陆文夫《小巷深处》里有一个富有现代生活气息的姑娘,叫徐文霞:

> 苏州,这古老的城市,现在是熟睡了。她安静地躺在运河的怀抱里,像银色河床中的一朵睡莲。那不太明亮的街灯,照着秋风中的白杨,婆娑的树影在石子马路上舞动,使街道也布满了朦胧的睡意。城市的东北角,在深邃而铺着石板的小巷里,有间屋子里的灯还亮着。灯光下有个姑娘坐在书桌旁,手托着下巴在凝思。她的鼻梁高高的,眼睛乌黑发光,长睫毛,两条发辫,从太阳穴上面垂下来,拢到后颈处又并为一条,直拖到腰际,在两条辫子合并的地方,随便结着一条花手帕。在这条巷子里,很少有人知道这姑娘是做什么的,邻居们只知道她每天读书到深夜。

徐文霞曾经做过妓女,被政府解救后当了纱厂工人,并且爱上了好后生张俊。生活在她面前放出绚丽的光彩,可过去像恶梦般缠绕着她。她一方面想拥抱新生活,另一方面又本能地想逃避新生活。在工厂工作是入世,回到小巷是出世。小巷成为她精神上的避难所:

> 她渐渐地孤独起来,在寂静无声的夜晚,常蒙着被头流

泪，无事时不愿有人在身边。于是，她便在这条古老的巷子里住下来，这里没人打扰她，只是偶然门外有鞋敲打着石板，发出空洞的回响。

深幽静谧的小巷，总有一丝天人合一的避世意味。

（三）诗意陋巷

苏州的街巷，古韵古风，诗意盎然。民国时期，周黎庵《苏台怀古》中写道："友人浑家君谓苏州有二美：一是吴娃，一是小巷。吴娃我不敢承认，苏州城里的曲折小巷，确是不差……尤其是路名题得好，例如'黄鹂坊'，'干将坊'，'锦帆路'，'诗巷'，真是有诗意的。"袁殊做过汪伪时期的江苏省"教育厅厅长"，因为接触过这古城的桥河塔影，引起诗兴，写了题为《长街陋巷》的诗。他觉得，苏州的巷子都是有诗意的："记得年前偶尔和一位先生从护龙街走往宫巷，经过一条又长又窄的巷，黄包车只容单行，一看高壁上的搪瓷仿宋大黑字的路牌，写着'诗巷'……呜呼！这便是苏州罢。"（袁殊《诗巷》）

金性尧认为，古诗一样的情调，只有在苏州或类似苏州的地方，才能够体验得到。他在《苏台散策记》中写道：

记得七八年前我们住在阊门的A旅馆时，清晨七点钟醒来，门外还疏疏朗朗的细雨未收，而远近的天边却为迷蒙的晓雾所笼罩，往楼窗远眺，似乎一方斗大的碧天，正被似烟似雾又似云的氤氲之气所围荡着，这是我离乡背井以来最令人怀恋的一个江南之晨。我在床上游目了片响，慢慢的才听到了市声。再接着，几位乱头粗服的村姑，踏破了净淙的雨声，携了篾筐向每一个旅客兜卖白兰花来了：

"卖白兰花……呵！"

"阿要买白兰花……？"

她们的语调真像水般的柔脆，仿佛只要经什么东西的一击，就立刻可以碎落似的，特别是她们的语尾，往往显得悠长而纡回。……

待到卖好了花，她们又向头上戴起一块蓝粗布，冒着渐来渐急的雨珠，毫不在意的，绕着小巷陋街袅袅而去。这种风情，实在非十里洋场的上海人所能领略。

30年代的郁达夫一时心血来潮，从上海赶到苏州游览。恰逢雨天，车到了密度桥，就在微雨里到沈君友人寄寓的葑门内严衙前去：

进了封建时代的古城，经过了几条狭小的街巷，更越过了许多环桥，才寻到了沈君的友人施君的寓所。进了葑门以后，在那些清冷的街上，所得着的印象，我怎么也形容不出来。上海的市场，若说是二十世纪的市场，那么这苏州的一隅，只可以说是十八世纪的古都了。上海的杂乱的情形，若说是一个 Busy Port，那么苏州只可以说是一个 Sleepy town 了。总之阊门外的繁华，我未曾见到，专就我于这葑门里一隅的状况看来，我觉得苏州城，竟还是一个浪漫的古都，街上的石块，和人家的建筑，处处的环桥河水和狭小的街衢，没有一件不在那里夸示过去的中国民族的悠悠的态度。这一种美，若硬要用近代语来表现的时候，我想没有比"颓废美"的三字更适当的了。(《苏州烟雨记》)

苏童《雨和瓦》写二十年前的一天，"我"爬上水泥厂的仓库屋顶，准备练习跳水，不料暴雨骤降：

> 那是我惟一一次在雨中看见我家的屋顶，暴雨落在青瓦上，溅出的不是水花，是一种灰白色的雾气。然后雨势变得小一些了，雾气就散了，那些瓦片露出了它简洁而流畅的线条。我注意到雨水与瓦的较量在一种高亢的节奏中进行，无法分辨谁是受伤害的一方。肉眼看见的现实是雨洗涤了瓦上的灰土，因为那些陈年的旧瓦突然焕发出崭新的神采，在接受了这场突如其来的雨水冲洗后，它们开始闪闪发亮，而屋檐上的瓦楞草也重新恢复了植物应有的绿色。……除了上面说到的雨中的屋顶，还有我们家洞开的窗户，远远的，隔着茫茫的雨帘，我从窗内看见了母亲，她在家里，正伏在缝纫机上赶制我和我哥哥的衬衣。

一场微雨,让访友的郁达夫发现了苏州街巷的颓废美。一场暴雨,让苏童发现了旧街巷的新神采。因为曾经看到母亲在雨声中为他缝制新衬衣,苏童对雨情有独钟,对铺满青瓦的屋顶更是充满深情。

(四)书香街巷

有人说状元是苏州的土特产,书店是苏州的风景线,状元和书店是苏州的"两多"。以前是状元多,现在是书店多。苏州出了很多状元进士,而贪官污吏仅有几个,这和书香的熏染不无关系,"书可知耻,香能压臭",这是苏州籍散文家车前子说的。车前子还讲了苏州一个泥水匠知文墨的故事:

> 幼年的时候住院,邻床有个粗枝大叶的黑胖子是泥水匠,日常里沉默寡言的,有一次竟对我父亲说:"你儿子聪明,像李贺。"他大概是恭维,我父亲却不高兴。直到轰轰烈烈的"评法批儒"开始我才悟到父亲当时为什么不高兴,因为李贺是早夭的。你想苏州的一个普通工人能在日常生活里用李贺作比,尽管不太妥当,也说得上藏龙卧虎了。(《苏州书店一大片》)

书店多,是体现苏州"有文化"的重要方面。胡应麟《少室山房笔丛》载,明代苏州书肆"多在阊门内外及吴县前",但具体情形却史籍阙载。目前关于苏州书肆的较早记载,见于清乾嘉时期吴县藏书家黄丕烈的《士礼居藏书题跋记》，晚清藏书家叶德辉《书林清话》曾据此书考得乾嘉时期吴门书肆有二十四家。道光十七年（1837），苏州六十五家书坊响应官府禁令，统一焚毁淫词小说。看来这时的书店还是够多的。黄丕烈《士礼居藏书题跋记》还记录下了不少流动于苏州地区的书贾。（潘建国《明清以来书肆之变迁概述》）

清末民初，苏州的书肆主要集中在玄妙观及观前护龙街，著名目录学家陈乃乾在《上海书林梦忆录》中，回忆自己在苏州东吴大学学习时，"假日则流连于玄妙观及大成坊巷诸书肆中（当时大成坊巷中有书肆三家，其一曰大成山房。近年书肆皆聚居于观前护龙街一带，而大成坊巷中诸店停歇久矣）"。据藏书家阿英的看法，苏州书市有三个中心：自察院场至饮马桥一段护龙街，为旧书肆集中地；自察院场至玄妙观，为新书市场；自玄妙观广场折入牛角浜，为小书摊。最为著名者有以下十六家：文学山房、松石斋、存古斋、来青阁、适存庐、觉民书店、艺芸阁、宝古斋、灵芬阁、集成、勤益、琳琅阁、振古斋、欣赏斋、来晋阁、大华书店。（潘建国《明清以来书肆之变迁概述》）阿英在《苏常三日记》中写他到苏州、常熟买书的收获，"综计此行，为日凡三，两住苏，一至常熟，除与寿昌（田汉）、翰笙等晤谈外，复得书数百种，亦可谓不负此行矣"。此行中，玄妙观两日两至，护龙街则两日三至。阿英在书话中还描述其自苏州访书归来，在"灯下翻阅所得，其佳者一气读之，读尽则酣然入梦"，字里行间，充溢着令人心动的书香墨韵。

至 20 世纪 40 年代末期，苏州书肆开始衰落，书店十之八九集中于护龙街，除文学山房、来青阁及求智书店之外，尚有松石斋张氏、翰海书店王氏、觉民书社陈氏等数家，规模狭小，门庭冷落，奄奄一息，已在存没之间。苦竹斋主《书林谈屑》（1947）不无伤感地写道："吴门书坊，盛于前清乾嘉间，黄荛翁、顾听玉辈之风流韵事，至今犹为人所乐道"，六七十年代，再经"文化大革命"的摧残，苏州的书市逐渐消歇了。据说整整十年，苏州市上再也不能看到一册线装书。（潘建国《明清以来书肆之变迁概述》）

藏书家黄裳是苏州女婿，夫人家住桃花坞，他把苏州看作第二故乡。关于在苏州买书的文章，黄裳写了很多，有《访书》《姑苏访书记》《我看苏州》《苏州的书市》等。说到底，苏州对他最有吸引力的地方是那些旧书铺、书摊。黄裳回顾了几次在苏州逛书店淘得珍本的经历。据说当年的护龙街，今天的人民路，从察院场朝南，几乎整条街都是书铺，连马路边上的地摊上都是书。黄裳等人出了火车站，赶到观前，什么地方都不去，首先就是逛书铺。1948 年秋，黄裳陪叶圣陶、郑振铎、吴晗到苏州游览，他写道：

吃罢夜饭，已经是七八点钟了。郑西谛忽发豪兴，说"我们去访书去！"书店都早已上了门板，西谛就一家家叫开了门进去看。我们先到玄妙观中的李德元书铺，主人拿出了三本书给我们看。其中有一册嘉靖赵府味经堂刻的《谈野翁试验小方》，板式很特别，巾箱本，板框四周都是阴文刻花的阑。味经堂刻的这类小册子很多，多是未见著录的，这本《小方》在《千顷堂书目》中却有，西谛就撺掇我买下了。同时买了一部康熙刻的《骆临海集》，价钱只及《小方》的十分之一，随手送给了吴晗，因为骆宾王是义乌人，他的同乡。喝得半醉的西谛又带领我们走上了护龙街，打开了一家书店的排门，走进去一看，满壁琳琅，整架都是清初刻的大部头各省方志，是许博明的藏书……（《苏州的旧书》）

1949年秋，江南解放，黄裳采访归沪途中经过苏州：

已经是傍晚了，天上还落着潇潇暮雨，还是捺不住下了车赶到护龙街上。在集宝斋看到了一屋旧本书，那是刚收进来的不知谁家的旧藏，从地板上堆起了一人多高的"书山"。要一本本地看是不行的，只能抽。就这样我随手抽出了一本清初刻的女词人徐灿的《拙政园诗余》，真是高兴极了。书刻于顺治十年，大字疏行，依旧保留着晚明风气。纸用棉料，前有陈之遴序，卷尾还保留着她的几个儿子的校刻题名，旧为江山刘履芬藏书。此书她的同乡、著名藏书家吴兔床也不曾见过，刻《海昌丽则》时似乎根据的是个抄本。像这样以极偶然的机缘得到善本书的事，在别的地方是难得遇到的。（《苏州的旧书》）

因为爱书，黄裳还结识了许多书友。据说琴川书店的主人夏淡人是很值得一谈的，尤其可感的是他允许黄裳到书店楼上去随意翻看他所藏的大量残本。三十年后，谈及苏州书市的现状，黄裳颇为失落：人民路上虽已是一番崭新的景象，但古旧书店只剩下了一家。偶然走进去，承主人的好意让到楼上看书，依旧是满壁琳琅，不过和三十年前相比，那时摆在地摊上的货色似乎比现在放在玻璃橱里的质量还高得多。这使黄裳叹息不已。

  21世纪初，苏州书店进入了她寂静的秋天。有两家保留至今的老字号书店，一家文学山房（主人先后为江杏溪、江静澜、江澄波祖孙三代），一家琴川书店。此外还有古旧书店、彩香旧货市场书店、盘门花鸟市场百润发书店、文庙书店等。爱书人"我在江南无所事事"认为，这么些年里，苏州的书店，没有一家能留给人天高地阔的疏朗印象，逼仄感倒是时时俱在。即便这样，也能发现一些意趣。夏天的夜晚，老式的吊扇在头顶吱吱呀呀地响，简直快要掉下来，戴眼镜的年轻店主寂然无声地坐在门口，状如参禅，半天不动一下。(《苏州·书店》) 苏州的书店虽然风华不再，但遗韵也还有一点。

第二章　百艺游娱

一　书画百艺

唐代苏州私学的一个重要内容就是书法。元代有论者认为："欧阳询得于世南，褚遂良亲师欧阳。或云虞、褚同师史陵。陵，隋人也。欧阳询传陆柬之。柬之及见永师，又世南之甥也。陆传子彦远，彦远传张旭。彦远，张之舅也。旭又得褚遂良余论，以授颜真卿、李阳冰、徐浩、韩滉、邬肜、魏仲犀、韦玩、崔邈等二十余人。"（元刘有定《衍极注》）明代的王鏊看出这三家之间的姻亲关系和书法传承的联系："陆柬之，郡人，仁公子，虞世南甥，官著作郎，少依舅氏，临书冠古无比，隶行皆入妙品。李嗣真云：'柬之学虞草体，用笔则青于蓝。'子彦远传父业，授张旭。旭即彦远甥也。"（明王鏊《正德姑苏志》）

盛唐时期的苏州人张旭是草书大家，其草书当时与李白诗歌、裴旻剑舞并称"三绝"。《太平广记》卷二〇八讲了他对草书的妙悟和"张颠"雅号的由来：

> 张旭草书得笔法，后传崔邈、颜真卿。旭言："始吾闻公主与担夫争路，而得笔法之意；后见公孙氏舞剑器而得其神。"饮醉辄草书，挥笔大叫。以头揾水墨中而书之，天下呼为"张颠"。醒后自视，以为神异，不可复得。后辈言笔札者，欧、虞、褚、薛，或有异论，至长史无间言。（《国史补》）

此处，还写了一位爱好书法的苏州老父屡次告状的故事：

> 旭释褐为苏州常熟尉。上后旬日，有老父过状，判去。不数日复至。乃怒而责曰："敢以闲事，屡扰公门？"老父曰："某实非论事，但睹少公笔迹奇妙，贵为箧笥之珍耳。"长史异之，因诘其何得爱书。答曰："先父受书，兼有著述。"长史取视之，信天下工书者也。自是备得笔法之妙，冠于一时。（《幽闲鼓吹》）

原来，苏州老父告状的目的不是为了解决具体的纠纷，而是为了收藏张旭手批的文书。此人父亲痴迷书法，并有书法论著，在父亲的熏陶下，他也酷爱书法。张旭看了其父的著述，书法倍加长进，越发精妙。从这个故事可以看出苏州人学习书法艺术的风气之浓厚。

绘画方面，中唐李绅曾作《苏州画龙记》。文中说，自从上古时代龙飞天以后，很少出现。因为出现得少，所以工匠们得以随意创造。如果龙的形象令人惊骇，就说明画得逼真。作者就在长洲令府衙北廊下看到一幅蛟龙画：

> 长洲令厅北庑有画蛟龙六焉，元素异鳞，状殊质怪。骧首拖尾，似随风雷，乘枿薄楣，若轶云雨。燕雀惧栖其上，蝼蚁罔缘其侧。目视光射，莹无流尘，伸盘逶迤，如护榱栋。每飞雨度牖，疏云殿空，鳞鲜耀阴，顾壁疑拔。志其侧曰："僧繇、弗兴之旧度模之。"不知何人也。

这幅壁画是画工摹拟六朝时期梁天监中苏州的著名画师张僧繇和三国吴画家曹弗兴的作品而成，可惜画工之名没有流传下来。作者唯恐数百年之后庙毁画亡，因此记录下来。晚唐诗僧齐己《谢徽上人见惠二龙障子，以短歌酬之》描述了三位擅长画龙的画师，其中首先提到的就是苏州昆山金城的龙，传说此龙就是张僧繇的作品：

> 我见苏州昆山金城中，金城柱上有二龙。老僧相传道是僧繇手，寻常入海共龙斗。

至明代，苏州的吴门画派擅名天下。明初的江南，苏州、无锡地区已经有一批画家，如杜琼、刘珏、陈汝言、徐贲、陈遥等人。他们大都擅长诗文，是这一画派的先驱。宣德年间，苏州出现了吴门派开宗大师沈周，继起者有文徵明、唐寅、仇英，开创一代新风，并取代院体和浙派而占据画坛主位，历时一百五十多年，并称为"吴门四家"或"明四家"。明代中后期,经济空前繁荣,带有浓厚生活气息的作品出现在画坛,代表人物有文嘉、仇珠、周之冕、陈淳、张宏等。苏州的书画市场颇为兴旺。凌濛初《拍案惊奇》卷一《转运汉遇巧洞庭红,波斯胡指破鼍龙壳》写到了扇面字画生意:

> 话说国朝成化年间,苏州府长洲县阊门外有一人,姓文,名实,字若虚。生来心思慧巧,做着便能,学着便会。琴棋书画,吹弹歌舞,件件粗通……
> 一日,见人说北京扇子好卖,他便合了一个伙计置办扇子起来。上等金面精巧的,先将礼物求了名人诗画,免不得是沈石田、文衡山、祝枝山拓了几笔,便值上两数银子。中等的,自有一样乔人,一只手学写了这几家字画,也就哄得人过,将假当真的买了,他自家也兀自做得来的。下等的,无金无字画,将就卖几十钱,也有对合利钱,是看得见的。

苏州府赏玩字画风气浓厚。《拍案惊奇》卷二七《顾阿秀喜舍檀那物,崔俊臣巧会芙蓉屏》,写一位御史大夫高纳麟,退居姑苏,最喜欢书画。姑苏城里有一位家道殷富的郭庆春,愿意结识官员士大夫,也喜好文房清玩,一日到尼姑庵看中了一幅芙蓉屏,就买回来进献给高公。高公看着画得精致,字法俊逸,就收下了。出门送客时见一人手拿草书四幅插标待售,高公看字法好,人也仪表不俗,就把他请到府中当书法先生。此人正是崔俊臣。他与失散的妻子重新团圆，全靠字画作媒介。《二刻拍案惊奇》卷一《进香客莽看金刚经，出狱僧巧完法会分》，写白居易抄写的《金刚般若经》手卷有一卷流落到吴中太湖内洞庭山寺中，吴中贤士大夫、骚人墨客赏鉴过、题跋过的不消说，就是四方明公游客，赞叹顶礼、请求拜观、留题姓名日月的，不计其数。

《警世通言》卷二六《唐解元一笑姻缘》写到唐寅字画的名气太大，坐在阊门游船之上，就有许多斯文中人慕名来拜，出扇求其字画。唐伯虎卖身为奴求秋香的故事，也成为明代书画家的风流美谈。明代苏州人金木散人编的白话小说集《鼓掌绝尘》"雪集"讲苏州才子与临安贵族小姐的爱情故事。其故事的线索乃是一幅美人图，所画的是李刺史的六院歌姬，绘画者是姑苏名画师高屿。据说高屿原是姑苏人氏，一生唯以丹青自贵，也算得是姑苏城中的一个名人。聘他的俱是贵戚豪门，交往的尽是乡绅仕宦。这个故事中可以透露出吴门画派的一些信息。

因书画市场兴旺，产生了一批职业的书画牙人。职业的代购者或代售者——更确切地说是职业居间人被称为牙人，又叫牙郎、牙子、市牙、牙侩、驵侩、经纪等。明末商人李晋德在《商贾一览醒迷》中论及牙人时说："买卖要牙，装载需埠。买货无牙，秤轻物假。卖货无牙，银伪价盲。所谓牙者，权贵贱，别精粗，衡重轻，革伪妄也。泻船不可无埠头，车马不可无脚头。无埠头，小人乘奸为盗。无脚头，脚子弃货中途。此皆因小而失大也。"明王穉登写过一篇《黄翁传》，传主黄樏是苏州一位精于鉴赏的书法牙人：

> 黄翁名㮠，吴郡金昌人，吴号繁雄，而金昌为尤……（富人）多储古钟鼎金石图书以自娱。彬彬文采，风流甲于天下，其季子、言公之礼乐与？土人又多灵智，能以其意为赝物，街鬻射利，售者往往受其欺。黄翁能为人辨析剖证，指说好恶，出入古图经，而益以赏识，多所博通。于是，诸凡以古钟鼎金石图书售者，多就黄翁鉴，而黄翁之门日如市也。

除了书画之外，吴中百艺诸工技近乎道，有很高的艺术造诣。张岱《陶庵梦忆》卷一《吴中绝技》曰：

> 陆子冈之治玉，鲍天成之治犀，周柱之治嵌镶，赵良璧之治梳，朱碧山之治金银，马勋、荷叶李之治扇，张寄修之治琴，范昆白之治三弦子，俱可上下百年保无敌手。但其良工苦心，亦技艺之能事。至其厚薄深浅，浓淡疏密，适与后世赏鉴家之心力、目力针芥相对，是岂工匠之所能办乎？盖技也而进乎道矣。

张岱所记载的苏州良工虽属"贱业"，但他们的作品"适与后世赏鉴家之心力、目力针芥相对"，不是普通工匠能达到！

所以，苏州之雅事，成了文人的癖好。近人曾朴小说《孽海花》将上海与苏州做比较，竟也是从书画方面分出雅俗。他说上海虽然是繁华世界，但毕竟是五方杂处，书画家总带着江湖气。苏州府的书画,才是真正的雅。就连苏州文人召妓,对能赏书画、百艺兼通的妓女,也会高看一眼。小说第二回写贝效亭想召一位叫褚爱林的妓女,莘如说起褚爱林的与众不同,说她房内备着许多筝、琵、箫、笛,夹着许多碑、帖、书、画,上有名人珍藏的印,还有一个玉印,好像是汉朝一个妃子传下来的,猜测她不是旧家落薄,就是逃妾,言谈间多了一分敬重。妓女必须与文人有交往,同时又要以书画为媒介,这可能是苏州与上海的不同。

二 茶娱饮食

(一)苏帮菜

苏式菜肴,在烧制上主要采用"焖、焐、煨、炖"等手法,口味清淡,甜而不腻,讲究食雕及配色,在花式及外观上下大功夫。菜名自是力尽高雅,选料当然务求鲜活;餐具小巧而精细,轻取细品;酒水甘醇而不烈,浅饮辄止。餐前餐后喜以清茶待客,席上席下好用诗书佐酒。因此,品尝苏菜在大快朵颐之外,还是一件相当风雅的事。即使到了今天,一些传统的苏州餐馆在装潢上仍颇讲究以名家字画为点缀。从20世纪60年代的《满意不满意》,到80年代的《小小得月楼》和《美食家》,从没有一个城市像苏州这样,奢侈地用电影淋漓尽致地诠释自己的美食文化。国内外的游客们,寻访苏州时也就多了好些牵挂的理由：寻找得月楼，寻找朱自冶的那碗爆鳝面，寻找采芝斋的虾子鱼……

"陆苏州"陆文夫的中篇小说《美食家》，写一位好吃成癖并终因吃成名的"美食家"朱自冶的故事，小说对苏州饮食文化的描写非常考究。陆文夫总结了苏菜宴席的一般结构和顺序：开始的时候是冷盆，接下来是热炒，热炒之后是甜食，甜食的后面是大菜，大菜的后面是点心，最后以一盆大汤作总结。

小说中朱自冶家宴一节，把苏州菜的精致考究写到了极致。首先，主人待客时的着装很素雅。丰满圆润的女主人孔碧霞，穿一件普通的蓝色西装外套，做工考究，质地高贵，和她的年龄、体型都很相配。头发向上反梳着，在后脑上高高隆起。男主人朱自冶穿着一套旧西装，规规矩矩地系着一条旧领带，领带塞在西装马甲里。孔碧霞的女儿穿着也很入时，高跟皮鞋，直筒裤，银灰色的衬衫镶着两排洁白的蝴蝶边，衬衫是束腰的。

宴会的环境也非常雅致。宴会地点设在"五十四号"朱自冶和孔碧霞的私宅，一个幽雅而紧凑的庭院里：

> 树木花草竹石都排列在一个半亩方塘的三边，一顶石桥穿过方塘，通向三间面水轩。在当年，这里可能是那位政客兼教授的书房，明亮宽敞，临水是一排落地的长窗。所有的长窗都大开着。可以看得清楚，大圆桌放在东首，各界人士暂时都坐在西头……

>　　四面打量，见窗外树影婆娑，水光耀廊，一阵阵桂花的香气，庭院中有麻雀吱吱唧唧……

入席时，席面的名贵考究和色彩搭配的雅洁清爽令人惊叹：

>　　人们来到东首，突然眼花缭乱，都被那摆好的席面惊呆了。洁白的抽纱台布上，放着一整套玲珑瓷的餐具，那玲珑瓷玲珑剔透，蓝边淡青中暗藏着半透明的花纹，好像是镂空的，又像会漏水，放射着晶莹的光辉。桌子上没有花，十二只冷盆就是十二朵鲜花，红黄蓝白，五彩缤纷。凤尾虾、南腿片、毛豆青菽、白斩鸡，这些菜的本身都是有颜色的。熏青鱼、五香牛肉、虾子鲞鱼等等颜色不太鲜艳，便用各色蔬果镶在周围；有鲜红的山楂，有碧绿的青梅。那虾子鲞鱼照理是不上酒席的，可是这种名贵的苏州特产已经多年不见，摆出来是很稀罕的。那孔碧霞也独具匠心，在虾子鲞鱼的周围配上了雪白的嫩藕片，一方面为了好看，一方面也因为虾子鲞鱼太咸，吃了藕片可以冲淡些。
>
>　　十二朵鲜花围着一朵大月季，这月季是用勾针编结而成的，很可能是孔碧霞女儿的手艺，等会儿各种热菜便放在花里面。一张大圆桌就像一朵巨大的花，像荷花，像睡莲，也像一盘向日葵。

宴会正式开始以后,菜品的丰富令人目不暇接。第一道放在西红柿碗里的虾仁,就让众人震撼。往后是芙蓉鸡片、雪花鸡球、菊花鱼等,各种热炒纷纷摆上台面。三只炒菜之后必有一道甜食,甜食进了三道:剔心莲子羹、桂花小圆子、藕粉鸡头米。第十只菜做完,孔碧霞来敬酒,随后下半场的大幕拉开,热菜、大菜、小点心滚滚而来:松鼠桂鱼、蜜汁火腿、"天下第一菜"、翡翠包子、水晶烧卖……一只"三套鸭"更是把剧情推到了顶点。所谓三套鸭,便是把一只鸽子塞在鸡肚里,再把鸡塞到鸭肚里,烧好之后看上去是一只整鸭,一只硕大的整鸭趴在船盆里。船盆的四周放着一圈鹌鹑蛋,好像那蛋就是鸽子生出来的。

  配合宴会的进程,酒也在不断更换。上半场喝葡萄酒,用玻璃杯。下半场的情绪更加高涨,酒的度数也略有升高,喝绍兴加饭、陈年花雕,性情温和,不会叫人口麻舌辣,用宜兴的紫砂杯,杯形如桃,把手如枝叶,颇有民族风味。五粮液是在喝汤之前用的。

  整个进餐过程不仅是口腹的享受,还是一种审美的享受。随着朱自冶的一声"上菜啦",孔碧霞的女儿,一个十分标致的姑娘手捧托盘,隐约出现在竹木之间,几隐几现便到了石板桥的桥头。她步态轻盈,婀娜多姿。桥上的人,水中的影,手中的盘,盘中的菜,一阵轻风似的向吃客们飘来,像现代仙女从月宫饭店中翩跹而来。苏式菜肴的精致讲究,真是登峰造极。

（二）面 食

朱枫隐《饕餮家言》"苏州面馆中之花色"讲述面食花样之繁多，让人吃惊：

> 苏州面馆中，多专卖面，其偶卖馒首、馄饨者，已属例外，不似上海等处之点心店，面粉各点无一不卖也。然即仅一面，其花色已甚多，如肉面曰"带面"，鱼面曰"本色"，鸡面曰"壮（肥）鸡"。肉面之中，又分瘦者曰"五花"，肥者曰"硬膘"，亦曰"大精头"，纯瘦者曰"去皮"，曰"蹄膀"，曰"爪尖"；又有曰"小肉"者，惟夏天卖之。鱼面中，又分曰"肚裆"，曰"头尾"，曰"头爿"，曰"㓕（音豁）水"，即鱼鳃也，曰"卷菜"。总名鱼肉等佐面之物，曰"浇头"，双浇者曰"二鲜"，三浇者曰"三鲜"，鱼、肉双浇曰"红二鲜"，鸡、肉双浇曰"白二鲜"。鳝丝面、白汤面（即青盐肉面）亦惟暑天有之，鳝丝面中又有名"鳝背"者。面之总名曰"大面"，曰"中面"，中面比大面价稍廉，而面与浇俱轻；又有名"轻面"者，则轻其面而加其浇，惟价则不减。大面之中，又分曰"硬面"，曰"烂面"。其无浇者曰"光面"，光面又曰"免浇"。如冬月之中，恐其浇不热，可令其置于面底，名曰"底浇"。暑月中嫌汤过热，可吃"拌面"。拌面又分曰"冷拌"，曰"热拌"；曰"鳝卤拌"，曰"肉卤拌"；又有名"素拌"者，则以酱、麻、糟三油拌之，更觉清香可口。喜辣者更可加

以辣油，名曰"加辣"。其素面亦惟暑月有之，大抵以卤汁面筋为浇，亦有用蘑菇者，则价较昂。卤鸭面亦惟暑月有之，价亦甚昂。面上有喜重用葱者，曰"重青"，如不喜用葱，则曰"免青"。二鲜面又名曰"鸳鸯"，大面曰"大鸳鸯"，中面曰"小鸳鸯"。凡此种种名色，如外路人来此，耳听跑堂者口中之所唤，其不如丈二和尚摸不着头者几希。

有一家面食店唤作"朱鸿兴"，黄裳在这儿吃过葱油开洋面和虾爆鳝面。陆文夫《美食家》写朱自冶讲究吃"头汤面"，也是在"朱鸿兴"：

> 那时候，苏州有一家出名的面店叫作朱鸿兴，如今还开设在怡园的对面。至于朱鸿兴都有哪许多花式面点，如何美味等等我都不交待了，食谱里都有，算不了稀奇，只想把其中的吃法交待几笔。吃还有什么吃法吗？有的。同样的一碗面，各自都有不同的吃法，美食家对此是颇有研究的。比如说你向朱鸿兴的店堂里一坐："喂！（那时不叫同志）来一碗××面。"跑堂的稍许一顿，跟着便大声叫喊："来哉，××面一碗。"那跑堂的为什么要稍许一顿呢，他是在等待你吩咐吃法的——硬面，烂面，宽汤，紧汤，拌面；重青（多放蒜叶），免青（不要放蒜叶），重油（多放点油），清淡点（少放油），重面轻浇（面多些，浇头少点），重浇轻面（浇头多，面少点），过

桥——浇头不能盖在面碗上，要放在另外的一只盘子里，吃的时候用筷子搛过来，好像是通过一顶石拱桥才跑到你嘴里……如果是朱自冶向朱鸿兴的店堂里一坐，你就会听见那跑堂的喊出一大片："来哉，清炒虾仁一碗，要宽汤、重青，重浇要过桥，硬点！"

一碗面的吃法已经叫人眼花缭乱了，朱自冶却认为这些还不是主要的；最重要的是要吃"头汤面"。千碗面，一锅汤。如果下到一千碗的话，那面汤就糊了，下出来的面就不那么清爽、滑溜，而且有一股面汤气。朱自冶如果吃下一碗有面汤气的面，他会整天精神不振，总觉得有点什么事儿不如意。所以他不能像奥勃洛摩夫那样躺着不起床，必须擦黑起身，匆匆盥洗，赶上朱鸿兴的头汤面。

（三）塘 藕

苏州的藕，在唐代就是贡品。据《姑苏食话》，藕有田藕和塘藕之分，苏州所产大都是塘藕。以一节者为佳，双节者次之，三节者更次之。晚近以来，葑门外黄天荡、杨枝塘的藕名满江南，以产于黄天荡金字圩的为最佳。苏州人吃藕，方法很多。最简单的就是将鲜藕片片切了，盛在小碟里，用牙签挑着，放入口中，慢慢咀嚼，能得藕的真味，尤其宜于酒后进食。此外，亦可做成藕丝、藕饼；或用藕丝与青椒炒成一盆，或加糯米焐熟藕；或煮为藕粥。

周作人《藕的吃法》讲了吃藕的几种方法。他认为还是熟吃好。其一是藕粥与蒸藕,用糯米煮粥,加入藕去,同时也制成了蒸藕。因为藕有天然的空窍,中间也装好了糯米,切成片时很是好看。其二是藕脯,也就是糖煮藕。把藕切为大小适宜的块,同红枣、白果煮熟,加入红糖。据说乡下过年祭祖时,必有此一品,为小儿辈所欢迎,还在鲞冻肉之上。其三是藕粉,则是全国通行。三者之中,藕脯纯是家常吃食,做法简单,也最实惠耐吃。

叶圣陶《藕与莼菜》,回忆故乡苏州风物,也说到藕的吃法:

同朋友喝酒,嚼着薄片的雪藕,忽然怀念起故乡来了。若在故乡,每当新秋的早晨,门前经过许多的乡人:男的紫赤的臂膊和小腿肌肉突起,躯干高大且挺直,使人起康健的感觉;女的往往裹着白地青花的头布。虽然赤脚,却穿短短的夏布裙,躯干固然不及男的这样高,但是别有一种康健的美的风致。他们各挑着一副担子,盛着鲜嫩玉色的长节的藕。在藕的家乡的池塘里,在城外曲曲弯弯的小河边,他们把这些藕一濯再濯,所以这样洁白了。仿佛他们以为这是供人体味的高品的东西,这是清晨的图画里的重要题材,倘若满涂污泥,就把人家欣赏的浑凝之感打破了;这是一件罪过的事,他们不愿意担在身上,故而先把它们洗濯得这样洁白了,才挑进城里来。他们想要休息的时候,就把竹扁担横在地上,自己坐在上面,随便拣择担里过嫩的"藕枪"或是较老的"藕朴",大口地嚼着解渴。过路的人便站住了,红衣衫的小姑娘拣一节,白头发的老公公买两支。清淡的甘美的滋味于是普遍于家家且人人了。这样情形,差不多是平常的日课,直到叶落秋深的时候。

在叶圣陶心中,藕不仅仅是一种故乡的风味,而且是故乡人淳朴生活的象征。

(四)吃 茶

据《姑苏食话》,唐代苏州已有茶肆,至明末清初,苏州茶馆已遍于里巷,其中还设有说书和评弹。书场也往往在茶馆里。除了城里,各乡镇的茶馆也有书场。至清末民初,茶馆业出现繁荣局面,坊肆极多。清人松陵岂匏子《续苏州竹枝词》咏道:"莫问朝饔与夕飧,点心荤素买来吞。取衣典押无他事,日饮香茶夜饮樽",说的就是喝茶。陆文夫曾考证,苏州人把上茶馆叫做孵茶馆,意思是像老母鸡孵蛋似的坐在那里不动身。这一动不动像老母鸡一样的"孵",道出了苏州人在茶馆里的悠闲舒适自在的乐趣。(《门前的茶馆》)茶馆的功能还有很多。范烟桥认为茶馆有社交的功能,而且便宜极了:"苏州人喜茗饮,茶寮相望,座客常满,有终日坐息于其间不事一事者。虽大人先生亦都纡尊降贵入茶寮者,或目为群居终日,言不及义。其实则否,实最经济之交际场、俱乐部也。"(《茶烟歇》)茶馆既可消闲,又可接触社会,了解各种信息。陆文夫曾记述20世纪 40 年代山塘街上的一家小茶馆，不仅吃喝玩乐一应俱全，还是信息中心和生意场，甚至还可以"打官司"：

> 小茶馆是个大世界，各种小贩都来兜生意，卖香烟、瓜子、花生的终日不断，卖大饼、油条、麻团的人是来供应早点。然后是各种小吃担都要在茶馆的门口停一歇，有卖油炸臭豆腐干的，卖鸡鸭血粉汤的，卖糖粥的，卖小馄饨的……间或还有卖唱的，一个姑娘挽着一个戴墨镜的瞎子，走到茶馆的中央，瞎子坐着，姑娘站着，姑娘尖着嗓子唱，瞎子拉着二胡伴奏。许多电影和电视片里至今还有此种镜头，总是表现那姑娘生得如何美丽，那小曲儿唱得如何动听等等之类。其实，我所见到卖唱姑娘长得都不美，面黄肌瘦，发育不全，歌声也不悦耳，只是唤起人们的恻隐之心，给几个铜板而已。
>
> 茶馆店不仅是个卖茶的地方，孵在那里不动身的人也不仅是为了喝茶的，这里是个信息中心，交际场所，从天下大事到个人隐私，老茶客们没有不知道的，尽管那些消息有时是空穴来风，有的是七折八扣。这里还是个交易市场，许多买卖人就在茶馆店里谈生意。这里也是个聚会的场所，许多人都相约几时几刻在茶馆店里碰头。最奇怪的还有一种所谓的吃"讲茶"，把某些民事纠纷拿到茶馆店评理。双方摆开阵势，各自陈述理由，让茶客们评论，最后由一位较有权势的人裁判。此种裁判具有很大的社会约束力，失败者即使再上诉法庭，转败为胜，

社会舆论也不承认，说他是买通了衙门。（陆文夫《门前的茶馆》）

说到苏州知名的茶社，小说家程瞻庐《苏州识小录》的"茶寮"条写道：

> 城内著名之茶寮，玄妙观有"雅聚"（今仍旧），观前街有"玉楼春"（今改组），临顿路有"望月"（今停歇）。好事者曾凑合以成出联曰："雅聚玉楼春望月。"惜无有对之者。苏人吃板茶之风颇盛（按日必往茶寮，谓之板茶），亦有每日须至茶寮二三次者。一次泡茶以后，茶罢出门，茶博士不收壶去，仅将壶倚戤一边，以待其再至三至，名曰"戤茶"。取得"吃戤茶"之资格者，非老茶客不可。仅出一壶茶之费，而可作竟日消遣。茶博士贪其逢节有犒赏，故对于此辈吃戤茶者，奉承之惟恐不至也。

最富盛名的茶馆莫过于吴苑了。陶凤子《苏州快览》记道：

> 近年来各茶馆竞尚装饰，多改造房屋，如吴苑深处、茂苑等，院宇曲折，花木扶疏，身临其地，与知友二三，饮茗谭笑，殊觉别有雅趣。其茶资大概铜圆八枚或十枚，其次者只四五枚而已。

吴苑创于民国元年（1912），在北局太监弄，五开间门面，前后四进，后门直通珍珠弄。楼下有五个堂口，楼上有五开间大堂口和后面一个小堂口。各个堂口各有特色，方厅以木雕挂落分隔前后。茶客川流不息，四季盈门，据说每天茶客逾千人。金孟远《吴门新竹枝》咏道："金阊城市闹红尘，吴苑幽闲花木新。且品碧螺且笑语，风流岂让六朝人。"又另加小注曰："吴人有品茗癖，而吴苑深处，为邑中人士荟集之所，一盏香茗，清谈风月，不知身在十丈软红尘中矣。"

老苏州郑逸梅《苏州的茶居》说过20世纪30年代的吴苑：

> 我们苏州人真会享福，只要有了些小家私，无论什么事都不想做。他们平常的消遣，就是吃茶。吃茶的最好所在，就是观前吴苑深处。那茶居分着什么方厅咧，四面厅咧，爱竹居咧，话雨楼咧，听雨山房咧，不像上海的茶馆，大都是个几开间的统楼面，声浪嘈杂，了无情趣可比。所以那班大少爷们，吃了饭没事，总是跑去泡壶茶，消磨半日光阴。因为他们的生活问题，早已解决，自有一种从从容容优哉游哉的态度。好得有闲阶级，大都把吴苑深处作为俱乐部，尽可谈天说地，不愁寂寞。他们谈话的资料，有下列的几种：一、赌经，二、风月闲情，三、电影明星的服装姿态，四、强奸新闻，五、讽刺社会……一切世界潮流，国家大计，失业恐慌，经济压迫，这

些溢出谈话范围以外的,他们决不愿加以讨论。多谈了话,未免口渴,那么茶是胥江水煮的,确是绝妙的饮料,尽不妨一杯连一杯的喝着。多喝了茶,又觉嘴里淡出鸟来,于是就有托盘的食品来兜卖,有糖山楂、桂圆糖、脆松糖、排骨、酱牛肉,甚而至于五香豆也有特殊的风味……点心方面,什么玫瑰袋粽、火腿粽子、肉饼,就是要叫松鹤楼的卤鸭面也便捷得很。这种口福,真不知吴侬几生修到呢!(《逸梅丛谈》)

三四十年代,几次文人在吴苑喝茶的情形被记了下来。1936年7月,朱自清来苏州,叶圣陶就邀他到吴苑吃茶。朱自清在日记里写道:"在中国式茶馆吴苑约一小时,那里很热。"

苏州人吃茶,亦雅亦俗。城乡之间,官民之间,虽有不同,但追求闲适、随意的生活状态,却是一致的。1944年2月,金性尧、苏青等游苏州,汪正禾邀他们去吴苑,金性尧说起在吴苑的吃茶情形,感觉除了拥挤之外,茶客与茶客之间,也没有像上海那样分成很严格的阶级。相反,倒是短衫同志占着多数。这也见得吃茶在苏州之如何"平民化"了(金性尧《苏台散策记》)。在苏州吃茶,更多的是无所为而为。你尽可以从早晨泡一壶清茶,招几件点心,从从容容地坐上它几小时。换言之,吃茶是占据苏州人生活的一部分。那种冲淡、闲适、松弛的姿态,大概是跟整个苏州人的性格不无关联。再进一步说,也是中国人的田园性格之一脉。

吴苑还有一种"新的服务",就是散文家周劭谈到的"租报"。

那时上海的小报多到三四十家，鲁迅或洋人称它为"蚊报"，都是些言不及义的消闲读物，每张总也得二三个铜板，要买齐它们毕竟所费不赀。但到了吴苑，你只要花角把"小洋"，便会有报贩轮流换给你看尽当天上海的小报。因为每天头班火车到苏州不过七点钟，所以在吴苑吃早茶的茶客一早便能看到当天的沪报（周劭《苏州的饮食》）。

除了吴苑，苏州还有其他有名的茶馆。陆文夫《美食家》说到阊门茶舍的考究。那爿大茶楼上有几个和一般茶客隔开的房间，摆着红木桌、大藤椅，自成一个小天地。那里的水是天落水，茶叶是直接从洞庭东山买来的；煮水用瓦罐，燃料用松枝，茶要泡在宜兴出产的紫砂壶里。吃喝吃喝，吃与喝是一个不可分割的整体。

玄妙观也是吃茶的好地方。朱枫隐《饕餮家言》写道："儿时即闻有'喝茶三万昌，撒尿牛角浜'之童谣。一般缙绅士夫，以及无业游民，其俱乐部皆集中玄妙观，好事之徒乃设茶寮以牟利。初只三万昌一家，数十年后接踵而兴者，乃有熙春台与雅聚两家。熙春台早经歇业，而雅聚亦更为品芳居矣。"曾朴《孽海花》也提到玄妙观的雅聚园茶坊。郁达夫觉得玄妙观里的许多茶馆，是苏州人的风雅趣味的表现。无论穷富，苏州人都喜欢把吃茶当作生活的一部分，茶馆也有了家的味道。

早晨一早起来，就跑上茶馆去。在那里有天天遇见的熟脸。对于这些熟脸，有妻子的人，觉得比妻子还亲而不狎，没有妻子的人，当然可把茶馆当作家庭，把这些同类当作兄弟了。大热的时候，坐在茶馆里，身上发出来的一阵阵的汗水，可以以口中咽下去的一口口的茶去填补。茶馆内虽则不通空气，但也没有火热的太阳，并且张三李四的家庭内幕和东洋中国的国际闲谈，都可以消去逼人的盛暑。天冷的时候，坐在茶馆里，第一个好处，就是现成的热茶。除茶喝多了，小便的时候要起冷痉之外，吞下几碗刚滚的热茶到肚里，一时却能消渴消寒。贫苦一点的人，更可以借此熬饥。若茶馆主人开通一点，请几位奇形怪状的说书者来说书，风雅的茶客的兴趣，当然更要增加。有几家茶馆里有几个茶客，听说从十几岁的时候坐起，坐到五六十岁死时候止，坐的老是同一个座位，天天上茶馆来一分也不迟，一分也不早，老是在同一个时间。非但如此，有几个人，他自家死的时候，还要把这一个座位写在遗嘱里，要他的儿子天天去坐他那一个遗座。近来百货店的组织法应用到茶业上，茶馆的前头，除香气烹人的"火烧"、"锅贴"、"包子"、"烤山芋"之外，并且有酒有菜，足可使茶客一天不出外而不感得什么缺憾。（郁达夫《苏州烟雨记》）

公园里的茶室，也为人称道。郑逸梅《苏州的茶居》写道："还有公园的东斋、西亭，都是品茗的好所在。尤其是夏天，因为旷野的缘故，凉风习习，爽气扑人，浓绿荫遮，鸟声聒碎。坐在那儿领略一回，那是何等的舒适啊！东斋后面更临一池，涟漪中亭亭净植，开着素白的莲花。清香在有意无意间吹到鼻观，兀是令人神怡脾醉。

公园附近有双塔寺,浮图写影在夕照中,自起一种诗的情绪画的意境来。惜乎不宜于冬,不宜于风雨,所以总不及吴苑深处的四时皆春,晴雨无阻。"

据说,少年时代的叶圣陶放学后就到雅聚、老义和等茶馆吃茶。晚年他曾经问起过苏州老乡:"苏州的茶馆现在哪亨了?"当他听说苏州的茶馆所剩无几的时候,觉得不可理解:"苏州人哪能可以勿孵茶馆?"叶老先生说的是苏州青石弄的事情。在苏州,甚至一直到"大跃进"之前,茶馆是遍及大街小巷和城乡各地的。

(五)茶 点

苏州人爱吃茶,茶点自然也得好。周作人曾谈到苏州茶点的起源,说北方的是官礼茶食,南方的是嘉湖细点。自明朝永乐以来,中央政府虽设在北京,但文化中心一直还是在江南一带,官绅富豪生活奢侈,茶食一类也就发达起来。(周作人《南北的点心》)

王稼句《姑苏食话》介绍了苏州茶馆里的几种茶点,像夏天有扁豆糕、绿豆糕、斗糕、清凉薄荷糕。值得一提的,有一种袋粽,并不用箬叶包裹,而是将糯米灌入薄布袋里,比红肠粗些长些,煮熟出袋,切成一片片装在盆里,另外还有一碟玫瑰酱。玉白的片片袋粽,蘸着鲜红的玫瑰酱,香糯清甜,爽口不腻。秋天到时,除了茶食以外,则有新鲜的南荡鸡头、桂花糖芋艿和又糯又香的铜锅菱。其他像生煎馒头、夹肉饼、朝板饼、香脆饼、蟹壳黄、蛋面衣以及鲜肉粽、火腿粽、猪油豆沙粽等则四季都有,随时可食。如果想换换口味，吃点咸味的，还可让茶馆的跑堂给你去买，各种面食和卤菜，像熏脑子、熏蛋、五香鸭翅膀、五香茶叶蛋、五香豆腐干。进了茶馆，可以说想吃什么就有什么。

朱枫隐《饕餮家言》说到野荸荠、稻香村、叶受和三家茶食的名气：

> 苏州野荸荠、稻香村之茶食，遐迩驰名，分肆遍于各埠，然其大本营，则稻香村在苏州观前街之洙泗巷口；野荸荠在临顿路之钮家巷口，今迁萧家巷口。其出品，稻香村从前专批发于各乡镇，故营业虽佳而制法甚粗，野荸荠则较精。惟近今有宁波人所开之叶受和，出而与之竞争，故稻香村亦大加改良，而野荸荠顿形退化，然其所制之肉饺、楂糕、云片糕、猪油糕、熏鱼等，则当推首屈一指也。

莲影《苏州小食志》专门讲了"茶食"，也提到苏州茶食店，稻香村最为著名，其次为叶受和，若东禄、悦采芳，又其次。余店虽多，皆卑不足道。莲影还讲了肉饺、火腿月饼、葱猪油月饼几种咸味茶食的做法：

> 茶食甜者居多，咸者绝少，只有肉饺及火腿月饼、葱猪油月饼而已。但月饼须七八月上市，肉饺则常年有之，以稻香村为最佳。其制法，选择上品猪肉，去净筋膜，刀剁如泥，加入顶好

酱油，更用干面和以荤油作外衣，入炉烘之，如能趁热即食，则酥松鲜美，到口即融，别饶风味也；设冷后复烘，则其汁走入皮中，便无味矣。至于火腿、葱猪油两种月饼，其制法与肉饺大略相同。但火腿月饼有名无实，盖猪油居十之八，火腿居十之二，实与葱油月饼大同小异。且此两种月饼，因猪油太多之故，热食则腻膈，冷食则滑肠，有碍卫生，非佳品也。

莲影还讲了大方糕、鸡蛋糕、芙蓉酥等几种甜味茶食的做法、滋味：

春末夏初，大方糕上市，数十年前，即有此品，每笼十六方，四周十二方系豆沙猪油，居中四方系玫瑰白糖猪油。每日只出一笼，售完为止，其名贵可知。彼时铜圆尚未流行，每方仅制钱四文，斯真价廉物美矣……

方糕之外，以鸡蛋糕最佳，向日只有黄色蛋糕，且入烘炉时，糕上遍涂菜油，苟手携不慎必至污衣。嗣后发明白色蛋糕，俗名"洋鸡蛋糕"，色白净而无油，携带乃称便焉。更有名"芙蓉酥"者，先以糯米淘净，浸透烧空，复以洁净白糖和熬熟荤油融化锅中，稍冷，于其欲凝未凝时，将烧米拌入起锅，印以模型，冷而倾出即成，入口松脆非常，亦隽品也。

这也难怪周作人1947年8月在南京老虎桥坐牢时，忽忆起苏州的茶食来，写道："东南谈茶食，自昔称嘉湖。今日最讲究，乃复在姑苏。粒粒松仁缠，圆润如明珠。玉带与云片，细巧名非虚。"(《丁亥暑中杂诗·茶食》) 不过，对于他来说，此时再想去苏州吃茶点，恐怕有点难了。

（六）游　娱

姑苏富足，民风好游。乾隆时期《吴县志》云："吴人好游，以有游地、有游具、有游伴也。游地，则山水园亭，多于他郡；游具，则旨酒嘉肴、画船箫鼓，咄嗟而办；游伴，则选妓徵歌，尽态极妍，富室朱门，相引而入，花晨月夕，竞为胜会，见者移情。"明莫旦《苏州赋》说吴人生活安逸，好游娱，生活好奢："舞兮白纻，歌兮吴趋；火盆爆竹兮残岁乐，楼船箫鼓兮暮春嬉"，"华栋宇，丰庖厨，侈搢丧，竞游娱，恃常产，奉淫祠，多奢少俭，习所然欤"。张大纯《吴中时序篇》述一年里的游娱胜事：

> 若夫斗转春回，时当献岁，阊城咽巷，人庆新年……杂沓浹朝，侵寻元夕……灯市聚吴趋之里，彩球艳金阊之亭。火塔星桥，辉煌达旦。烟竿灯谜，智巧争夸。才停城市之游，又蜡登山之屐。梅花万树，岂必罗浮；香雪千村，咸推邓尉。既舟车之络绎，亦诗酒之连绵。他若上巳临流，祓禊遍名园绿水；清明禁火，祭扫问绕郭青山。大士分身，游女闹支硎春晓；纯阳诞瑞，倾城携仙院香浓。堤上踏青，马嘶芳草；林间新绿，莺坐垂杨。昨日春归，歌传檀板；今朝谷雨，茶试旗枪。

白居易曾在苏州做刺史，离任后写了多首怀念苏州的诗篇。《和梦得夏至忆苏州呈卢宾客》是在他作别苏州十三年后所作，回忆在苏州时夏至吃粽子和烤鹅的情形："忆在苏州日，常谙夏至筵。粽香筒竹嫩，炙脆子鹅鲜。水国多台榭，吴风尚管弦。每家皆有酒，无处不过船。交印君相次，褰帷我在前。"南宋吴文英词《声声慢·寿魏方泉》写中秋节在第二故乡苏州与友人宴饮游赏的快乐：

> 莺团橙径，鲈跃莼波，重来两过中秋。酒市渔乡，西风胜似春柔。宿春去年村墅，看黄云、还委西畴。凤池去，信吴人有分，借与迟留。　应是香山续梦，又凝香追咏，重到苏州。青鬓江山，足成千岁风流。围腰御仙花底，衬月中、金粟香浮。夜宴久，揽秋云、平倚画楼。

几位诗人把苏州的饮食之美、风景之美、人物的风雅尽展笔端。

船娘作为游伴，也是苏州风雅的一部分。南社文人叶楚伧《金昌三月记》写苏州船娘聚集的金昌亭：

> 金昌亭，为苏州胜游荟萃之地。香巢十里，金箔双开，夕照一鞭，玉骢斜系。留园之花影、虎丘之游踪、方基之兰桨，靡不团艳为魂，碾香作骨。亭午则绿云万户，鬟儿理妆；薄暮则金勒香车，搴帷陌上。追灯火竞上，笙箫杂闻时，则是郎醉如醇，妾歌似水矣……

> 方基画船,薄暮斯集。船娘多二十许丽人,织锦花鞋,青罗帕头,波光面影,一水皆香。最好是艄头笑语,月下微歌。
>
> 风华少年,挟艳买桨,游虎丘山塘间。夕阳欲下,缓缓归来,辄集于方基。野水上杯,名花列坐,笙歌隔水,珠玉回波。星转露稀,则两行红烛,扶醉而归。洵夜景之解人,欢场之韵迹也。

范烟桥在其笔记《茶烟歇》中有一则径以"船娘"为题,中云:

> 苏州船娘,艳著宇内,与秦淮桃叶媲美。故《吴门画舫录》班香宋艳,与《秦淮画舫录》同为花史巨制,开《教坊记》《北里志》之生面。近时顿见衰落,虽画舫依然,而人面不知何处去矣!尝见某笔记云,清人入关,颇不喜女闾,于是莺莺燕燕,悉避诸舟中,因舟中佳丽独弗禁,遂成习惯而产生一"船娘"之名词。当时悉在七里山塘间,一舸容与,群花招展,指点景物,品量容颜,往往竟日不足,继之以烛,因此有"热水船"之称。意谓柔橹拨水,殆将腾腾有热气焉。洪杨后,尚有数舫载艳,惟已变旧时体制,主舫政者多为枇杷巷中人,仅以船菜博人朵颐。然春秋佳日,亦颇多主顾。夏初,黄天荡赏荷,更排日招邀。自废娼后,无复"画船箫鼓夕阳归"之况矣。

周瘦鹃对山塘街的画舫和船娘的吴侬软语痴迷不已。《姑苏台畔秋光好》记他曾于某一年的春间,随老诗人张仲仁、陈石遗、金松岑诸前辈,以夏桂林画舫泛山塘,玩水终日,乐而忘倦,归来后写了一组《七里山塘词》。如"拾翠人来打桨邀,山塘七里绿迢迢""好是平波明似镜,吴娘临水照梳头""七里山塘宛宛流,木兰桡上听吴讴",形象地描摹出船娘的柔情、娟丽和歌喉之宛转。尤其是"吴娃生小解温存,画出纤眉似月痕。七里山塘春水软,一声柔橹一销魂"一首,写尽了吴娃的温存软媚,足见周瘦鹃对于山塘是倾倒之至了。

对于孩童而言,苏州有独特的游趣。

包天笑《儿童时代的娱乐》记作者十岁之前苏州的娱乐。第一是戏剧。当时苏州的戏馆,城内只有一家,在郡庙前,专唱昆剧的。城外也有一家,在阊门外的普安桥,那是唱京戏的。第二是到茶馆听说书。说书分两派,一派说大书的,称之为平话,只用醒木一方,说的书,如三国、水浒、岳传、英烈、金台传之类;一派说小书的,称之为弹词,因为它是要唱的,所以有三弦、琵琶等和之,所说的书,有《描金凤》《珍珠塔》《玉蜻蜓》《白蛇传》《三笑姻缘》之类。第三是"曲局"与"清唱",两者的不同就是一雅一俗而已。第四是变戏法,即魔术。戏法有两种,一种是文的,一种是武的。文的藏物于身,说说笑笑,武的有飞水、飞碗、吞剑、吐火之类。还有一种女子说书,别处没见过,只有苏州才有。再低级之娱乐,则在城中心的玄妙观内,各种技艺都有,如露天书、独脚戏、说因果、小热昏、西洋镜,都是属于文的。其他如卖拳头、走绳索、使刀枪、弄缸弄甏，都是属于武的了。因此苏州的玄妙观，可称为儿童的乐园。其次便是街头娱乐了，最普通的有两种：一种是木人头戏，演者挑一担子，选择街头略空旷处，敲起小锣，儿童群集，他就用扁担等支起一个小戏台来。另一种是猴子戏，由猴子演出种种把戏，召集街童观看。

徐卓呆《我之新年趣事》回忆新年时的三件有趣的事情：

一是放炮。"元旦日，天没亮的时候，家家门口烧什么元宝钱粮，总有这么一缸的，我就买了两响小爆竹数十个，藏在袖内，从小街上一路走去，经过一缸，暗暗抛一个在内，走不到两三步，就'蓬拍'的响了，我又在第二家门口抛第二个唎。于是爆竹的声音，可以跟着我的身体，一路的响过去，非常有趣。有时特别讨好，放半串小鞭炮在内，那更好了。"

二是除夕半夜吹灯笼和拍乌龟。"在黑暗的小街上，远远瞧见有人提着灯笼走来（大除夕路上行人，大半提着灯笼的），便由一个较大的人，假意上去借火吸烟，口一凑到灯笼上，突然将火吹灭。"拍乌龟在"十二月廿三日就流行了，糖元宝的摊上去讨了一块白粉（当时还没有粉笔唎），在自己手心里，画了一个小乌龟，见有穿黑布或青布衣服的乡下人走来，轻轻在他身上一拍，那白乌龟便印在他衣上了，非常清楚"。

三是祀神。"元旦日起，我祖母天天要我拜天、地、井、灶、家堂等处。……我喜欢看那祖宗的行乐图，看了之后，不免一一想像起我那没见过面的祖宗来。""我看画着的灶神，须也极长，面孔又笑盈盈的,似乎很和气,并且下面还画着四五个小孩子,所以我非常看重他,当他一位年长德高的老人看待。"那井泉童子是个小孩子打扮,"我便大大的瞧不起他","他面前供的福橘、荸荠、乌菱、元宝等物,我一样样拿来大嚼了"。

  这三件趣事带着孩子的童真,前两件趣事还有恶作剧的成分。通过孩子的视角,写出了姑苏的热闹。

第三章 水之乡

一 水乡：渔民、商业、内河

在唐代的诗歌、小说中，苏州就已经作为一座水城存在了。杜荀鹤在《送人游吴》中说："君到姑苏见，人家尽枕河。古宫闲地少，水港小桥多。夜市卖菱藕，春船载绮罗。遥知未眠月，乡思在渔歌。"小桥、水巷、菱藕、舟船这些都是当时苏州最常见的景物。水乡离不开发达的渔业。当时的苏州，渔民众多，在此生活的人们爱吃鱼，所以，唐小说中还有大量写渔民生活的作品。那时的渔民，生活相当艰辛，经常会有出船捕捞而葬身河海、一去不返的事发生。由于唐代尊佛重道，所以，这些和渔业捕捞有关的故事，又常常蕴含着佛道教义。

在《太平广记》里的《王可交》这篇唐代小说中，曾记载过这样一个故事：王可交是苏州渔民，喜爱吃鱼，有一次他在捕鱼后神奇遇仙。这些仙风道骨的道士共有七人，"皆年少，玉冠霞帔，服色各异"，他们面前摆着的"青玉盘酒器果子，皆莹彻有光"，这些东西，都是王可交从未见过的，充满了苏州水乡式的浪漫与奇幻色彩。仙人们乘坐着"彩画花舫"，王可交便也在这花舫上与他们饮酒吃栗。此栗"青赤"，"光如枣，长二寸许"，"非人间之栗"。此番遇仙后，道士将王可交送上岸，但王可交的家人在这期间见其出渔久久不归，以为他早已不幸溺亡，"妻子以招魂葬讫"。后来，王可交被送到了天台山瀑布寺，才知道在舫上饮酒不过几时，但其实自己已离家半年之久，此时的他，"不喜闻食气，唯饮水耳"。果然不久后，王可交成仙，此后他悬壶济世，真正应了当时舫上道士对他的评价——"好骨相，合仙，生于凡贱，眉间已炙破矣"。

虽然《王可交》是一篇仙话小说，但王可交的生活境遇反映的却是当时苏州渔民普遍的生存状态。有很多渔民在捕鱼时，"出没风波里"，很有可能为捕鱼而葬身鱼腹。所以，死后的渔民可以得道成仙，也就成为当时渔民朴素心愿的一种反映。既然捕鱼辛苦且风险大，渔民们自然希望有神物可护渔民安全。唐代小说《渔人》中的古镜，就是这样一件宝物。在小说中，被渔民们打捞上来的古镜"是镜而不甚大"，"才七八寸，照形悉见其筋骨脏腑"，"其取镜鉴形者，即时皆倒"，渔民以为此乃妖镜，但不想归家后却发现"所得鱼多于常时数倍"。不仅如此，之前身有疾患的渔民也"自此皆愈"。渔民这才明白，这是"百年一出"，不知何精灵所持的神物。

从《渔人》与《王可交》中可以看到，唐代的苏州已具备水乡的地理特点。太湖与松江相连，这两大水系构成苏州主要的水资源。在此生活的人们多以种植水稻和捕鱼为生。安史之乱后，北方受到战争的破坏,很多北方的官吏、士大夫、经商者为躲避战乱,便带着家眷与财富来到江南。这种"北人南渡"的现象是江南地区经济文化得到发展的重要原因,而苏州作为江南之腹,更成为南渡的重要目的地之一。

在小说《广异记》中有记载:

> 寿昌令赵郡李莹,同堂妹第十三未嫁。至德初,随诸兄南渡,卒,葬于吴之海盐。其亲兄岷,庄在济源,有妹寡居,去庄十余里。禄山之乱,不获南出。

至德乃是肃宗李亨的年号,至德年间正是安史之乱期间。这位尚未婚嫁的堂妹,随着哥哥们在战时南渡,其路线就是从北方到苏州,可是最后不幸死于海盐地区。唐代的"北人南渡"不同于北宋末年整个皇室与政府的南迁,此时,"南渡"只是百姓躲避战乱的民间行为。

不过,到了唐大历年间,许多北方人就不再是迫于战乱而举家搬迁了。看到苏州繁盛的市景,他们自发来到苏州寻求机会。关于苏州当时的经济发展,在唐小说中有很多记录。皇甫氏的《原化记》中有一则故事在开头就写道:

> 苏州常熟县元阳观单尊师,法名以清。大历中,常往嘉兴,入船中,闻香气颇甚,疑有异人。遍目舟中客,皆贾贩之

徒，唯船头一人，颜色颇殊，旨趣恬静。

苏州地区水道纵横，由常熟到嘉兴一段需乘船而往，同乘一舟的旅客，大部分是商贾，这足以看出当时在苏州地区从事商业活动的商贩们人数之多。另外，唐代的苏州还是生产食盐的重要区域，"淮海闽骆，其监十焉，嘉兴为首"，这是唐代著名诗人顾况在任嘉兴盐官时说的。《旧唐书·卢商传》记录了文宗开成年间出任苏州刺史的卢商的事迹："初，郡人苦盐法太烦，奸吏侵渔。商至，籍见户，量所要自售，无定额。苏人便之，岁课增倍。"有关苏州地区生产、贩售食盐的情况，《原化记·守船者》中提及：

苏州华亭县，有陆四官庙。元和初，有盐船数十只于庙前，守船者夜中雨过，忽见庙前光明如火，乃窥之……前视之，乃一珠径寸，光耀射目。此人得之，恐光明为人所见，以衣裹之，光透出，因思宝物怕秽，乃脱亵衣裹之，光遂不出。后无人知者。至扬州胡店卖之，获数千缗。

小说写的正是唐宪宗时期苏州盐船规模巨大的商业活动。不只唐小说中对盐商活动多有描写，就连杜甫的《夔州歌十绝句》中也写："蜀麻吴盐自古通，万斛之舟行若风。长年三老长歌里，白昼摊钱高浪中。"杜甫另一首脍炙人口的《绝句》中有"窗含西岭千秋雪，门泊东吴万里船"这样的诗句。不妨大胆猜测一下，按照当时苏州制盐业的发达和水路交通的便利，这"东吴万里船"上装载的，很有可能就是从苏州地区运来的食盐。

另外，苏州地区在唐代曾出现大量"游丐"现象，"游丐"也称"求食"，可以说是唐代文人士大夫们的一种生活方式。他们游历大江南北，除了观赏自然风光，更重要的是去访友和结交权贵，这是一种扩展人脉的社交方式，在当时颇为流行。唐诗中经常能看到的"送某人游某地"的诗篇，大多就是指此类活动。

唐德宗时期的李观曾说，当年在京城应进士举时，他每日必骑驴外出拜访权贵或故旧朋友，希望这种"游丐"行为可以换来别人留他吃顿饭。应试举子们"游丐""求食"的现象在《太平广记》中有很多的记载。

不只普通士人需要以"游丐"行为获得资助，就连昔日的皇室成员李徵，在江南某地任职期满后回家闲居，迫于生活资费，"东游吴楚之间"。也正是由于他以这种"游丐"的方式接受了各地官员们的资助，才使家人免于饥寒交迫。

需要提到的是，虽然唐代的各大都市中，文人"游丐"现象比比皆是，但作为士大夫的他们，自然不是没有尊严的乞丐。《续玄怪录·苏州客》中描写士人刘贯词的"游丐"经历：

> 洛阳刘贯词，大历中求丐于苏州。逢蔡霞秀才者，精彩俊爽之极，一相见意颇殷勤，以兄见呼贯词。既而，携羊酒来宴，酒阑，曰："兄今泛浮江湖间，何为乎？"

曰:"求丐耳。"

霞曰:"有所抵耶?泛行郡国耶?"

曰:"蓬行耳。"

霞曰:"然则几获而止?"

曰:"十万。"

霞曰:"蓬行而望十万,乃无翼而思飞者也。设令必得,亦废数月。霞居洛中,左右亦不贫,以他故避地,音问久绝,意有所托。祈兄为回,途中之费,蓬游之望,不掷日月而得,如何?"

曰:"固所愿耳。"

霞于是遗钱十万,授书一缄,白曰:"逆旅中遽蒙周念,既无形迹,辄露心诚。霞家长鳞虫,宅渭桥下,合眼叩桥柱,当有应者,必邀入宅。娘奉见时,必请与霞小妹相见。既为兄弟,情不合疏,书中亦令渠出拜。渠虽年幼,性颇聪慧,使渠助为掌人,百缗之赠,渠当必诺。"

大历年间,刘贯词在苏州游丐,要实现的行乞目标居然是"十万"金!这个数额可绝不是一般的乞丐可以妄想的。苏州在安史之乱后,由于优越的地理位置和发达的经济,不但吸引了大量士人、商贾,更成为江南一带的繁荣地区。到了明清时期,苏州的商业地位进一步巩固,风光旖旎,同时又不失富庶。俗话说:"上有天堂,下有苏杭",为何"苏"在"杭"之前呢?虽然两地的风光景致同样美名天下，但就富庶程度而言，明清时的苏州是杭州无法企及的。郎瑛在《七修类稿》中曾对这两个城市有过一个比较：

> 苏自春秋以来显显于吴越，杭惟入宋后，繁华最盛，则苏又不可及也。观苏杭旧闻旧事可知矣。若以钱粮论之，则苏十倍于杭，此又当知。

明代文人莫旦《苏州赋》中有："苏州拱京师以直隶，据江浙之上游，擅田土之膏腴，饶户口之富稠"；这样一个"文物萃东南之佳丽，诗书衍邹鲁之源流"的东南地区大郡之地，在曹雪芹看来绝对是"红尘中一二等富贵风流之地"。"富贵"是由于渔业蚕桑的富足和得天独厚的便利水运，衍生出苏州地区商业文化之繁荣，而"风流"又道出了吴中才子之倜傥、文化底蕴之深厚。

苏州繁盛的商业与内河水运的发达息息相关。自古以来就有"南船北马"一说，在江南地区，水运是非常重要的交通手段。明代弘治年间王鏊重修的《震泽编》中曾记载："以舟楫为艺，出入江湖，动必以舟，故老稚皆善操舟，又能泅水。"太湖周边的人，从小熟悉水性且擅长驾船。明代以来，常州、苏州、松江、嘉兴等地河沟交错、水港相通，走陆路，没多远就要过桥或使用渡船运送马匹，但若走水路，则方便快捷，不耽误时间。

江南地区的水路四通八达，这些网状水路的主干道，就是贯穿近一千八百公里的京杭大运河，从北京起始，以杭州为终。京杭大运河流至江南地区前,在扬州附近的闸口与长江汇合,后通过镇江转为运河到达杭州。所以,江南水路干线指的就是从镇江到杭州的这一段大运河。乾隆年间《天下路程示我周行》中提到,由苏州府的阊门到松江的水路共计一百五十三里,也就是大概七十多公里的距离。清代袁学澜《吴郡岁华纪丽》中曾说:"吴故水乡,非舟楫不行。苏城内外四面环水,大艑小舫,蚁集鱼贯。"利用水路航行到底速度怎样呢?查史料可知,在大运河与长江上航行,若顺水,一日可走五十里路;如逆水行舟,则需以一日三十里的基准来航行。在苏州府辖域内,不但官府需要用船运送钱粮和公物,官吏们出行的交通工具往往也以舟船为主,民间大量的物资贸易通过水运完成,作为交通工具的船舶还有运送旅客、传送民间私人信件的功能。

航运发达自然促进了商业贸易繁荣。《豆棚闲话》第三则写道:"那平江是个货物马头,市井热闹,人物凑集。开典铺的甚多……"宋政和三年(1113),苏州升为平江府,辖境包括今苏州、常熟以及上海的嘉定等地区,这里是沿袭宋代的称呼。

当时苏州的货物流通很快,各地的商人都喜欢将货物运往苏州,或者在苏州开店售卖。《醒世恒言》中的《徐老仆义愤成家》中写道,徐阿寄在苏杭两地做生意,收入颇丰,"凡贩的货物,定获厚利"。可见,在明清两代,苏州就是一个水乡贸易大都会。

水运发达,商船增多,很多地方成为商贾云集的码头,比如枫桥镇。《蒋兴哥重会珍珠衫》中写道:陈大郎和蒋兴哥都去苏州做买卖,"(陈)一路遇了顺风,不两月行到苏州府枫桥地面。那枫桥是柴米牙行聚处，少不得投个主家脱货，不在话下"。作为码头重地的枫桥当时已经是米市中心。商品经济的发达，带来了非农业人口猛增。当时的苏州地区，从事商业贸易已是人们的一种普遍意识。《初刻拍案惊奇》卷八提到杨氏对侄子王生说："你到江湖上做些买卖，也是正经。"王生欣然道："这个正是我们本等。"太湖流域和长江三角洲地区在17世纪后一度成为缺粮区，明末时的江南一带已经开始从长江中上游各地输入米粮，以枫桥为中心的米市，其繁盛之状，甚至超过彼时号称为四大镇的河南朱仙、江西景德、广东佛山与湖北汉口，是当时全国最大的米豆集散地。

便利的水运带动经济繁盛，苏州的山水景致也因此多了几分世俗气息。《负曝闲谈》中有云：

> 且说苏州有一座大酒馆，开在阊门城外，名叫近水楼。打开了窗户，就是山塘河。这山塘河里全是灯船，到晚上点了灯，明晃晃的，在河里一来一往，甚是好看。

这山塘河是连接阊门与虎丘的一条河，是白居易担任刺史时开凿。《豆棚闲话》中曾描写山塘河沿岸临水居住的人们，靠着虎丘的盛名，"即使开着几扇板门，卖些杂货，或是吃食，远远望去，挨次铺排，倒也热闹整齐"。《儒林外史》中写山塘河和虎丘："那些游船有极大的，里边雕梁画柱，焚着香，摆着酒席，一路游到虎丘去。"从山塘河去往虎丘的河道沿岸，热闹非凡，不但有卖各种点心和花卉的，还有杂耍和酒楼，繁华的商贸使自然的山水沾染了世俗的人间烟火，由此更令人感到亲近。

在水乡苏州这个贸易大都会中，纺织业尤其值得关注。《醒世恒言》第十八卷《施润泽滩阙遇友》中有记载：

> 说这苏州府吴江县，离城七十里，有个乡镇，地名盛泽，镇上居民稠广，土俗淳朴，俱以蚕桑为业。男女勤谨，络纬机杼之声，通宵彻夜。那市上两岸绸丝牙行，约有千百余家，远近村坊织成绸匹，俱到此上市。四方商贾来收买的，蜂攒蚁集，挨挤不开，路途无伫足之隙；乃出产锦绣之乡，积聚绫罗之地。江南养蚕所在甚多，惟此镇处最盛。有几句口号为证："东风二月暖洋洋，江南出处蚕桑忙。蚕欲温和桑欲干，明如良玉发奇光。缫成万缕千丝长，大筐小筐随络床。美人抽绎沾唾香，一经一纬机杼张。咿咿轧轧谐宫商，花开锦簇成匹量。莫忧入口无餐粮，朝来镇上添远商。"

小说主人公施复，常年经营纺织生意，家境殷实，不但他自己生活富裕，镇上的人们也个个都是"温饱之家"。明代洪武年间，苏州就有朝廷设立的织染局，发展到清乾隆时期，民营与官办的织机加起来总共有一万多张。此时"织作在东城，比户习织，专其业者不啻万家"（顾诒禄等纂乾隆时期《长洲县志》第十七卷），纺织业发达势必带动布匹、服装的买卖，聪明的商人们往往采取一些经营技巧。《型世言》中曾提到，为了扩大自己货品的销量，商人们灵活地对所售服装进行适当加工，满足不同客人的要求，比如"乡间最喜的大红大绿，如今把浅色的染木红、官绿，染来就是簇新，就得价钱"。清代许仲元在《三异笔谈》中写道：

> 新安汪氏，设益美字号于吴阊，巧为居奇。密嘱衣工，有以本号机头缴者，给银二分。缝人贪得小利，遂群誉布美，用者竞市。计一年消布约以百万匹，论匹赢利百文，如派机头多二万两，而增息二十万贯矣。

按照这样的速度经营发展，果然十年后，此人"富甲诸商"，他的布匹货物更是遍布天下。通过这个发迹故事，不但能看到苏州商人善于经营的睿智，也能看到当时苏州的纺织业已规模巨大。

二　枫桥与寒山寺

（一）枫　桥

"绿浪东西南北水，红栏三百九十桥。"（白居易《正月三日闲行》）比起别处，苏州的桥在数量上绝对多过于其他地区。据说，苏州的桥平均每平方公里就有十五座，桥梁之多成为世界之最，远远超过了意大利威尼斯每半平方公里一座桥的密度。苏州的桥，不只数量多，还历史久。据《吴地记》载，定跨桥为吴王阖闾造。像都亭桥、鹤舞桥、临顿桥、剪金桥、胭脂桥，也都有上千年的历史。但是，随着沧海桑田的历史变迁，大部分现存的古桥都是在明清两代重新修复和建造的。这些桥，大小不一，姿态千万，或长虹临空般壮美雄浑，或小家碧玉般玲珑雅致，每一座都承载着江南水乡独有的地方特色和旖旎风情。唐诗中常有提到苏州桥梁的诗句："乌鹊桥红带夕阳"说的是乌鹊桥，"黄鹂巷口莺欲语"描写黄鹂坊桥，还有让诗人魂牵梦萦的"扬州驿里梦苏州，梦到花桥水阁头"的花桥。当然，关于桥的故事中，也许最引人注目、最被人广为言说的，就属枫桥镇的枫桥了。

枫桥与寒山寺在地理位置上属于枫桥镇。枫桥镇是一座古镇，历史可追溯到泰伯建吴。在枫桥镇的东边，河对面就是著名古刹寒山寺。若往寒山寺去，选择穿枫桥镇而至，那么则刚好可以跨过枫桥。从外观上看，这是一座在江南最为常见的大单孔石拱桥。据说，枫桥一开始是被叫作"封桥"的。因为它凌空驾于小镇西北端的京杭大运河上。由于这里曾是水陆交通的要道，每到夜间都要封锁起来，因此得名"封桥"。后来改名"枫桥"，是因为深秋来临后，桥边的树叶经过霜染，漫天红得似火，几乎盖满石桥。文人雅客们认为这有着红叶的树木便是枫树，所以把冷冰冰的"封桥"改名为雅致而诗意的"枫桥"。

可是，仔细想来，枫树生性最怕潮湿，且一般生长于山中，不可种于江畔。那么，这石桥边种的到底是什么树呢？清代王端履的解释似乎可信。他说："江南临水多植乌桕，秋叶饱霜，鲜红可爱，诗人类指为枫。"原来，迎着秋风而变色的不仅有大名鼎鼎的枫叶，乌桕树的树叶一样可以在深秋来临、将要落下枝头时一展最后的风姿。

枫桥的兴衰与隋炀帝开浚的江南运河大有关系。俗称官塘的江南运河，是京杭大运河在长江以南的一段。早在三国时期，东吴政权为了沟通南京和太湖平原，率先开凿运河。随着后来历朝历代对江南运河的不断加强，到了隋炀帝大业六年（610），江南运河终于被重新拓宽、疏通，形成了今天的格局。江南运河与京杭大运河连通后，枫桥周边成为水陆要塞，江南运河从嘉兴、吴江进入苏州后，经过城东南角流贯城南，再经由西北角的枫桥流出市区，奔向无锡。由于枫桥镇正好横跨江南运河，所以也就控制着傍河而修的延绵的驿道，这样得天独厚的地理位置，使得枫桥镇从此有了一片"枕漕河，俯官道，南北舟车所从出"的热闹繁盛的景象。

明清两代，是枫桥镇的鼎盛时期。因为明成祖朱棣迁都北京以后，北方边疆"九边重镇"与京师的粮食供应成为一件关乎国运的重要之事。由于海运充满危险，运河便担负起了南粮北调的重要任务。自明成祖疏通河道、治理运河之后，每年有将近三四百万石的粮食运抵京师。肩负漕粮北运的京杭大运河成为维系国家兴衰存亡的生命线，运河沿岸的诸多城市也随之繁盛起来。

作为出入苏州水陆交通的西北大门，枫桥地位之突出可想而知。在历史泛黄的扉页上，曾经来自江西、苏南甚至湖广的米粮都要集中于今日看来并不热闹的枫桥镇，然后再从这里运进京城。运河岸边往往船只遍布，热闹非凡，那时候的官府还专门派人在这里检查南来北往的漕船，同时用当时标准的粮斗"枫斛"来进行计量。枫桥镇除了经营米粮，还有众多布匹、丝绸、茶叶、竹木等江南物品从这里运至天南海北。王心一为崇祯年间所修《吴县志》撰序云："尝出阊市，见错绣连云，肩摩毂击。枫江之舳舻衔尾，南濠之货物如山，则谓此亦江南一都会矣。"

枫桥的繁荣不只吸引了来自四面八方的商贾、游人，一些著名的贤士、文人路过苏州，也必定要乘船到此一游。因为文人墨客们在枫桥留下篇篇锦上添花般的佳文诗话，枫桥的名气越来越大。

枫桥的衰落离不开战乱的原因。清末，太平天国进军苏南，攻占苏州，清军在溃逃之前，纵火焚掠了枫桥这座阊西大镇。枫桥遭受如此致命的劫难后，从此一蹶不振。然而，枫桥的厄运并没有就此结束。1863年，李鸿章领导的淮军"洋枪队"重新攻陷苏州城，在战火纷飞中，枫桥再度遭受重创，昔日繁华盛况就此不复存在。同时遭殃的还有寒山寺，它在一片熊熊烈火中化为灰烬。

张继是盛唐诗人，当他乘着小船沿运河来到枫桥时，已然是夜色浓重。试想，如果他是白天路过枫桥的水道，估计便不会留下千古传诵的《枫桥夜泊》了。当时的枫桥镇虽不如明清两代时那么繁华，但也是颇为喧闹和嘈杂的水路要塞。好在诗人张继船到枫桥时，明朗的日光已经隐去，剩下的只有空濛而孤独的夜色，深秋时节的这种萧瑟意境，对于一个拥有敏锐艺术感悟力的羁旅在外的诗人而言，尤其能够催发忧思。在他疲惫的行程中，霜降在如水的夜晚，月亮不知不觉荡漾于波澜之间，张继在寂静中隐约听见乌鸦寒苍的啼叫，河面上远处有着几点暗红的渔火，在萧瑟的寒夜中，这温暖的火光更让游子不忍直视。他抬头望向空辽冥寂的天空，岸边的乌桕树叶片片向后散去，寒山寺悠远的钟声荡漾而来，久久不散。此情此景下，张继禁不住踏上船头，轻吟：

月落乌啼霜满天，江枫渔火对愁眠。姑苏城外寒山寺，夜半钟声到客船。

关于《枫桥夜泊》中的意境描绘，历来有很多赏析、探讨，文学界对枫桥旁边的红叶、对寒山寺究竟有没有"夜半钟声"也一直争论不断。1982年9月16日，刘金在《解放日报》上发表文章，反对将诗中每一处景色都落在具体实物上的这种索隐式的评论方法。确实如此，文学创作并非客观书写历史，如若一字一句都将诗中意象落实，那诗的意境不也就此消退，诗味索然了么？《枫桥夜泊》之所以被千古传诵，不在于它刻画了多么栩栩如生的画面，而是因为它用诗歌的语言准确地传达了一种萧瑟寂寥、羁旅忧思的意境。旅途中的张继因为思乡之愁，久久不能入睡，直到月亮从天边隐去，寒鸦的叫声响起。朦胧中，他看着江中忽明忽暗的渔火与岸边的树影，仿佛听见了对岸寒山寺悠远的钟声。其实，如若深秋到访枫桥，便可亲身感受到那肃杀萧瑟的寒意。

南宋的孙觌在《枫桥寺记》中写道:"唐人张继……尝即其处作诗记游,吟诵至今,而枫桥寺亦遂知名于天下。"由此可见,最晚到宋代时,《枫桥夜泊》就已广为传诵,而枫桥与寒山寺在那时就已经天下闻名。现实中的枫桥和寒山寺饱经历史的兴衰沧桑,但《枫桥夜泊》却一直在人们的口中代代相传。恰如清代初期的诗学家叶燮所言:"寺有兴废,诗无兴废,故因诗以知寒山。"正因为"诗无兴废",所以后人们从诗中得知古桥与名刹且对其神往。近代的俞樾在《重修寒山寺记》中说:"吴中寺院不下千百区,而寒山寺以懿孙一诗,其名独脍炙于中国,抑且传诵于东瀛。余寓吴久,凡日本文墨之士,咸造庐来见,见则往往言及寒山寺,且言其国三尺之童,无不能诵是诗者。"由此可见,到了晚清、近代,枫桥与寒山寺的美名由于"人人童而习之"的《枫桥夜泊》,已经传至海外。曾在苏州大学讲学的美籍华人顾珏在美国洛杉矶写道:"华人固然都想来此(寒山寺)一游,日本游客更是络绎不绝,以得能亲身瞻仰此美景古迹为荣。"

对于《枫桥夜泊》一诗的广为传诵,文学家施蛰存曾有过一番有趣的考证。他认为,张继在唐代诗人中,并不能称得上是大家,更难跻身于名家行列,如果不是因为《枫桥夜泊》的流传,张继并不一定会被世人记住。正是因为《枫桥夜泊》的历代传诵,直至被收入《唐诗三百首》成为名篇之一,才不但使张继名垂诗史,更让一个荒野中的小寺变成千秋名胜。然而,实际上,施蛰存的看法有失偏颇,因为,他将当年枫桥镇特殊的重要地位忽略了。实际上,孙觌早在1146年的《枫桥寺记》中就写道:"枫桥寺者,距州西南六七里,枕漕河,俯官道,南北舟车所从出……"陆游的诗歌和他的日记也印证了这点。南宋孝宗乾道六年(1170)夏天,陆游由家乡绍兴到杭州,再通过江南运河经吴江、苏州,前往四川夔州上任通判一职。他在《入蜀记》中记道:

> 至平江。以疾不入。沿城过盘门,望武丘(虎丘)楼塔,正如吾乡宝林,为之慨然。宿枫桥寺前,唐人所谓"半夜钟声到客船"者……晓过许市,居人极多,至望亭小憩。自是夹河皆长冈高垄,多陆种菽粟,或灌木丛筱,气象窘隘,非枫桥以东比也。

与日记同时写就的还有:"七年不到枫桥寺,客枕依然半夜钟。风月未须轻感慨,巴山此去尚千重。"(陆游《宿枫桥》)

到清代雍正年间,作为"米市"的枫桥镇地位已变得十分重要,因为"福建之米,原不足以供福建之食,虽丰年,多取资于江、浙。亦犹江、浙之米,原不足以供江、浙之食,虽丰年,必仰于湖、广"(蔡世远《与浙江黄抚军请开米禁书》)。乾隆时期,"桥边米市"仍然繁荣如荼。《吴县志》记载:"金阊市肆,绸缎与布皆列字号,而布业最巨。枫桥以西市多米、豆,南濠则川、广、海外之货萃焉……"

"枕漕河,俯官道,南北舟车所从出"(孙觌《枫桥寺记》),"临运河塘,其塘北抵京口,南通武林,为冲要之所"(姚广孝《寒山寺重兴记》），"其地当孔道，舟车鳞集"（文震孟《寒山寺重建大雄殿记》），这说明当年张继"枫桥夜泊"的地方，不仅是一个重要的交通枢纽，也是千百年来都不曾改变的黄金水道。之所以施蛰存认为枫桥和寒山寺不过是荒村、小寺，也许是基于他童年时随父亲游历的记忆。由于经济重心和水上交通路线的迁移，民国初年的枫桥镇，的确已经衰落，不再拥有当年的辉煌地位了。

既然枫桥位于"黄金水道"上，那么游人商客们的"忆乡""旅思"之情便自然在此交织，化为诗词歌赋。可以说，历朝历代的文人们只要写到寒山寺和枫桥，其感情的表达主要还是以张继诗为首的"羁旅之思"和以范成大、高启等为代表的"离愁"两种意境。

南宋孝宗淳熙四年（1177）的夏天，诗人范成大应朝廷之召，从四川成都前往杭州面见皇帝。途经镇江并由长江转入江南运河的时候，故土的一草一木再次映入他的眼帘。他感叹道："久去江浙，奔走川广，乍入舴艋，萧然有渔钓旧想，不知其身之自天末归也。"他的《枫桥》一诗，更是写尽了这种常年离乡的感慨之情："朱门白壁枕湾流，桃李无言满屋头。墙上浮图路旁堠，送人南北管离愁。"高启在《将赴金陵始出阊门夜泊》中写道："乌啼霜月夜寥寥，回首离城尚未遥。正是思家起头夜，远钟孤棹宿枫桥"，又于《赋得寒山寺送别》中感叹："船里钟催行客起"，其中满是即将离开家乡的愁绪。而久别归家的他欣喜难耐，在《归吴至枫桥》中"乡音到耳是真归"这样的句子，透出一种游子归家的幸福。诗人们迫于人生中的种种无奈，不得不离开苏州这片繁茂的故土，离开自己熟悉的亲朋旧友，踏上不可预料的仕途之路。这些流传至今的佳作，包含着诗人们浓浓的乡土情怀，也洋溢着诗人们的如锦才华。

（二）"姑苏城外寒山寺"

说到枫桥，就不得不提姑苏城外的寒山寺。寒山寺始建于502—519年，即梁代天监年间，原名妙利普明塔院，到今天已经有一千五百多年。明代文人姚广孝在其所撰《寒山寺重兴记》中说：

> 出阊门西行不十里，即枫桥。桥之南去寻丈地，寒山寺在焉。临运河塘，其塘北抵京口，南通武林，为冲要之所。舟行履驰，蝉联蚁接，昼夜靡间……

如今的寒山寺，占地近十亩，有屋宇九十多间，香火缭绕着黄墙碧瓦。寺内松木苍劲，大雄宝殿、藏经楼、钟楼、枫江楼、普明宝塔等古建筑丰富精致。寒山寺的出名，姚广孝在他的《寒山寺重兴记》一文中有个说法："唐诗人张懿孙赋《枫桥夜泊》有'姑苏城外寒山寺，夜半钟声到客船'之句，天下传诵，于是黄童白叟皆知有寒山寺也。"看来，寒山寺还是要感谢张继的。不过，从历史史实方面来看，寒山寺的出名与其自身位置所在很有关系。当年的枫桥镇，作为一个京杭大运河之上的水路关卡，其重要地位可想而知。明人黄汴所撰的《天下水陆路程》中提到，从杭州府经官塘北上的最佳水道中包括阊门至枫桥一段。

可以说，当时包括枫桥在内的苏州界水路，水势平缓，利于行舟。同时苏州地区赋税较轻，经济发达，所以商贾们往往聚集在此。有了这些天时地利人和等种种便利条件，苏州地区的经济越发发达，枫桥路段也越发广为人知。

枫桥镇南来北往的商船络绎不绝，周围的各种商业活动也是发展得如火如荼。但难能可贵的是这样一个商业气息浓厚的地方，却仍然存在着一座清幽萧远的古寺，这使得寒山寺与很多身处深山的寺庙相比别具一格。由此，来往的文人官吏们往往为之所动，纷纷为寒山寺题诗、记志，寒山寺也就变得越来越有名了。

确切地说，此寺之所以名为寒山寺，是因为唐代贞观年间，名僧寒山在这里担任住持。在寒山寺大殿后面的偏殿内，有寒山、拾得的雕像，据说，寒山是一个生活在乡村的贫苦读书人，因在天台山隐居时，看到深邃的山涧在暑期也常有积雪，所以自称寒山子。寒山常去当地的国清寺，结识了在国清寺厨房里打杂的沙弥拾得，两人脾气相投，遂成莫逆之交。寒山虽看上去疯疯癫癫，但却有大智慧，出口成章且富有哲理。寒山和拾得曾有一段关于处世的对话流传很广，寒山问拾得：世间有人谤我，欺我，辱我，笑我，轻我，贱我，如何处之？拾得笑曰：只要忍他，让他，避他，由他，耐他，敬他，不要理他，再过几年，你且看他。《全唐诗》共八百零六卷，其中有寒山诗一卷，收寒山诗三百多首。寒山的诗中贯穿着他的佛理思想，浅近自然，容易被人接受。

苏州地区有在除夕夜等待寒山寺钟声敲响的民间习俗。这一习俗起源于唐代。这钟声并不是为了报时，而是按佛教的法式程序进行的"撞钟"。据说，人在一年中会经历大大小小总共一百零八个灾难，寒山寺的钟声在除夕夜十一点四十分准时响起，二十分钟敲完一百零八下，每一下都寓意着可化解新年中的一个灾难。在午夜与凌晨的交汇时分，最后一记钟声悠远传出，新年也就正式降临了。

有意思的是，寒山寺的古钟来历颇有神秘色彩。传闻在唐代，从西天漂来一口青铜大钟，停在寒山寺旁边河道的驳岸。寺中僧人们费了九牛二虎之力也没能将古钟抬上岸，最后还是拾得灵机一动，将一根去掉枝叶的竹子当做撑杆，跳进大钟，钟口朝天，拾得便用竹子向岸上一点。没想到这古钟竟然顺水势向东飘去，寒山和拾得就此分开，寒山依旧留在寒山寺。为了纪念拾得，他按照西天神钟的样子，仿造了一口大钟，悬于寺中。而拾得和大钟顺水一路漂流，进入大海后历尽波澜，最终来到了一个叫做萨提的地方，这个地方，据说是日本的一个村庄。今天，在日本的大阪等地也有寒山拾得寺，在新年伊始，也有国内外大量的游客来到寺里倾听钟声，为家人祈福。

其实，关于这口钟后来的去向，还有另外的说法。寒山寺饱经战火洗礼，到清末时，已是残垣断壁，大钟也早不知去向，康有为认为这钟"已为日本取去"，这种说法被大部分人认可。据传，在日本明治年间就有日本僧人发愿找寻寒山寺的唐钟，可惜他找遍日本全岛，最终也没找到。无奈之下他募资重新铸成两口铜钟，一口留在日本，另一口赠予苏州的寒山寺，并有明治三十八年（1905）伊藤博文的铸文刻于其上：

> 姑苏寒山寺历劫年久，唐时钟声空于张继诗中传耳。尝闻寺钟转入我邦，今失所在，山田寒山搜索甚力，而遂不能得焉，乃将新铸一钟，赍往悬之，来请余铭。寒山有诗，次韵以代铭：姑苏非异域，有路传钟声。勿说盛衰迹，法灯灭又明。明治三十八年四月，大日本侯爵伊藤博文撰。子爵杉重华书。大工：小林诚义，施主：十方檀那。

根据《江苏历代风物志》，现在寒山寺钟楼上悬挂的大钟是光绪三十二年（1906）江苏巡抚陈夔龙重修寒山寺时所铸，1905年表示"中日佛教联谊"而由日本僧人所赠的那口大钟，如今挂在寒山寺大雄殿内。也许，这就是日本游客常常愿意游姑苏并于春节时分到寒山寺聆听钟声的一个原因。

20世纪40年代，金性尧游苏。他在《苏台散策记》中写道："在一般人的想象中，以为寒山寺总该是一个神秘、古朴的所在，岂知事实上凡是到过那边的人，无不感到重重失望。而这也许是所谓实行的悲哀，为的是它将我们的一线距离打破了，正如看到目前的秦淮河一般。不过，要是我们另用历史与哲理的眼光看来，倒又并不怎样失望了。"金性尧所说的这种"历史与哲理的眼光"大抵是指要站在文化传承的立场上看待文学中寒山寺的"名胜"之位，实际上，今天游历姑苏、拜访寒山寺，引起我们遐想与思味的仍旧是文学作品中对寒山寺那种古朴、悠远意境的描述。

1976年早春，张中行在游苏州后曾于《姑苏半月》中谈道："枫桥和寒山寺是一对孪生姐妹，在阊门以西略南六七里。"而这对孪生姐妹的"母亲"就是张继的《枫桥夜泊》。自此，往来的游人，尤其是读书的文人墨客，来到苏州，总要来枫桥重温"千年以上的渔火钟声之梦"，同时，也要去寒山寺看看那只"已非唐朝原物的铁钟"。枫桥和寒山寺虽遥遥相望，但是，由于枫桥在历史上的特殊地位，所以即便没有《枫桥夜泊》，枫桥也被众人所知，但寒山寺就不同了，它的大名离不开颂咏枫桥的文学作品。作家陆文夫在1990年代初曾写《寒山一得》一文，他在文中着重阐述了寒山寺之所以成名，与当时的运河交通状况及《枫桥夜泊》的脍炙人口有着重要关系。虽然，在全国的庙宇之中，论规模，寒山寺恐怕排不上号，但为何寒山寺可以如此名扬四海引得游人如织呢？其重要原因就是，诗歌创作将普普通通的一座寒山寺幻化为文学故事中充满气魄的魅力之地。《寒山一得》文中说，张继的《枫桥夜泊》"写得通俗易懂，意境优美，朴实自然，收进了《唐诗三百首》，也收进了许多教科书。读过这首诗的人就知道了姑苏城外有座寒山寺，来到苏州后就想到此一游。天长日久，代代相传，使得寒山寺成了旅游的热点"。

另一方面，"寒山寺所处的枫桥镇当年是苏州的门户，是吴越沿大运河北上的必经之路。来往的客商、赴京的官员、赶考的儒生买舟北上时，都是在枫桥镇歇宿、打尖，夜闻钟声当然是感慨万千，文思泉涌了"。由于枫桥镇当时在水路运输中占据的重要地位,来往的商贾和官吏、赶考的士人在水运的途中,都要在枫桥镇停留、休整,所以,如果张继写的不是"枫桥"这一广为人知的交通要道,那么,就唐代瀚如星海的诗歌创作和张继本人在诗坛上的地位来看,也许后人早就将他遗忘了。

一千多年后的今天,来枫桥旅游的中外游客成千上万,他们带着仆仆风尘来到这里,所要做的事情不外乎两件:听听寒山寺亘古不变的钟声,寻找江面上那一盏不灭的渔火。敲响寒山寺的钟,并不难,只要排队购票然后鱼贯而入般登楼,便可撞钟,钟声带着庄严,传扬悠远,渔火却是再也找不到的。尽管如此,却仍然有很多游客驻足江枫河边,畅想在久远的从前,夜幕降临后,江面上就会闪动着点点暗红的灯火,神秘而安静。在旅游业蓬勃发展的今日,凡尘的喧嚣似乎波及世间的各个角落,枫桥用它"大隐隐于市"的气质将时空打破,洗刷着人们心灵上的俗尘。

三 甪直与甪直的文学故事

苏州附近有许多著名的古镇,比如苏州新区的木渎、桐乡的乌镇、昆山的周庄、锦溪等等。这些古镇大都环境优雅,河网成街、桥路相连的建筑格局与自然风貌也大致相同。但若要说到人文气息最浓厚、最能代表苏州水乡风情的古镇,那当属吴中区的甪直。

甪直地处澄湖之北，吴淞江之南，此地河流交错，水巷蜿蜒，市肆喧闹，桥梁纷繁，真正称得上是"人家尽枕河"（杜荀鹤《送人游吴》），号称"神州水乡第一镇"。据《甫里志》载：甪直原名为甫里，因唐代诗人陆龟蒙（号甫里先生）隐居于此而得名。后因镇东有直港，通向六处，水流形如"甪"字，故改名为"甪直"。从上空俯视，甪直镇呈"上"字型，占地约一平方公里。又传古代独角神兽"甪端"巡察神州大地路经甪直，见这里是一块风水宝地，因此就长期落在甪直，故而甪直有史以来，没有战荒，没有旱涝灾害，人们年年丰衣足食。

甪直的历史颇为古老。1977年，在距离甪直不到两公里的张陵西山，考古队发现十一座新石器时代的墓葬，属于六千年前的良渚文化和崧泽文化。这说明，早在六千年前，甪直这片土地上便有人类生息繁衍。

距今大概两千五百年前，吴王父子在甪直这片土地上，筑造别院，阖闾和夫差的行宫分列南北，而两宫之间的土地上，开始只是散落着零星的农户，后来便逐渐发展为小小的村落，这就是甪直的雏形。沧桑的历史变迁使这两座宫苑逐渐衰败，可中间的村庄却越来越兴旺。

1926年，郭沫若来到甪直参加朋友的婚礼。后来他在《创造十年续篇》中写道：

> 然而甪直于我却有点像物外的桃源。去只一次，住仅半

天，已有十年以上的光阴流过去了，回忆自然只是些难于把捉的缥渺，然而却又是这么的亲切。那境地有点像是梦里的一样。空气是那样澄净，林木是那样青翠；田畴的平坦，居民的朴素，使人于不知不觉之间便撤尽了内外的藩篱，而感到了橄榄回味般的恬适。

距郭沫若的文章已经过去将近一个世纪了，现今的甪直古镇却仍然保留着当年的风貌：杏花微雨，氤氲的水汽朦胧飘荡于青翠的杨柳枝头，莹澈的天空下，波平浪静的水流缓缓从轻灵的小桥下穿过。甪直之所以还留着"世外桃源"般的意境，和当地规定不准拆古桥、不准填河，更不准新建工厂、盖三层以上的楼房等多个"不准"有关。正是由于这种种看似限制"现代化"的条框，甪直才得以保留古镇一如既往、原汁原味的旧时风貌。

走进甪直，首先见到的标志性建筑是一座重檐青瓦、雕刻精致的石牌楼。牌楼正中"甪直古镇"四字是著名书画家钱君匋所写，柱联"古镇远扬名，为存罗汉杨家塑；唐诗晚开照，来拜江湖甫里祠"则由钱仲联撰并书。这条柱联提到了保圣寺的罗汉像和唐代诗人陆龟蒙在甪直的重要地位。转过去再看，牌楼背面的柱联则引用了明代苏州诗人高启《甫里即事》之一中的诗句：

　　长桥短桥杨柳，前浦后浦荷花；人看旗出酒市，鸥送船归钓家。

长桥短桥旁如丝的细柳沾染着湿润的雨水，前浦后浦上的荷花则滚动着晶莹的露珠，《甫里即事》中的每一句都包含着水乡湿润的清韵，引人遐想。

过了石牌楼向东行，跨过甪直桥，可以看到不远处的甪端雕塑，高约六米。甪端如同一头独角兽，长相既不像狮子，又不似麒麟，它原名角端，是与麒麟、貔貅一样，同为上古传说中的神兽。角端最早出现在文学作品中，是在汉代司马相如的《上林赋》，郭璞对其的注释为"角端似貊，角在鼻上，中作弓"。《宋书·符瑞志下》里记载角端拥有"日行万八千里，又晓四夷之语"这两种特异功能，同时，它还博闻广记、通达事理。如若是贤明的君主在位，"明达方外悠远之事，则奉书而至"。宋末元初的词人学者周密曾在他的笔记《癸辛杂识》中写道：

> 成吉思皇帝常西征，渡流沙万余里，其地皆荒寂无人之境。忽有大兽，其高数十丈，一角如犀，能人言。忽云："此非汝世界，宜速还。"左右皆震恐，耶律楚材……随进云："此名角端，能日驰万里，灵异如神鬼，不可犯也。"帝为之回驭。

成吉思汗在万里流沙中遇到的神兽正是历史传说中的角端，它身高数十丈且能人言。博学多闻的耶律楚材告诉成吉思汗这个像独角兽一样的庞然大物正是传说中的神兽，它之所言是不可冒犯的，所以，一代天骄就此班师回朝。

另外,角端还有昭示天下太平、国泰民安的意义。这一点在元末明初学者陶宗仪的《南村辍耕录》里就有记载:

> 圣祖诞膺天命而角端出焉。夫一角者,所以明海宇之一;而万八千里之涉者,所以示无远弗届。此又天将开天下于大一统之象也。

随着时间的流逝,广为流传的角端逐渐被写为甪端。甪直当地人认为代表吉祥的甪端是上天赐予甪直的保护神,在它的庇佑下,甪直不但风调雨顺、人丁兴旺,而且由于甪端神奇的功能,它又可以吸引来自四面八方的游人。也正因如此,在今天,以甪端雕像为主的甪端广场,成为甪直的地标。

甪直保圣寺里的塑壁罗汉,是非常珍贵的文化遗产。1920年代,顾颉刚曾多次于《小说月报》《努力周报》上发表文章向全国的有识之士呼吁保护文物,引起了文化界许多知名人士的关注。蔡元培、马叙伦、陈万里、吴稚晖等人纷纷来到甪直,进行实地考察。1929年,他们成立了"保存甪直唐塑委员会",并力邀著名画家徐悲鸿等一起制定保存唐塑的方案,终于,"保圣寺古物馆"于1932年成立,残存的塑壁和罗汉就此被妥善保存起来。

(一)水巷与人家

甪直的古街古巷有六十九条,其中最有特色的是水巷。水巷分为两种形式：小河穿行于两条街之间，河两边的石驳岸有石阶，这是为了便于居民取水用水，更是为了上下船方便。这种水巷视域开阔，适合观赏。驻足于此，既可以看到两岸的小街上人来人往，又可以远眺河中古朴多姿的石桥。另一种水巷因为是前街后河而契合了"人家尽枕河"的描述，临街的房屋都是青砖翘角、黛瓦粉墙。家家户户的窗户离得很近，甚至一开窗就可以互相握手。很多人家的后门有石阶可直通河面，这样，许多载着红菱等的小船使得枕河而居的居民们不需要上街就可以方便地把新鲜果蔬买回家来。

在水巷中穿行，可以看到许多古宅。在甪直，建于明清时代的古宅建筑有八万多平方米。古宅多为三进以上，最多的达到七进，门厅、轿厅、大厅、堂楼、书房、花园等一应俱全，每进之间都有一个天井、庭院作为间隔，其间有假山树木、花草奇石点缀，十分惬意，在隔开内外院的同时又适宜观赏休息。这些古宅的外观往往平淡无奇，门外的人只能从其错落有致的山墙以及偶尔显露的花窗去想象深宅锁住的无限春光。真正登堂入室后，你才会发现深藏于其中的精致、典雅、考究以及富足。这种几进几出的深宅大院，传递出的是江南大户人家传统、内敛、不愿露富的心态，颇有意味。

甪直历来享有江南"桥都"的美誉。宋、元、明、清时代的石桥现存四十一座，它们造型各异、各具特色。有多孔的大石桥、独孔的小石桥、宽敞的拱形桥、狭窄的平顶桥等等。除了造型不同，桥上的装饰也各异。比如，和丰桥上刻着雅致精美的宋代浮雕；三元桥上写着"东溯眠牛浮绿水，西邻斗鸭挹清风"的优美桥联；东美桥更是因"双桥叠影"而出名。当然，除了装饰性很强的双桥、左右相邻的姊妹桥以外，方便人们生活的平桥也很多。如此多形态各异、古香古色的桥，让很多有识之士都曾感慨，到了甪直，好像进了一个古代桥梁的博物馆。

说到这里，想起了当地一句谚语："到过甪直看过桥，不看船缆也白跑。"这里讲的是镶嵌在水巷驳岸上的缆船石。顾名思义，它们是用来固定靠岸的船只的。这些雕刻精巧、生动多姿的缆船石常被人们所忽略。甪直的缆船石现在仅剩五十多个，在这些存留的缆船石中，包含了阴阳、浮雕、立体等雕刻手法，图案造型丰富多彩，大多是如意、寿桃、蝙蝠、定胜等民间吉祥图案，有一些还刻画着民间传说故事，比如狮子滚绣球、刘海戏金蟾。沿河而行或者驻足驳岸，偶一探头，就可以看到这些构图洗练生动、造型栩栩如生的缆船石，感受到一份属于古镇的细腻心思。

甪直土地肥沃，物产丰富，尤负盛名的是红菱、鲈鱼与螃蟹。对于"水面平铺花叶兼，无分红白角尖尖"的红菱来说，嫩甜可口当然是它吸引人的地方，但最富情趣的是采红菱的一番景致。在菱叶满布的湖塘中，采菱姑娘划着小船，唱着采菱之歌，于一片片碧绿间穿行。她们的歌声此起彼伏、沁浸欢乐，唱出了水乡特有的湿漉漉的风情。鲈鱼生长于澄湖，肉质鲜嫩，秋霜漫天时便由澄湖游入吴淞江。苏东坡在品尝过鲈鱼的鲜美后曾有诗云："不须更说知机早，直为鲈鱼也自贤。"常常与鲈鱼脍一起作为同桌菜肴的，还有甪直特有的莼菜。莼菜紫绿相间，清香中蕴含着柔嫩，最适宜烹调为羹汤，正所谓"采莼春浦作羹尝，玉滑丝柔带露香"。甪直的蟹更是久负盛名。早在唐代，甪直的蟹就作为皮日休送与陆龟蒙的礼物而存留于皮陆酬唱的诗句中。陆龟蒙曾形容甪直的蟹"骨清犹似含春霭，沫白还疑带海霜"。明代诗人黄省曾的《郭索篇》曾说："吴淞江头晚潮落，郭索公子来翩翩。戈矛森森螯足轩，背负玄甲能横牵。吴人啖之不论钱，琼膏玉髓宜烹煎。"如琼膏玉脂般鲜嫩的蟹，正是秋高气爽游甪直时不可或缺的一道佳肴。如若遇上明月之夜，一壶浊酒再邀三五亲朋，对月吃蟹，品酒高谈，真乃人生之快意！

（二）甫里八景

"甫里八景"最早是由乾隆年间甫里的地方官，同时也是《吴郡甫里志》（乾隆志）的编撰者彭方周提出来的。他在《吴郡甫里志》第二十四卷《甫里八景诗》中曾写到"四方士大夫及里之淹雅君子，交相投和"。此后，甫里八景声名鹊起，成为名士文人趋之若鹜的景点。甫里八景包括分署清泉、西汇晓市、鸭沼清风、吴淞雪浪、海藏钟声、浮图夕照、长虹漾月、莲阜渔灯等八处。

1. 西汇晓市

彭方周在《甫里八景诗》中曾描绘：

> 吴淞生业半鱼虾，市在街西近水家。妇子数钱朝食去，背摇初日入芦花。

西汇晓市位于西汇上塘街。太阳还未升起的时候,装着新鲜瓜果、鱼虾、菱藕等各种农副产品的轻舟,已经从四面八方赶来,汇集于西汇的晓市中。待到海藏寺的晨钟轻轻敲响,街市上已经灯火通明,吴侬软语的买卖声不绝于耳,真可谓是"趁却江村烟市早,疏灯小艇卖银鱼"。人们接踵而至,挑选着自己合意的货物,水乡的风土人情也就在这一大早的熙熙攘攘中弥散出来。晓市开始得非常早,以至于"板桥灯火人归后,犹有疏星几点明",因为农人渔夫们在赶集结束后,还要去田里劳作,去河里撒网,开始一天的辛劳。今天的甪直,仍然保留着西汇晓市的习俗,但规模更大,客流量更多,物品也更丰富,在热闹非凡中真可谓是"轻舠云集,农人未晓成市"(《甫里八景诗·序》)。

2. 长虹漾月

长虹漾月指的是正阳桥的景色。正阳桥位于甪直镇东市,俗称东大桥,始建于明朝成化年间,万历时期重建,到了崇祯时期再次修葺,更名为正阳桥。正阳桥是甪直最大的一座桥,古朴伟岸,位于甪直镇最东的出水口处,全长五十八米,拱高十二米,桥面宽五米多,共有六十六级台阶。据说正阳桥落成之日,"各乡村率扶老携幼,匍匐而至,衢路填咽不得行。鼓吹爆竹笙歌声,彻昼夜不绝"(许廷铄《重建甫里正阳桥碑记》)。甪直的乡民们为何对正阳桥的修建如此兴高采烈呢?因为正阳桥对甫里东出水口所起的关键作用:"吴淞江折而北入甫里塘,皆狭河细流,又经数曲而入西美桥。市廛鳞次,水浅而河身加隘,过东美桥河始渐广。又东至出水之口,

则广且数十丈,汪洋浩淼,一泻而不回,当设桥以关锁之,俾稍停蓄,以挽其奔放难留之势。"(许廷铄《重建甪里正阳桥碑记》)

正阳桥体量高大,雄伟壮观。清晨时分,伫于桥上,远眺东方,水势浩荡;回首西望,则古镇的风光如画般铺展眼前。

"长虹"说的正是正阳桥雄伟的身姿,那么"漾月"又为何意?原来,每到月清疏影之时,长长的桥身与朦胧的月影便倒映水面,此时如若荡着一叶扁舟,在月色柔渺的清波中向桥划去,便有"长桥卧波,未云何龙?复道行空,不霁何虹"的切真体会,彭方舟的《长虹漾月》诗云:

> 雾敛江澄月满船,扶桥人影踏青天。看从三五团栾夜,一道长虹上下圆。

3. 莲阜渔灯

在正阳桥东不远处,那一片"广且数十丈,汪洋浩淼"的水面上,河中央有一个仿似莲花的大土墩,人称莲花墩。莲花墩其实是一个被称为"水口罗星"的河心洲,起着和正阳桥一样减缓水势的作用。关于这个莲花墩,还有个说法:吴淞江里有一条小青龙,沿着甪里狭长的水流一路游下去,到了甪直,突然一夜之间长成了一条大龙,结果再也游不回吴淞江了,就在甪直安了家。正阳桥是龙头,正阳桥以前原名就叫做青龙桥,正对着正阳桥的莲花墩则是一颗龙珠。龙珠、莲花墩的作用就是在水口关锁、停蓄河水。

据说，莲花墩上曾有一座六角楼亭，始建于明崇祯年间。当时莲花墩上不仅有楼亭，还有很多花草树木。春天杨柳依依，夏天荷风四面，秋日夜晚，宁静的秋月将楼亭的倒影映在河中央，朦胧又神秘。这时，周围的渔灯在尚未枯败的残荷中影影绰绰。彭方周曾赞叹道："有阜如莲不可登，只容渔父夜围灯。"可以想象，在渔灯忽明忽暗、河上泛起淡淡薄雾之时，渔人停舟于莲花台畔，河水轻拍舟橹，成为一首悠扬的安眠曲，时间仿佛停顿下来。沉浸在那样的美景中，谁还会去争权夺利、计较世间的浮华虚名呢？

4. 海藏钟声

海藏钟声这一景位于海藏禅院内。海藏禅院的前身即为久负盛名的明代私家园林梅花墅。虽然在今天，海藏禅院和海藏钟声都已不复存在，但是在甪直的历史上，海藏钟声也曾是浓墨重彩的一笔。如今的人们只能从前人的诗句、志书中探寻这"遗失的美好"了。

梅花墅始建于明代万历年间。它的规模之大、建筑之精美，甚至可以与苏州市区著名的园林相媲美。海藏禅院的面积大概有梅花墅的一半，但是保留了梅花墅的大致格局。在岁月沧桑、斗转星移中，梅花墅变为海藏禅院，在新建的钟楼上，还悬挂了一座大钟。据韩世琦《海藏钟声》的描绘，"海藏有大钟，声可十余里。闻之永夜清，名利何由起"。

晚风拂面，在苍茫的夜色里，一切都沉寂下来，海藏禅院悠远的钟声就在这时响起，仿佛穿越时光，又不知传向未来的何处。"名园今作梵王宫,高挂蒲牢月殿中。"世俗的浅薄对于短暂的人生来说不值一提,而钟声则在"野田荒草斜阳岸"的图画里,久久回荡。

5. 浮图夕照

说完了海藏禅院,还要提及的就是同为甫里八景之一的浮图夕照。彭方周在《甫里八景诗·序》中谈到海藏禅院时还对一座七级宝塔做了描绘:

> 里东有许中翰旧园曰梅花墅,舍为海藏禅院,六时课诵,钟声远闻。旁起一塔,乃里人新建,七级巍然,夕阳返照,则余曛可爱。

夕阳西下时,柔美的余晖,映衬着七级宝塔,成为浮图夕照这一景。对于宝塔的样貌,彭方周是这样说的:"玲珑七级小安排,不入梅花旧讲台。趁得夕阳西下影,也曾斜过隔邻来。""玲珑"二字点出宝塔的规模并不大,属于精巧型建筑。有趣的是,它虽然建在海藏禅院的旁边,但始终没有归入梅花墅的园林范围内,只是作为一个邻居,借着斜阳的夕照,将眷恋的身影悄悄投入深闺大院。

重建梅花墅的项目将这座七级浮图宝塔也列入其中,浮图夕照的美景也会重现。试想,在"落霞与孤鹜齐飞,秋水共长天一色"的背景中,有一座玲珑的宝塔久久伫立于江南原野中,它的倒影仿佛离人怅惘的咏叹调,让人在一次次回眸中领略如画美景中那一份肃穆与古雅。

（三）吴淞江与澄湖

关于流经甪直地域的吴淞江，《吴郡甫里志》中有云：

> 吴淞江即三江中之一江也。……在西则曰"松陵江"，又曰"笠泽江"，至东则又曰"新江"。……转而北至长洲江田村，转而东约十八里抵甫里塘口。又转而北抵箭浦口，又转而东入昆山界，过大直小溪口，迤北而东环而南入嘉定界，流出吴淞入海。

蜿蜒曲折的吴淞江到达甫里后，奔腾不息，在镇北划出一道弧形后向东流去，然后经由淀山湖去往吴淞入海处。因为甫里特殊的地理位置——"居吴淞之阳，适当江流回抱处，如新月一湾，居民正在湾中"——加之当时陆路通行不畅，从苏州去往甫里往往必须经由吴淞江，且水路只有三十里。这样一来，南来北往的文人骚客，在吴淞江泛舟行驶时，会不时被江上一轮清朗的明月陶醉，又总会被两岸淳朴的乡村风光吸引，由此引发诗情诗性，往往诗语伴随一路。

从唐代到清末，关于吴淞江的诗词非常多，比如宋之问、刘长卿、皮日休、陆龟蒙、高启、陶宗仪、钱允治等，都曾对吴淞江及两岸美景表达过由衷的赞美。其中尤其要提到的是皮日休和陆龟蒙这对诗友，对于吴淞江的诗歌唱和不同于他人匆匆过客式的偶然之作，而是包含着独特的人生态度与一份闲逸悠然的情怀。比如，两人一唱一和都作《松江早春》来吟咏吴淞江初春的景色。皮日休的

《松江早春》写道：

> 松陵清净雪消初，见底新安恐未如。稳凭船舷无一事，分明数得胁残鱼。

陆龟蒙《和袭美松江早春》则云：

> 柳下江餐待好风，暂时还得狎渔翁。一生无事烟波足，唯有沙边水勃公。

在早春的吴淞江边，青青柳丝在早春时节于丝丝细雨中发芽，空濛的树影间，江鸥们前后相伴，翩然飞翔。诗人闲适地垂钓江中，迎着江风，感受着江水缓缓带走的时光。诗友们就在这样的时光泛舟江上，一起垂钓，一起赋诗，一起看着一江春水，缓缓向东流。

吴淞江畔不光可以闲散地垂钓，还可以观赏江潮。对此，躬耕于甫里的陆龟蒙体会更深，他在《迎潮送潮辞·并序》中写道：

> 余耕稼所在松江，南旁田庐，门外有沟通浦溆，而朝夕之潮至焉。天弗雨，则轧而留之，用以涤濯灌溉，及物之功甚巨。其赢壮迟速，系望晦盈虚也，用之，则顺而进；舍之，则黜而退，有类乎君子之道。玩而感之，作迎潮送潮词二首，聊寄声于骚人之末。

陆龟蒙认为，江潮有信，顺而进，黜而退，与君子之道非常接近，"潮之德兮无际，既充其大兮又充其细"。江潮既可以浩浩荡荡来势凶猛，又可以是细水长流缓缓而去。它滋润稼禾，丰腴田地，却并不居功自傲，而是悄然归入大海。每当大潮来临，吴淞江另有一片风情，在阳光的照耀下，奔腾的浪潮如锦缎般闪闪发光，两岸蒹葭苍苍、烟波朦胧。当滔滔江潮离去，奔向大海的时候，陆龟蒙仍怅惘地徘徊在江边，不忍离去。

关于吴淞江，甪里有吴淞雪浪一景。彭方周《甪里八景诗》中写道："吹饱蒲帆十幅风，浪花如雪卷晴空。青油白舫吴淞里，如在玻璃世界中。"这说的也是吴淞江上的大潮，当浪似雪花般闪耀于阳光下，近处的小船、芦苇，远处的波帆点点，一切都变得如梦亦如幻。

秋日的澄湖，蒹葭苍苍，白露为霜。湖面上飞行着只只鸿雁，西下的夕阳将湖水染得色彩澄澈，如红色锦缎一直铺展到水天相连处。待晚霞消退，暮色四合，皓月清冷的光辉洒满平静的湖面，与之交相辉映的则是渔船里幽幽的灯火。喧闹的淞江古渡，在晚钟敲响的时刻，长山远水，都逐渐归于平静。

澄湖的总面积大概四十平方公里。在吴淞江之南的苏南大地上，它犹如镶嵌其中的一块明镜。澄湖的北边是阳澄湖，东南又与淀山湖相连，河港交错、湖泊成网使得这里的人家以湖为生，与湖为伴，可以说是苏州水乡泽国的最佳代表。从甪直往西南方走不到三公里就到了澄湖边上，天高水远，在云水交接的地方有着点点帆影。澄湖的平均水深不到两米，但却盛产各类水产品，比如最富盛名的银条鱼和大闸蟹。

澄湖旧名陈湖，也叫沉湖。据清顺治年间周王烈《游陈湖记》中记载："陈湖一名沉湖，父老相传曰故邑聚也，陷为湖，然不知何王之代。今湖中尚有街、有井、有上马石。土人居其傍者，水涸时往往获古镜钱盂之属，文字漫灭弗可识。"由此可知，澄湖经历过沧海桑田的巨变。在成为湖泊之前，这里应该是一个古代的市镇。《游陈湖记》中还写到，每当枯水时节，澄湖中往往有"水落石出"之景，"湖心出乱石三四十枚，大小不一"，这些石头往往造型奇怪，人们猜测也许是之前古镇中的假山石。

澄湖历来都是文人雅士们游玩、赋诗的对象。春日里泛舟湖上，绿杨茵茵，白鸥翩翩。在澄湖边生活的农人一直以来都过着闲散、淡泊、自在的生活。诗人陆棠曾在《泛陈湖》中表达对这种宁静生活的向往：

> 姚江风景说陈湖，此日闲游趣最多。古木千章森远寺，轻鸥数点落晴波。供茶野老临沙立，罢钓渔人鼓柂歌。但愿樊笼如脱却，何妨日月买舟过。

确实，秋日的澄湖畔，芦花飘荡，鸿雁去来，一派闲适美景，但是能看到在这样自然野趣的不远处，有很多今日现代化的建筑，游乐园、高尔夫球场,还有大片新建的别墅区。也许今天来此置房的人们也是爱上了这"平湖秋色晓苍苍""苇花菱叶满沧浪"(陈基《陈湖秋泛》)的世外桃源般的景色。如若是住在这"落霞与孤鹜齐飞,秋水共长天一色"的美景里,但心里仍然记挂尘世的凡俗,恐怕就是一种无趣的悖论了。

(四)陆龟蒙与"皮陆唱酬"

陆龟蒙别号甫里先生,又号江湖散人。他家世显赫,祖上溯源可到汉代刘邦的重臣陆贾,东汉末年以清廉著名的陆绩是他的远祖。传说陆绩在担任郁林(今属广西)太守期满,由水路返回苏州的时候,由于行囊太少,使得船身太轻以至于吃水太浅,无法抵御海浪的颠簸,只能搬来一块巨石压在船上。到苏州后,这块大石头被放在陆绩的旧宅,也就是今天的拙政园前,被称为"陆绩廉石"。幼年时的陆龟蒙曾抚石而立志光耀门楣,他饱读诗书,想要报效国家。可惜时运不济,举进士不第,只能在咸通元年(860)委身做一名刺史幕僚。对于心高气傲、初出茅庐的陆龟蒙来说,空有一腔报国热情,然却怀才不遇,所以行为也就越来越高傲不群。《吴郡甫里志》曾有记载:"至饶州……刺史蔡京率官属就见,龟蒙竟拂衣去。"陆龟蒙的书生意气由此出了名。既然考试不第,不愿委曲求全又难为宦海所容,他索性来到甪直(当时的甫里),耕种闲居,过上了隐居乡间的闲散生活。

陆龟蒙在甪直的隐居生活，使他成了这里的代表性人物。一千多年以来，每一部《甫里志》都必然提到他的名字。实际上，隐居的陆龟蒙生活还是很清苦的：

先生之居，有池数亩，有屋三十楹，有田奇十万步，有牛不减四十蹄，有耕夫百余指。而田汙下，暑雨一昼夜，则与江通，无别己田他田也。先生由是苦饥困，仓无斗升蓄积。乃躬负畚锸，率耕夫以为具。（陆龟蒙《甫里先生传》）

虽然陆龟蒙有四百多亩田地，又有十多头牛，但是每逢大雨倾盆，他就必须和农人们一起筑岸修堤，以防江水倒灌。好在陆龟蒙并不是肩不能挑、手不能提的文弱书生，他在修堤坝的同时，还颇有兴致地观赏吴淞江的涨潮落潮，并写下前文提到的《送潮迎潮辞》。除了经常身体力行地耕种，陆龟蒙对于农具还有一定的研究，他撰写的《耒耜经》序曰：

耒耜者，古圣人之作也，自乃粒以来至于今，生民赖之。有天下国家者，去此无有也。饱食安坐，曾不求命称之义，非扬子所谓如禽兽者邪。予在田野间，一日呼耕甿，就而数其目，恍若登农皇之庭，受播种之法。淳风泠泠，耸竖毛发，然后知圣人之旨趣，朴乎其深哉。孔子谓"吾不如老农"，信也。因书为《耒耜经》，以备遗忘，且无愧于食。

陆龟蒙自称江湖散人。这"江湖"二字不单说明他希望过隐居闲散的生活，同时也点出了他对垂钓的喜爱。通过他留下的诗作，我们可以想象，他在甪直这片土地上，过着"不知潜鳞处，但去笼烟水""有意烹小鲜，乘流驻孤棹"般逍遥闲逸又自在自得的生活，虽然并不富裕，还常常需要亲自动手劳作，但他的心情确实是愉快的。他在《江湖散人传》中写道：

> 散人者，散诞之人也。心散、意散、形散、神散，既无羁限，为时之怪民……散人曰："天地大者也，在太虚中一物耳。劳乎覆载，劳乎运行，差之晷度，寒暑错乱，望斯须之散，其可得耶？水土之散，皆有用乎！水之散，为雨、为露、为霜雪；水之局，为潴、为洳、为潢汙。土之散，封之可崇，穴之可深，生可以艺，死可以入；土之局，埏不可以为埏，氎不可以为盂。得非散能通于变化，局不能耶？退若不散，守名之筌；进若不散，执时之权。筌可守耶，权可执耶？"遂为《散歌》《散传》，以志其散。

陆龟蒙这位"散人"将聚与散的关系辩证地阐述出来。他认为，万事万物都很难做到一个"散"字，所谓"散"，实际讲的是一种平和的心态，一种释怀的心境。人生在世，很多人为了追逐功名而用尽各种手段，谁又知道在这样的过程中，错失了多少沿途的好风景？有些人为了积聚财富以致不眠不休，可是当他们撒手人寰之时，曾经的金山银山并不能带走片甲。陆龟蒙庆幸自己只是一介文人,一个"散淡之人",可以在清风明月中与知心好友赋诗饮酒,笑看潮起潮落。这样懂得顺势而为、顺其自然的人生态度,并非尘世中所有庸碌的众生都能明白。

在陆龟蒙的文学朋友中,皮日休作为他的诗友,不但留下了大量的唱和之作,在日常生活中,俩人也是知己。皮日休知道陆龟蒙的日子过得辛苦,常常送一些物品表达心意,比如一方砚台、秋天的海蟹等等。陆龟蒙每次得到皮日休的赠物,总会写一首诗感谢朋友。他俩还经常一起相约出游。有一次二人约定踏春,没承想皮日休却病了,陆龟蒙只好遗憾地写了一首《和袭美卧疾感春见寄韵》:

共寻花思极飞腾,病带春寒去未能。烟径水涯多好鸟,竹林蒲倚但高僧。须知日富为神授,只有家贫免盗憎。除却数函图籍外,更将何事结良朋。

北宋时,陆龟蒙的旧宅被改建为甫里先生祠,后来历朝历代都有人对它进行翻修和整理。元代至正年间,县尹马玉麟对甫里先生祠进行重建,明代的正德、万历、崇祯年间,也都有过修葺。陆龟蒙之后,历代的文人骚客们来到甫里,总不忘去甫里先生祠瞻仰一番,留下了许多凭吊怀古、抒发感慨的诗作。明代诗人高启有《谒甫里祠》,诗云:

衣冠寂寞半尘丝，想见江湖独卧时。遁迹虚烦明主诏，感怀犹赋散人诗。钓鱼船去云迷浦，斗鸭阑空草满池。芳藻一杯谁为奠，鼓声只到水神祠。

高启诗中提到的"斗鸭池"，在许多文人访甫里先生祠后所作的作品中都有提及。比如明代文徵明在《偶过甫里，乘月至白莲寺，访陆天随故祠》一诗中写道："雨荒杞菊流萤度，月满陂塘斗鸭空。"在这众多有关"斗鸭"的诗歌中，最著名的可能要数苏东坡的《戏书吴江三贤画像三首》（其三）了：

千首文章二顷田，囊中未有一钱看。却因养得能言鸭，惊破王孙金弹丸。

苏东坡在诗中感慨陆龟蒙才华很高却生活清贫。这句"却因养得能言鸭，惊破王孙金弹丸"中包含着一个典故。据《甫里先生文集》附录中说：

相传龟蒙多智数，狡狯，居笠泽。有内养自长安使杭州，舟出舍下。小童奴以小舟驱群鸭出，内养弹其一绿头雄鸭，折颈。龟蒙遽从舍出，大呼云："此绿鸭有异，善人言。适将献状本州，贡天子，今持此死鸭以诣官自言耳。"内养少长宫禁，不知外事,信然,甚惊骇,厚以金帛遗之。龟蒙乃止。乃徐问龟蒙曰:"此鸭何言?"龟蒙曰:"常自呼其名。"巧捷多类此。

正是因为有这么一个典故和传闻,"鸭沼清风"成为甫里八景中的一景。

虽然陆龟蒙祠在"文革"中被夷为平地,但自1980年代始,地方政府陆续修复了甫里先生祠中的清风亭、垂虹桥、衣冠冢和斗鸭池,并将斗鸭池和衣冠冢列为江苏省文物保护单位。如今的甫里先生祠,清新自然中不失古色余韵,在一片郁郁葱葱的树木中间,伫立着三棵银杏古树,传说这几棵古树乃是甫里先生亲手所栽。

(五)叶圣陶笔下的万盛米行

万盛米行在甪直南市的下塘街,正是叶圣陶著名的小说《多收了三五斗》中故事发生地。小说里有一段描写:

> 万盛米行的河埠头,横七竖八停泊着乡村里出来的敞口船。船里装载的是新米,把船身压的很低……那些戴旧毡帽的大清早摇船出来,到了埠头,气也不透一口,就来到柜台前面占卜他们的命运。"糙米五块,谷三块",米行里的先生有气没力地回答他们。"什么!"旧毡帽朋友几乎不相信他们的耳朵,美满的希望突然一沉,一会儿大家都呆了。"在六月里,你们不是卖十三块么?"……"现在是什么时候,你们不知道么?各

处的米像潮水一般涌来，过几天还要跌呢！"……今年天照应，雨水调匀，小虫子也不出来作梗，一亩田多收这么三五斗，谁都以为该得透一透气了，那里知道临到最后的占卜，却得到比往年更坏的课兆！

现在，甪直古镇上的万盛米行，就是依据叶圣陶的小说复原而来的。万盛米行的真正原型是位于甪直镇南端的万成恒米行。其实，甪直古镇原有好几家米行，他们的格局都是店前的街道临着河，方便米粮的运输与装卸，万成恒米行也是如此。万成恒米行始建于民国初年，是一间老字号店铺。米行规模甚大，有上百间小仓库来存放粮食，是当时吴东地区首屈一指的大米行。店前来往装卸的运粮船只非常多，熙熙攘攘，门庭若市。也许这就是叶圣陶选择它作为小说中万盛米行的原型的原因吧。

现在看到的万盛米行是东西朝向。写着"米"字的大灯笼高挂在前屋梁上，穿过店铺后，可以看到一个宽敞气派的大院落，走廊边上陈列着各种农具，品种繁多，许多闻所未闻的农业器具让人大开眼界。正中的大厅写着"耒耜堂"几个大字。"耒耜"作为先秦时候的农具，常被用来翻土。前文提到，陆龟蒙曾撰《耒耜经》介绍唐代当时的各种农具，所以"耒耜堂"额款叙介绍"唐陆公甫里先生撰《耒耜经》于此，故取'耒耜'二字为堂"。厅内还有一副抱柱联写着："玉粲流珠，往来舟楫枭籴市门频沸闹；金芒分颖，存聚仓囷间阎户灶尽炊香。"不过，叶圣陶写《多收了三五斗》时，却并没有目睹到家家户户"灶尽炊香"的情形,他看到的是大丰收带来的谷贱伤农。造成这种状况的原因,一方面是丰收时节谷米来源充足,农民急于将手中稻米卖出,而拥有大量资金的米行老板趁机压低米价,待到丰收季节一过,再抬高价格出售,以此获利;另一方面还与当时洋米洋面冲击市场、各种苛捐杂税层出不穷有很大关系。所以叶圣陶在后来谈到写《多收了三五斗》时说:"那些'戴旧毡帽的农民'……曾经陷入了那样的绝境。"在1950年代的商业改造中,昔日的米行改为粮食收购站和仓库。收购站前的河道里船只来往繁忙,一派欣欣向荣景象。如今的万盛米行,恢复的是民国时期江南米行的旧样貌,同时也作为江南地区历代农具的陈列室,算是一个有趣的结合。

第四章　园　林

一　沧浪亭

沧浪亭是现存最古老的苏州园林。它的兴建与留存，还要从北宋著名诗人苏舜钦说起。

苏舜钦出身官宦世家，其祖父官至参知政事。然苏舜钦却并不满足于承袭，二十一岁时放弃了家里为他安排的微小官职，考中进士，改任蒙城县令。上任后，他"窜（案：放逐）一巨豪，杖杀一黠吏"，展现了卓越的政治才能。苏舜钦还颇具文学天赋，擅长诗与散文，与另一位诗人梅尧臣并称"苏梅"。他很快被伯乐们相中，并备受改革派领袖范仲淹激赏，宰相杜衍更是将女儿许配给他。无论在政治还是在文学上，苏舜钦都是改革派的中坚力量。《宋史》道："当天圣中，学者为文，多病偶对，独舜钦与河南穆修好为古文歌诗，一时豪俊多从之游。"又云："舜钦少慷慨有大志，状貌怪伟。"欧阳修在《苏氏文集序》中也说："其状貌奇伟，望之昂然而即之温温，久而愈可爱慕。"出身高贵，才高志远，有伯乐赏识，加上样貌出众，苏舜钦俨然是一位前途无量的文学明星和政治新星。

然而，政坛的风云变幻却非个人所能揣测和把握。即使有范仲淹和杜衍撑腰，苏舜钦还是成了政治牺牲品。庆历四年（1044），刚上任进奏院一把手的苏舜钦邀请诗友和同事聚餐。按照历年的老规矩，苏舜钦变卖进奏院废纸作聚会的酒钱。尽管这只是循旧例办事，保守派却揪住此事不放，冠以贪腐之名。最终，宋仁宗钦定苏舜钦"监主自盗"，削籍为民，其余赴宴者十余人也被贬谪。这次事件被称为"进奏院风波"。后来人们普遍认为，这场小题大做的公案是党派斗争的结果。保守派无力撼动改革派首领范仲淹的地位，便先对苏舜钦等人下手。

"进奏院风波"使身处云端的苏舜钦跌入泥中，不出四年便郁郁而终。然而这段抑郁时光却产生了一个"副产品"——沧浪亭。第二年（1045）夏，苏舜钦携妻南下，路过苏州时，炎炎夏日使他的心绪倍加烦乱。就在此时，与一处废园的邂逅给了他些许慰藉。在那篇著名的《沧浪亭记》中，苏舜钦记载了购买废园、在其中修筑沧浪亭的过程：

予以罪废，无所归。扁舟南游，旅于吴中，始僦舍以处。时盛夏蒸燠，土居皆褊狭，不能出气，思得高爽虚辟之地，以舒所怀，不可得也。

一日过郡学，东顾草树郁然，崇阜广水，不类乎城中。并水得微径于杂花修竹之间。东趋数百步，有弃地，纵广合五六十寻，三向皆水也。杠之南，其地益阔，旁无民居，左右皆林木相亏蔽。访诸旧老，云："钱氏有国，近戚孙承祐之池馆也"。坳隆胜势，遗意尚存。予爱而徘徊，遂以钱四万得之，构亭北碕，号"沧浪"焉。前竹后水，水之阳又竹，无穷极。澄川翠干，光影会合于轩户之间，尤与风月为相宜。予时榜小舟，幅巾以往，至则洒然忘其归。觞而浩歌，踞而仰啸，野老不至，鱼鸟共乐。形骸既适则神不烦，观听无邪则道以明；返思向之汩汩荣辱之场，日与锱铢利害相磨戛，隔此真趣，不亦鄙哉！

这片废园居于苏州城中，地势高且宽阔，三面环水，"旁无民居，左右皆林木相亏蔽"。居于其中，既可享受山林生活之乐趣，又未失去城市生活的便利。苏舜钦果断买下此处筑园安家，甚是有眼光。

买下废园后，苏舜钦建了一个亭子，起名"沧浪"。"沧浪"二字源于《楚辞·渔父》："沧浪之水清兮，可以濯吾缨；沧浪之水浊兮，可以濯吾足。"屈原与苏舜钦一样因政治斗争而被排挤出局，"沧浪"二字恰是苏舜钦心有不平、清高自洁的表白和对自我的疗救。他在沧浪亭中享受园林之乐，写了不少关于沧浪亭的诗文。从《沧浪亭》诗中，我们似乎看到苏舜钦的心病已被园林生活乐趣完全治愈：

一径抱幽山，居然城市间。高轩面曲水，修竹慰愁颜。迹与豺狼远，心随鱼鸟闲。吾甘老此境，无暇事机关。

虽然有如此乐趣，苏舜钦却在短短三年之后便去世了，其时年仅四十一岁。这似乎说明他的心绪并未"甘老此境"。事实上，即使苏舜钦竭力借此"真趣"超脱于"汩汩荣辱之场"，却从未真正超然世外。《水调歌头·沧浪亭》便道出他谪居沧浪亭时未酬之壮志：

丈夫志，当景盛，耻疏闲。壮年何事憔悴？华发改朱颜。拟借寒潭垂钓，又恐鸥鸟相猜，不肯傍青纶。刺棹穿芦荻，无语看波澜。

《沧浪静吟》亦摹写了诗人心中难"静"之思绪：

独绕虚亭步石矼，静中情味世无双。山蝉带响穿疏户，野蔓盘青入破窗。二子逢时犹死饿，三闾遭逐便沉江。我今饱食高眠外，惟恨醇醪不满缸。

"修竹""鱼鸟"并非苏舜钦心之所向，他显然难以承受这远离"豺狼"与"机关"之"静"。短暂的清净或许能怡人心神，但对少有壮志又曾平步青云的苏舜钦来说，长久的闲散就是"耻"和"恨"了。这样的闲散不是清福，而是被牺牲、排挤和放逐。如此冤屈甚至让他想到死。这沧浪亭，是他"不能出气"时的药，亦是令其憔悴的病。病得严重，药自然也用得多。苏舜钦写了多篇以沧浪亭为题的诗文，且曾以之为题，邀请欧阳修应和。欧阳修怎会不知好友的孤寂和不甘心？在将沧浪亭景色赞了个遍后，欧阳修终于开始谈重点：

> 清风明月本无价，可惜只卖四万钱。又疑此境天乞与，壮士憔悴天应怜。鸱夷古亦有独往，江湖波涛渺翻天。崎岖世路欲脱去，反以身试蛟龙渊。岂如扁舟任飘兀，红蕖渌浪摇醉眠。丈夫身在岂长弃，新诗美酒聊穷年。虽然不许俗客到，莫惜佳句人间传。（《沧浪亭》）

多年的抱负与苦心经营，满腹的抑郁和委屈，对友人的劝慰落在纸上也就那么几行。句句在说沧浪亭，其意却皆不在沧浪亭，这便是中国古代文人的表达和交流的方式。汹涌澎湃的政治斗争落入诗间成了欲语还休，言在此而意在彼造就了独特的诗歌之美，也必减弱诗人宣泄的快感。

欧阳修显然是在劝苏舜钦想开些：失了前途你不是得了沧浪亭吗？且忘掉政治纷争，在此逍遥做个世外高人，或许是上天对你的另一种安排。苏舜钦钻牛角尖钻到连自杀的心都有了，可欧阳修回应得不痛不痒，想必起不到什么劝解的作用。

欧阳修的回应是否劝慰了苏舜钦我们已不得而知，但他们为沧浪亭而写的应和诗句被后人梁章钜组合成对联"清风明月本无价，近水远山皆有情"。此句上联出自欧阳修《沧浪亭》中诗句"清风明月本无价，可惜只卖四万钱"，下联出自苏舜钦《过苏州》中诗句"绿杨白鹭俱自得，近水远山皆有情"。这对联被题在重建的沧浪亭上，凝为永恒的文坛佳话。

苏舜钦过世后，沧浪亭几易其主，后来为申国公章惇所有。虽另有一说为章粢和龚氏共有（龚明之《中吴纪闻》载："予家旧与章庄敏俱有其半"），但为章惇所有之说更为史学家及民间认可，所以沧浪亭一度被苏州人称为"章园"。巧合的是，章惇与苏舜钦一样，也是一位改革派战将，二人的性格却相去甚远。相较之下，苏舜钦刚正柔和，章惇则天真任性。时隔数百年，单看章惇做的这几件事就能捕捉到其鲜活的个性：仁宗嘉祐二年（1057），章惇考取进士，但因侄子章衡考取状元便赌气不就而去，后又再考得进士甲科才肯上任。他与苏轼游山，不顾性命在万仞绝壁上泼墨挥写，以至于苏轼据此断言章惇必能杀人——"能自拼命者能杀人也"。章惇还公然与宣仁太后作对，并曾反对徽宗继位，道"端王轻佻，不可以君天下"，令其同僚哭笑不得。苏舜钦未站稳脚跟就被保守派踢出局，冲劲十足的章惇则官至宰相，一度遏制住了保守派司马光的势力。然而北宋改革派的革新运动最终以失败告终，沧浪亭或可作为这场改革失败的某种纪念符号吧。

在苏舜钦的诗词散文中，提及的多是花鸟鱼池等自然景观。他所建的人文景观似乎只有沧浪亭一处。章氏入住后对沧浪亭进行了大肆整修和扩建。范成大《吴郡志》记载："沧浪亭……子美死屡易主，后为章申公家所有。广其故地为大阁，又为堂山上。亭北跨水，有名洞山者，章氏并得之。既除地，发其下，皆嵌空大石，人以为广陵王时所藏，益以增累其隙。两山相对，遂为一时雄观。"洪武《苏州府志》记载："申公之子增筑山亭，买黄土钱三万贯，园亭之胜，甲于东南。"可以说苏舜钦的沧浪亭更接近无修饰的田园，而章惇则将沧浪亭打造为一座以人工景观见长的私家园林。

章惇去世二十八年后的绍兴三年（1133），"章园"又易为"韩园"。《吴郡志》载："建炎狄难，归韩蕲王家。"韩蕲王即为抗金名将韩世忠。沧浪亭并非韩世忠以正常渠道购得，而是仗着权势大拳头也大的武力霸占来的。洪武《苏州府志》中提到："绍兴初，韩蕲王提兵过吴，意甚欲之，章殊不悟，即以随军转运檄之，章窘迫，亟以为献。其家百口，一日散居。"将名门家族百余口人说话间就赶出去，足见韩将军当日气势之盛。即使韩世忠终以正义之名存于正史之中，沧浪亭却泄露了他民族英雄之外的另一种人格和形象——打家劫舍的军阀莽夫。

韩世忠入住沧浪亭后，在章氏建造的"两山相对"之间搭了一道木桥，名曰"飞虹"，并在院内兴建了不少亭馆。这些建筑的名称倒是颇为清雅，丝毫不显韩氏之跋扈。据洪武《苏州府志》记载：

韩氏作桥两山之上，曰"飞虹"，张安国书匾，山上有连理木，庆元间犹存。今山堂曰寒光，傍有台曰冷风亭。又有翊运堂，耿元鼎作记。池侧有濯缨亭。梅亭曰瑶华境界，竹亭曰翠玲珑，木犀亭曰清香馆。

庆元年间为公元1195—1200年，也就是说韩氏所建"飞虹"至少存在了六十余载。

元代和明代，沧浪亭并未继续归属于某位达官贵人作私人花园，而是被用作僧居。元仁宗延祐年间（1314—1320），僧宗敬在沧浪亭遗址上建妙隐庵，庵西侧即南禅寺。惠宗至正间（1341—1368），僧善庆在妙隐庵东侧建大云庵，一名结草庵，为南禅集云寺之别院。嘉靖年间，知府胡缵宗在沧浪亭建韩世忠祠堂，释文瑛则于大云庵旁复建沧浪亭，并邀归有光作文记录这一事件。

进入清代，兴建沧浪亭不再是出于私用，而是官方所为，有时甚至是皇帝亲自授命官员修缮。自此，沧浪亭多被用作祠堂、书堂，成为公用园林。如此一来，沧浪亭免去了私人争抢之难，成了文人雅集之地。无数文人雅士前来以之为题作诗作文，沧浪亭内也留下不少珍贵的楹联和碑刻，就连园内的每一处牌匾都无一字无来历。"面水轩"出自杜甫的诗句"层轩皆面水，老树饱经霜"；"观鱼处"出自"庄子与惠子观鱼于濠梁之上"；"闻香妙室"源于杜甫诗句"灯影照无睡，心清闻妙香"；"明道堂"取自苏舜钦《沧浪亭记》"观听无邪，则道以明"；"东菑"与"西爽"分别出自王维诗句"积雨空林烟火迟，蒸藜炊黍饷东菑"及"若见西山爽，应知黄绮心"……被诗文浸泡了几百年的沧浪亭，几乎每一寸草木都饱蘸诗意。

然而这些诗意并未能保护沧浪亭免受战乱的毁坏。同治十二年（1873），在张树声修复沧浪亭之前，袁学澜前去游览，记下了当时沧浪亭破败的景象：

> 登沧浪亭，老树当阶，残碑仆草，石棋枰芜没荆棘中。望郡学，巍然新建，隔岸紫正（紫阳、正谊）两书院及可园，仅存败堵。目之所见，盖无非毁者。（《游南园沧浪亭记》）

在这片残垣上，张树声重建了沧浪亭。同治《苏州府志》中记载：

> 同治十二年巡抚张公树声重建，有记。亭建原所，其南为明道堂，堂之后，东菑、西爽。折而西为五百名贤祠。祠之南翠玲珑亭，以北为面水轩。静吟、藕花水榭，皆临水。余如清香馆、闻妙香室、瑶华境界、见心书屋、步碕、印心石屋、看山楼，大半就地结构，仍题旧额。

"大半就地结构，仍题旧额"，说明张树声竭力对沧浪亭原貌进行了修复。我们今日所见之沧浪亭，正是张树声修复的格局。进入民国后，沧浪亭一度被用作美术学校和美术馆。抗日战争时期，苏州沦陷，沧浪亭曾被用作日军司令部。新中国成立后，政府对沧浪亭做了多次修复，并将其列为文物保护单位。

苏舜钦或许料不到，他慧眼选中的这片园地几兴几废，千年后成了留存下来的最古老的苏州园林。他借以自白的命名"沧浪亭"一直沿用至今,无数文人前来瞻仰,留下不可胜数的诗文。

二 狮子林

"狮子林"的建造缘于元代高僧天如禅师惟则。惟则自幼研习佛法,却一直难觅能为自己解惑的恩师。二十岁那年,惟则到天目山追随中峰明本大和尚,经其多方打磨终于开悟。中峰和尚羽化后,惟则离开天目山四处云游讲道,名声渐大,却多次拒绝住持著名寺院。至正元年(1341),惟则到苏州讲经,相中一处园地,有良田数顷,古树环绕,便就树下搭建茅庐数间,取名"狮子林"。虽然屋宇简陋,但前来问禅的官员文人络绎不绝。第二年,弟子们斥资为惟则买地置屋,建起寺院,元顺帝赐名"狮子林菩提正宗禅寺",形成最早的狮子林园林景观。

狮子林的命名起码有三重含义。欧阳玄在《狮子林菩提正宗寺记》中记载:

> 林有竹万个,竹下多怪石,有状如狻猊者,故名狮子林。且师得法于普应国师中峰本公,中峰倡道天目山之狮子岩,又以识其授受之原也。

"狻猊"是传说中龙生九子之一,形如狮,是能食虎豹的猛兽。因园中怪石形貌像狮子,又有林竹万千,故被命名为"狮子林"。这些样貌奇特的假山石的确是狮子林的一大特色。据顾颉刚考证,狮子林中的假山是用北宋时期作为贡品的太湖石铸成。此去经年,园中花木楼阁易毁,这些怪石却一直留存至今,成为难得的孤本。此外,惟则在天目山与恩师悟道之处名为"狮子岩",亦是命名之渊源。

事实上"狮子"和"林"都是佛教用语。《大智度论》云:"佛为人中师子,佛所坐处,若床若地,皆名师子座","譬如大树丛聚,是名为林……僧聚处得名丛林"。"师"与"狮"同音,如此说来,"狮子林"便是佛聚僧人之处,用以命名寺院名副其实。以"狮子林"作题,无论从形、意、神上都颇能传达惟则所建寺院之魂。李祁在《师子林诗序》中记载了狮子林初建时的情景:

> 自天如师坐师子林中,地益辟,景益奇,四方之来,得于观览悟悦者益众。……夫如是,则师子林之得名当时,亦已远矣。予尝观其地之广不过十余亩,非若名山巨刹之宏基厚址也;屋不过一二十楹,非若雄殿杰阁之壮丽焜耀也;其徒众仆役不过十数人,非若高堂聚食常数千指也。

狮子林占地仅十余亩,原本是一片无人注意的僻静之处。惟则来此后将其打造成颇有禅趣的园林,并引四方来客前来拜望。在诗人看来，惟则之于狮子林，颇有点石成金之意味。

专业高僧之间辩经，似在身外之海口吐莲花，寻常人只能看个热闹。而要将佛理讲给一众理论基础参差不齐的读者，言辞有趣是必不可少的。惟则谈起禅和佛并不会使人觉得高深莫测、不可接近。禅是惟则信手拈来的花，灵巧而活泼。连劝人万事随缘，他也讲得颇为欢乐，其语调中带着元曲的明快风格：

> 直指人心，见性成佛。纵横不是尘，扑落非他物。等是空拳诳小儿，究竟谁曾办端的。徒成一犬吠虚千猱嗥实，嗥到如今转见狼籍。只落得锦鲤尾巴焦，乌龟眼睛赤。则上座眼底无筋，腕头无力。朽索御六马，明知六马御不得。捧土塞孟津，明知孟津塞不得。也要敲东篱打西壁，风角鸟占说黄道黑。惹得诸人气不平，骂我假佛衣窃佛食。是一枚无状村夫，禅贩如来之贼。如今事不得已，只得合掌低头遥谢诸人曰："我不敢轻于汝等，汝等皆当作佛。万一不然，老僧有个师子林分付与当来弥勒，任诸人狭路相逢一棒打与狗子吃。"遂拍掌呵呵大笑下座。（《天如惟则禅师语录》）

这简直就是"别人打我左脸，我便伸右脸给人打"的另一种说法。但惟则讲得颇为诙谐：我告诉你要见性成佛，你却偏要强求不属于自己的东西，还骂我假借佛言。不要紧，你打我骂我我都无所谓，我甚至还要双手合十衷心祝你成佛。若你成不了佛，我就拿我的狮子林来供个佛,再任你们抢了打了喂狗胡作。这是正话还是反话?不妨一话两听,见仁见智,但下面听佛法的众人确是被逗得会心而笑了。

这"任人宰割"的禅学大师仿佛可以为普度众生而舍弃自我,"低到尘埃里",但惟则的世界并非"有佛无我"。相反,"我"与诸佛颇似结拜兄弟,甚至"我"更像诸佛的大哥:

> 老僧三十年妄谈般若,死后当堕无间地狱。昨夜十方诸佛生大哀愍,同时现前,情愿堕地狱代我受罪。老僧厉声向他道:"者个是我摩裈擦裤做得来,自作自受底,干你甚么事。"诸佛拟议,被我一喝倒退三千里。(《天如惟则禅师语录》)

惟则对佛法的敬畏之心颇甚,以至于自觉"三十年妄谈般若",实在该下地狱。但即便如此,佛却未剥夺惟则的主体性——我听你信你,你疼我怜我。但我成不了你,也不能任你调拨。我的罪责我来受,大可不必舍身度我。

惟则禅师不仅能在佛堂上深入浅出妙语连珠,亦能作清新文艺的律诗。且看这组《师子林即景》:

> 万竿绿玉绕禅房,头角森森笋稚长。坐起自携藤七尺,穿林络绎似巡堂。

素壁光摇眼倍明,隔帘风树弄新晴。树根蛙鼓鸣残雨,恍惚南山水乐声。

相君来扣少林宗,官从盈门隘不通。散入凤亭竹深处,石床分坐绕飞虹。

鸦鹊争巢似愤兵,怒鸣死斗乱纵横。可怜踏坏桫椤树,满地落花无路行。

道人肩水灌畦蔬,托钵船归粟有余。饱饭禅和无一事,绕池分食喂游鱼。

西邻母鹤唤无休,鹤意吾知为主忧。养得鹤成骑鹤去,扬州未必胜苏州。

灶儿深夜诵莲华,月度墙西桧影斜。经罢辘轳声忽动,汲泉自试雨前茶。

林下禅关尽日开,放人来看卧龙梅。山僮莫厌门庭闹,不是爱闲人不来。

斜梅势压石阑干,花似垂头照影看。白昼云阴天欲雪,半池星斗逼人寒。

雪深三尺闭柴荆，岁晚无心打葛藤。立雪堂前人不见，秀云峰似白头僧。

指柏轩中六七僧，坐忘忽怪异香尘。推窗日色暖如火，蘐卜花开雪一棚。

卧云室冷睡魔醒，残漏声声促五更。一梦又如过一世，东方日出是来生。

鸟啼花笑屋西东，柏子烟青芋火红。人道我居城市里，我疑身在万山中。

半檐落日晒寒衣，一钵香羹野蕨肥。春雨春烟二三子，水西原上种松归。

诗中并未卖弄佛理，但见惟则游赏园林尽享闲趣，读来轻松又清澈，亦可见惟则对狮子林之喜爱。惟则的狮子林组诗由十二景组成，著名画家朱德润、倪瓒、徐贲等都为其绘过图，后为皇家收藏。欧阳玄对园中十二景的描述是较早的记载：

因地之隆阜者，命之曰山，因山有石而崛起者，名之曰峰，曰含晖、曰吐月、曰立玉、曰昂霄者，皆峰也，其中最高状如狻猊，是所谓狮子峰，其膺有文，以识其名也。立玉峰之前，有旧屋遗址，容石磴可坐六七人，即其地作栖风亭。昂霄峰之前，因地洼下浚为涧，作石梁跨之，曰小飞虹。他石或跂或蹲，状如狻猊者不一，林之名，亦以其多也。寺左右前后，竹与石居地之半，然而崇佛之祠，止僧之舍，延宾之馆，香积之厨，悉如丛林规制，外门扁曰菩提兰若。安禅之室曰卧云，传法之堂曰立雪。旧有柏曰腾蛟，今曰指柏轩。有梅曰卧龙，今曰问梅阁。竹间结茅曰禅窝，即方丈也，上肖七佛，下施禅坐，间立八镜，光相互摄，期以普利见闻者也。大概林之占胜，其位置虽出于天成，其经营实出于智巧，亦师之愿力所成就也。（《狮子林菩提正宗寺记》）

狮子峰、含晖峰、吐月峰、立玉峰、昂霄峰、栖风亭、小飞虹、卧云轩、立雪堂、指柏轩、问梅阁、玉鉴池，这十二景之名多与佛典有关，为后人参悟狮子林禅趣提供灵感。

　　元末兵荒马乱，各家寺院也随之荒废。及至明代嘉靖年间，狮子林一度被占为私宅。元末明初，被誉为"吴中四杰"之一的才子高启受邀作《师子林十二咏序》，于文中展现了其卓越的才华和桀骜不驯的性格：

> 师子林，吴城东兰若也。其规制特小，而号为幽胜，清池流其前，崇丘峙其后，怪石嶙崒而罗立，美竹阴森而交翳，闲轩净室，可息可游，至者皆栖迟忘归，如在岩谷，不知去尘境之密迩也。

高启寥寥数笔便以白描手法将狮子林状貌勾勒出来，几无一字可增减。在高启看来，再豪华壮丽的佛寺楼宇都难逃兵患毁坏变为荒野，仅如昙花一现。狮子林仅有林泉竹石，无意争先却一直引人来往。高启没有继续探究其中奥秘，仅描述了自己的游园体验。这狮子林中之景颇能治愈他的精神苦痛，亦能点人慧根，给人灵感：

> 余久为世驱，身心攫攘，莫知所以自释，闲访因公于林下，周览丘麓，复以十二咏者讽之，觉脱然有得，如病暍人入清凉之境，顿失所苦，乃知清泉白石，悉解谈禅，细语粗言，皆堪入悟。（高启《师子林十二咏序》）

高启与"初唐四杰"中的王勃有相似之处，皆才高不仕，英年早逝。从诗文风格上看，王勃才胜一筹，自信鹤立鸡群，高启则更多感慨兴怀，似是甚为孤独。高启十六岁时就被人荐为张士诚幕僚，二十三岁时自觉与之志趣相异而离开。明朝建立后，朱元璋拟任他为户部右侍郎，高启固辞不受，返乡教书，也因此种下祸根。回乡后高启作了颇多记景、酬答友人的诗文，或许这是他赚外快的方式。苏州知府魏观修复府治旧基，高启为其撰写《上梁文》。谁知正因这篇《上梁文》，他受株连被腰斩，时年仅三十九岁。因府治旧基原为张士诚宫址，魏因遭告发有谋反之心而被诛，高启因是张士诚旧部，更是有理说不清。斯人已逝，惟愿在狮子林游赏的瞬间，高启真实地感受到了"顿失所苦"，得到过些许慰藉吧。而狮子林至今仍"经变而不坠"，似是验证了高启对其地自有灵性之判断。

明万历十七年（1589），明性和尚托钵化缘于北京，意欲修复狮子林，改名圣恩寺，得慈圣皇太后钦赐藏经及匾额。这次修建，在狮子林南新建山门、普光明殿及藏经阁，将原先湖石花木区辟为后花园。不久之后，圣恩寺后花园归张士俊所有。

至清康熙年间，衡州知府、徽州休宁人黄兴祖买下圣恩寺后花园，取名"涉园"，另立大门，自此寺、园正式分开。乾隆三十六年（1771），黄兴祖之子黄轩高中状元，为此重修庭院，改名为"五松园"，并新增"真趣亭"，"真趣"二字为乾隆御笔匾额。

乾隆曾五次游览狮子林（亦有人认为乾隆六次南巡皆到过狮子林），观赏、临摹倪瓒的《狮子林全景图》，并在此留下十首诗歌，钦题三块匾额。除"真趣"外，另外两块匾额分别为"福"和"状元及第"。常来还不算，乾隆还将狮子林"搬"回了北京老家。乾隆三十六年（1771），乾隆在长春园东北角仿建狮子林，由苏州织造署奉旨将狮子林实景按五分一尺烫样制图送就御览。仿建完成后，苏州织造将狮子林逐一仿制，送京悬挂。乾隆三十九年（1774），承德避暑山庄建成，狮子林亦在此有一席之地。东部是以假山为主的狮子林，西部是以水池为主的文园，合称"文园狮子林"。乾隆四十五年（1780），乾隆最后一次游览狮子林时，又作《狮子林再叠旧作韵》，尽表不能拥有狮子林的惋惜之情：

> 山庄御苑虽图貌，黄氏倪家久系心。恰以金阊重跸驻，可忘清宎一言寻。略看似矣彼新构，只觉输于此古林。壬午摹成长卷在，展听松竹答清音。

乾隆的意思是，北京新建的仿制园林再讲究，也不及这元代古园林有意味，我也只能看着这园里的名画聊以自慰了。要什么有什么的乾隆帝究竟为何对狮子林如此痴迷？实在难以揣测。清代文学家赵翼在《游狮子林题壁》中对狮子林入木三分的刻画或许能给我们一些提示和参照。在赵翼看来，狮子林的总体布局非同凡响：

> 人间乃有狮子林，一亩中藏百里阔。取势在曲不在直，命意在空不在实。

"一亩中藏百里阔"恰似我们今日小户型装修的最大追求。有过此经验的人或许能够体会，这是极难达到的要求。狮子林选择以"曲"的方式制造更大空间感，却又同时能做到"空"，这其实是两种相对立的审美效果。狮子林能做到既"曲"且"空"，在设计的理念和技术上自是高明超群。而园中那些瘦、透、皱、漏的太湖奇石，又姿态各异，令人叫绝：

> 大或朱勔纲上余，小或米颠袖中出。躞跜如见奇兽蹲，痀瘘似逢老人叱。嵌空都作骷髅窍，孤特欲撑散卓笔。（《游狮子林题壁》）

据说乾隆曾对这些"状如狻猊"的怪石一一品评，分别说出哪是少狮，哪是雄狮，哪是狮子相斗，哪是狮子吼等五百种狮子形态，并符以五百罗汉身，乐此不疲。在赵翼的眼中，这些怪石是处于动态中的朱勔的花石纲、米颠的小收藏，是蹲着的奇兽、愤怒的老人，是骷髅窍、散卓笔……原本静止的假山成了能动的活物，在不同人的眼中映出各异光彩。观望奇石之余，诗人在园中穿梭，有如身在迷宫：

> 一篑犹嫌占地多，寸土不留惟立骨。俯瞰平池浸影寒，还比江峰鼓湘瑟。山蹊一线更纡回，九曲珠穿蚁行隙。入坎途愁墨穴深，出幽磴怯钩梯窄。上方人语下弗闻，东面客来西未觌。有时相对手可援，急起追之几重隔。（《游狮子林题壁》）

园内的路径让人无法揣测，正如蚂蚁穿过九曲珠一样，只有身临其境才知道其中交通。若几人同游，很可能造成处于不同时空的错觉：彼此之间明明很近，却听不到、看不到对方，又或是明明能触摸到对方，中间却有重重间隔。如此设计，颇有趣味且深具禅意。

描摹狮子林的全局、局部和游园体验后，赵翼表达了一番评价和感慨：

> 人巧夺到天工处，能使鬼神亦护惜。数百年来几陵谷，此独坚完缝不裂。万石融成一片青，寸松长到千寻碧。倪迂当日虑崩颓，作图欲传不朽迹。岂知园更比图永，宛委常含一区宅。（《游狮子林题壁》）

狮子林巧夺天工至此，鬼神都该爱惜，何况是人呢？更何况是懂得其中真趣的乾隆、赵翼？但万物难免兴衰，人也不可能永远守候园中。人能为留存狮子林做些什么呢？充其量不过是为它作图，甚或将其复制到他处。但无论乾隆还是赵翼，最终都发现，再多么努力都无法长留狮子林于身边。如此清楚地认识到自己的希望终将落空，确是人生憾事，难怪要作"不平则鸣"的诗词了。

至清光绪中叶，黄家败落，狮子林亭台坍塌，唯假山尚存。民国初年，黄氏将狮子林售予李氏。1917年，上海颜料巨商贝润生购得狮子林，花八十万银元历时近七年进行整修，增建燕誉堂、小方厅、九狮峰、牛吃蟹、建湖心亭、九曲桥、石舫、荷花厅、见山楼、人工瀑布等景点，置"听雨楼藏帖""乾隆御碑""文天祥诗碑"等碑刻七十一块，并以东部为宗祠。贝氏在修建过程中采用了水泥、钢筋、彩色玻璃等现代建筑材料，修建了部分西洋风格的建筑。同时，贝氏也很好地保护了原有建筑和假山，并在此收藏了大量文物，并重冠"狮子林"旧名。

20世纪40年代，狮子林曾被汪伪政府和国民党机关占用。1953年，贝氏后人将狮子林捐献给国家。1954年，狮子林作为公共园林向世人开放。

三　拙政园

拙政园、承德避暑山庄、留园、颐和园并称为中国四大名园，其中拙政园被誉为四大名园之首，"天下园林之典范"。盛名如此，这拙政园里，便承载了许多故事。

早在东汉末年，拙政园地界是郁林太守陆绩宅院。陆绩是陆龟蒙先祖，精通星相学，曾预判六十年以后，车可同轨道，书可同文字；他很遗憾自己无缘看到。

陆绩之后，这宅院中又住过几位颇有灵气的文人。南朝时期，此处为妙解音律的隐士戴颙住所。据《宋书·戴颙传》记载，当地士人为戴颙在此"聚石引水，植林开涧，少时繁密，有若自然"。晚唐时期，隐逸诗人陆龟蒙在此安居，与好友皮日休吟诗作对。皮日休在《松陵集》中记载："临顿为吴中偏胜之地，陆鲁望居之，不出郛郭，旷若郊墅，余每相访，款然惜去，因成五言十首奉题屋壁。"北宋时期，胡稷言将此宅命名为"五柳堂"，后其子胡峄又将其改名为"如村"。从陆绩到两位隐士再到"五柳堂"，北宋前拙政园所在的这片园地还是几乎不加修饰的质朴田园。

元代开始，此处逐渐脱离"半隐逸"的状态——先是被建为大弘寺，到了元末又成了潘元绍驸马府。钱泳《履园丛话》中记载："元绍好治园圃，聚敛金玉及法书名画，日夜歌舞自娱。凡挎蒲、蹴鞠、游谈之士，无不罗至。"既然这位驸马爷"好治园圃"，喜欢华丽之物，想必将自己的宅院打造得气派非凡。然而潘元绍极其贪腐，很快事败。待到明朝，王献臣前来为房子选址时，这里已是一片废墟。

以上的千年历史可说是拙政园的"史前史"。自王献臣始，拙政园才成为拙政园。据程敏政在《送行人王君使朝鲜序》中的描述，王献臣仪表非凡且颇具才华，起先仕途顺利，深得圣心："敬止少年，伟丰仪，妙词翰，选于众而使远外，名一旦闻九重。临遣之日，赐一品服，视他使为荣。"然伴君如伴虎，尤其是在特务机构发达的明代。王献臣后来为东厂所害，被下狱囚禁，几经贬谪以致身心俱疲。明武宗正德元年（1506），朝廷重新起用王献臣为浙江永嘉知县时，他已无心为官，只求回乡享受天伦。王献臣本是苏州人，拙政园正是他选作安享天伦之所。民间曾有传说王献臣抢占大弘寺，赶走寺僧，剥夺佛像金箔，以致晚年遭报应，患了严重的皮肤病。但这一传说并不可靠。据明代中期王鏊《姑苏志》载："大弘寺……延祐间，……僧余泽居此，尝别创东斋，斋前有井，因自号天泉。元末寺毁，相传毁时见红衣沙门立烟焰上，久之乃没，寺既荡尽，而东斋独存。"可见，大弘寺在元末已经人去园毁。

王献臣为园林取名"拙政"，取意自晋代潘岳《闲居赋》中"筑室种树，……灌园鬻蔬，……此亦拙者之为政也"。如此之"拙政"，正与此地崇尚隐逸的"史前史"相呼应。如果说"沧浪"一词寄托的是苏舜钦不甘被贬、建功立业的诚心，"拙政"则显示出王献臣归隐收山之真意。王献臣隐居拙政园二十年后，依旧保持着云淡风轻的姿态，可见其退隐绝非一时意气之举，而是真能怡然自得。文徵明认为王献臣能安于归隐、乐于归隐，其境界大大高于潘岳等人：

> 岳虽漫为闲居之言，而谄事时人，至于望尘雅拜，干没势权，终罹谷祸。考其平生，盖终其身未尝暂去官守以即其闲居之乐也。岂惟岳哉！古之名贤胜士，固有有志于是，而际会功名，不能解脱，又或升沉迁徙，不获遂志如岳者，何限哉！而君甫及强仕即解官家处，所谓筑室种树，灌园鬻蔬，逍遥自得，享闲居之乐者，二十年于此矣。究其所得，虽古之高贤胜士，亦或有所不逮也，而何岳之足云！所为区区以岳自况，亦聊以宣其不达之志焉耳。而其志之所乐，固有在彼而不在此者。是故高官脁仕，人所慕乐，而祸患攸伏，造物者每消息其中，使君得志一时，而或横罹灾变，其视末杀斯世，而优游余年，果孰多少哉？君子于此，必有所择矣。（《王氏拙政园记》）

在文徵明看来，其他诸多隐士归隐是失去权势之后的无奈之举。在他们有权有势之时，都未能做到抛弃荣华富贵、安享清福。王献臣辞官不就，不贪图"得志一时"，有着"有所择"的大智大勇。

还是在这篇著名的《王氏拙政园记》中，文徵明颇为详细地描绘了当时园中之景物：

> 槐雨先生王君敬止所居，在郡城东北界娄、齐门之间。居多隙地，有积水亘其中，稍加浚治，环以林木。为重屋其阳，曰梦隐楼；为堂其阴，曰若墅堂。堂之前为繁香坞，其后为倚玉轩。轩北直梦隐，绝水为梁，曰小飞虹。逾小飞虹而北，循水西行，岸多木芙蓉，曰芙蓉隈。又西，中流为榭，曰小沧浪亭。亭之南，翳以修竹。经竹而西，出于水濆，有石可坐，可俯而濯，曰志清处。至是，水折而北，混漾渺渺，望若湖泊，夹岸皆佳木，其西多柳，曰柳隩。东岸积土为台，曰意远台。台之下植石为矶，可坐而渔，曰钓䂬。遵钓䂬而北，地益迥，林木益深，水益清駛，水尽，别疏小沼，植莲其中，曰水花池。池上美竹千挺，可以逭凉，中为亭，曰净深。循净深而东，柑橘数十本，亭曰待霜。又东出梦隐楼之后，长松数植，风至泠然有声，曰听松风处。自此绕出梦隐之前，古木疏篁，可以憩息，曰怡颜处。又前循水而东，果林弥望，曰来禽囿。囿尽，缚四桧为幄，曰得真亭。亭之后，为珍李坂，其前为玫瑰柴，又前为蔷薇径。至是，水折而南，夹岸植桃，曰桃花沜，沜之

南，为湘筠坞。又南，古槐一株，敷荫数弓，曰槐幄。其下跨水为杠。逾杠而东，篁竹阴翳，榆櫰蔽亏，有亭翼然而临水上者，槐雨亭也。亭之后为尔耳轩，左为芭蕉槛。凡诸亭槛台榭，皆因水为面势。自桃花沜而南，水流渐细，至是伏流而南，逾百武，出于别圃丛竹之间，是为竹涧。竹涧之东，江梅百株，花时香雪烂然，望如瑶林玉树，曰瑶圃。圃中有亭，曰嘉实亭，泉曰玉泉。凡为堂一，楼一，为亭六，轩、槛、池、台、坞、涧之属二十有三，总三十有一，名曰拙政园。

一景一饰都描述得如此清晰，据此我们不难画出拙政园当日之景。从这种对景物不厌其烦的细致描写中，可见出文徵明作为画家写景之特色。事实上我们不必据文徵明的描述来画图了——文徵明已为我们画好了《拙政园三十一景图》。此外，文徵明还为拙政园题咏了不少诗歌，并题写不少匾额。相传今日拙政园内的"远香堂"匾额正是文徵明所书，取周敦颐《爱莲说》中"香远益清，亭亭净植"之意。为拙政园作文、写诗、题字、作画，足见文徵明与王献臣交往之密以及对拙政园的喜爱之情。关于此，文徵明也不吝自白：

> 徵明漫仕而归，虽踪迹不同于君，而潦倒末杀，略相曹耦，顾不得一亩之宫以寄其栖逸之志，而独有羡于君，既取其园中景物悉为赋之，而复为之记。

他的意思是说,同样身心俱疲的我不像王献臣一样有地方可以退隐,对他很是羡慕,且让我借他的园子乐一乐,聊解忧郁吧。

王献臣倾力建造的归隐之所,传到儿子手上便脱离了王氏产业。据徐树丕《识小录》记载,王献臣死后不久,其子王锡麟将拙政园输给了徐家三少:

> 当御史殁后,园亦为我家所有。曾叔祖少泉以千金与其子赌,约六色皆绯者胜。赌久,呼妓进酒,丝竹并作,俟其倦,阴以六面皆绯者一掷,四座大哗,不肖子惘然巨测,园遂归徐氏。故吴中有"花园令"之戏,实昉之。

这一场景颇似余华小说《活着》中福贵少爷把祖宅输给龙二的开场大戏。徐氏热衷酒色赌博,显然与王献臣的志趣大不相同。徐氏入住拙政园后,修改园内景致也在所难免。据王世贞《古今名园墅编序》载:"徐鸿胪佳园因王侍御拙政之旧,以己意增损而失其真。"在清雅文人看来,徐氏对拙政园的过度改建未免破坏了王献臣的真意。

徐氏在拙政园住了五代,后来徐家败落,拙政园逐渐荒废。自此,拙政园逐渐开始分属不同主人。崇祯四年(1631),拙政园东部为曾任御史的山水画家王心一购得。据《明史》记载,王心一为人刚直不阿,敢于直言。他将东园命名为"归园田居",并作《归园田居记》。《归园田居记》开篇便交代了这片园地是自己"弃官归田"之后求购的偏僻的山水佳所,从中不难看出王心一倾慕陶渊明的旨趣。王心一在记中兴致盎然地详尽描摹了园内别出心裁的景致设计,淡然的笔触难掩欢快和惬意。归园田居"辛未之秋"始建,直到"乙亥之冬"方成,历时五年。其总体设计采取因地制宜而稍加人工修饰的方案:

> 门临委巷,不容旋马,编竹为扉,质任自然……地可池则池之,取土于池,积而成高,可山则山之。池之上,山之间,可屋则屋之。

园中布满王心一亲手栽种的花木,并注重曲径通幽之美,充满清雅恬淡的文人趣味。记中多次出现梅竹,亦可见王心一渴慕高洁品行。此外,园中充满着浓郁的书卷气。王心一为"听儿子辈读书声",布置了一个"听书台",并邀好友为园子书写匾额:"归田园居""兰雪堂"为文震孟书,"墙东一径"为归世昌书,"小山之幽"为蒋伯玉书,"一丘一壑"题额为陈元素书,"流翠亭"为叶廷秀书。园内小景名称也多出自典故:"兰雪堂"出自李白诗句"春风洒兰雪";"涵青池"出自储光羲"池草涵青色"之句。

"兰雪堂"是归园田居中的主体建筑。清代大儒沈德潜曾为"兰雪堂"作记,记中只用寥寥几笔勾画"兰雪堂"的位置和景致,重点则落在称赞王心一刚直的品行上:

司寇立朝本末，发妇寺之奸，撄大憨之怒，濒死不悔。其后别邪正以清奸宄，核兵饷、修城垣以御寇氛。功在生民，奏疏在史官，赫赫不可得而掩矣。

的确，从园景布置趣味到为人处世，王心一处处显示出对高洁品行的坚守。最终，他用自己的性命为此坚守做了表白：明朝灭亡，王心一起兵抗清，殉国而终。归园田居虽未因此立刻遭祸，却终未能逃过文字狱的牵连。乾隆年间，王氏后嗣刊行王心一遗著《兰雪堂集》，有人以此谮毁，王氏族人惧祸迁居别处，归园田居逐渐荒芜，却也未出售别家。至道光初虽有王氏子孙居此，园却已成菜畦草地。

　　除东园之外，拙政园的中园和西园在明末清初尚为一体。崇祯末年，年近花甲的礼部侍郎钱谦益遇到了二十出头的红颜知己柳如是，便为其在拙政园中部建造"海棠春坞""听雨轩""玲珑馆"等楼阁，与王心一做了邻居。坞轩馆亭之间有复廊相连，遇到雨天可不必出阁。明朝灭亡后，钱谦益、王心一等人在南京拥立福王自建小朝廷，拙政园自是成了抗清大本营。这一时期柳如是的日子过得相当滋润。夏完淳《续幸存录》不无揶揄地记载："钱谦益家妓为妻者柳隐，冠插雉羽，戎服骑入国门，如明妃出塞状。"抗清事败后，王心一自杀殉国，柳如是也劝钱谦益一同殉节。在南京钱府荷花池边，柳如是大声疾呼：君欲负国人乎！当日西湖事不可再复。钱谦益浑身战栗，可就是站着不动。柳如是继而叫道：尔不能，妾推你下去。说罢便来推钱，却也是推不动。柳如是见状气急，自己纵身跳入池中。幸好家仆眼疾手快，及时将她救起。后来钱谦益降清被委任为官，柳如是不愿随他去北京赴任，独自留在南京钱府，继而与郑姓男子私通，被钱谦益儿子捉住。钱谦益闻讯，急忙写信训斥儿子：柳如是现在是没有姓郑的活不下去，你杀姓郑的就是杀了柳如是。我没有柳如是也活不下去，你杀她就是杀你老子。被戴了绿帽子却还能"爱屋及乌"，这钱谦益的性情和逻辑极为奇特可爱，也足见其爱柳如是之切。

没过几年，钱谦益突然受牵连被官差逮捕，钱氏族人却隔岸观火。大学士陈之遴以二千金价格购得拙政园。之后，他虽然将园子修得很漂亮，却常住北京，从未到访。据吴梅村《咏拙政园山茶花》记载：

> 拙政园，故大弘寺基也，其地林木绝胜。有王御史者，侵之以广其宫，后归徐氏最久。兵兴，为镇将所据。已而，海昌陈相国得之，内有宝珠山茶三四株，交柯合理，得势争高，每花时，巨丽鲜妍，纷披照曬，为江南所仅见。相国自买此园，在政地，十年不归，再经谴谪辽海，此花从未寓目。余偶过太息，为作此诗，他日午桥独乐，定有酬唱，以示看花君子也。

**陈之遴慷慨买下拙政园，仍让钱柳留居于此，十分够朋友。陈之遴的继室、才女徐灿倒是不时来园中小住，向柳如是讨教诗文，并作《拙政园诗余》《拙政园诗集》。顺治十五年（1658）南北党争，陈之遴受牵累客死辽东，拙政园被没收充公，钱柳只好离开。继而拙政园先后为王姓、严姓将军府。康熙登基后，于康熙三年（1664）下令给陈之遴平反，发还家产。陈之遴的儿子重获拙政园，感念母亲徐灿诗词中对钱柳的感情，便差人去寻觅二人踪影。陈家人到了钱谦益常熟老家却发现，钱已过世，四十六岁的柳如是也被钱家人逼迫自尽了。徐灿与儿子心灰意冷，觉得没了钱柳的拙政园，如同没有点睛之笔的飞龙，再也无可留恋。约康熙十年（1671），陈氏将之卖给了吴三桂女婿王永宁。

王永宁对拙政园进行了破坏性的改造。他在此建造斑竹厅、娘娘厅、楠木厅，列柱百余，雕龙刻凤，搭建戏台，大摆宴席，将拙政园改造成纸醉金迷的名利场。毛奇龄《西河合集·杂笺》道：

> 平西额辅构园亭于吴，即故拙政园址也，因旧为之。凡长林修竹，陂塘陇坂，层楼复阁，雕坪曲圮，极崇闳靡漫之胜。予入观时，方籍入毁拆，非盛时矣。然一步一境，移人性情。但记其一名楠木厅者，大概九楹，皆楠木所构，四向虚栏，洞楅轩敞，高辟中柱。百余柱各有础，其础纵横絜量，通约三尺而高齐人肾，墨石如鉴，雕镂之巧，龙盘凤转，锦卉错杂。询之皆故秦晋楚豫诸王府物，而车徙辇载，所费不亿，不足则复取具区石，购工摹仿以补之，其奢丽皆此类。

王永宁如此大兴土木，纵情声色，与拙政园之清雅的文人趣味之

"贯气"截然不同,与那位曾在此作死的驸马潘元绍倒极为相似。其后事竟也与潘氏相类:仅两三年后的康熙十二年(1673),吴三桂在云南起兵造反,远在苏州的王永宁活活被吓死了。吴三桂事败后,王永宁兴建的屋宇被拆除,园内的贵重物品也被送往京城充公。

此后几年,拙政园无人敢问津,再次荒废。康熙十八年(1679),康熙在朝中说起要到江南一游,苏州官员闻讯立即修缮拙政园以备游赏。四年后,康熙南巡时游拙政园,但园景已经是"廿年来数易主,虽增葺壮丽,无复昔时山林雅致矣"(康熙《长洲县志》)。显然,作为官产的拙政园未免失了私家园林的风趣。此后拙政园被"发还民间",作人私宅,先后为王皋闻、顾璧斗、严公伟等所有。

乾隆初年,拙政园的中部、西部也被分为不同主人所有。中部为蒋棨所得,更名为复园;西部为叶士宽所得,更名为书园。至此,拙政园一分为三。蒋氏居中部拙政园约七十年,逐步修复了荒废的园子。他文友不少,沈德潜、袁枚、赵翼等名流常往来云集赋诗。袁枚的组诗《宿苏州蒋氏复园题赠主人》七首写出了拙政园之魂:

　　白门新挂竹皮冠,为爱梅花不作官。今日名园偏晚到,万枝香雪点灯看。

　　为侬安放竹床边,刚在花明柳暗天。侵晓主人寻不见,早同鸥鸟立寒烟。

春雨潇潇滴满阶,春宵梦短眼频开。银灯红淡竹窗响,半夜月明仙鹤来。

缥带横陈万卷馀,娜嬛小犬镇相于。人生只合君家住,借得青山又借书。

碧槛红阑屈曲成,海棠含雨近清明。半池雪霁水微绿,坐看野塘春草生。

亭孤客易夕阳斜,宝塔金泥射落霞。每到细烟生水上,晚乌啼出隔墙花。

青山颜色主人恩,相别能教不断魂。水竹风情花世界,恰曾消受几黄昏。

这场友人的相聚并不热闹,甚至连主人都寻不见。袁枚一个人游园,笔下之景仿佛仙境,有点点孤寂的微冷,既有鹤影渡寒塘,也有春雨海棠、碧槛红阑、落霞墙花,相得益彰。这偏僻宁静的园子或许会使很多人感到孤闷,然而有花,有树,有书看,对满怀情趣的诗人来说,是一个再好不过的"水竹风情"的"花世界"。诗人对复园主人的敬佩和情谊,点滴渗透在诗间,毫不张扬,正合景意。

嘉庆十四年(1809),中园由蒋氏转售查世倓,查氏沿用复园之名,不久后又转售协办大学士吴敬,更名吴园,并分割原复园住宅建筑部分售予潘氏。这一局面一直持续到李秀成来拙政园之前。

叶士宽的西园与蒋氏复园同步修复。叶氏先后营造了"拥书阁""读书轩""浇书亭""行书廊"等十景,是为"书园"。叶氏居书园两世,后辗转售予他人。咸丰十年(1860),太平天国攻陷苏州,忠王李秀成修缮拙政园以作忠王府,"没收其东潘姓和西汪姓住宅,扩展为王府之用",带来了拙政园短暂合并的时期。李秀成的忠王府,"琼楼玉宇,曲栏洞房,真如神仙窟宅",内有"花园三四所,戏台两三座",后来李鸿章见了也惊为"平生所未见之境也"(罗尔纲《太平天国史》第三十八卷),可见王府之豪华和气派。然而太平天国运动一朝失败,忠王府"工且未竣,城已破矣"(沧浪钓徒《劫余灰录》)。

同治二年(1863),李鸿章攻破苏州,在忠王府设江苏巡抚衙门。三年后,李鸿章行辕及巡抚衙门撤出,西部复还汪氏。同治十年(1871),巡抚张之万居于中部吴园,修复"吴园十二景",与布政使恩锡、织造德寿、粮道英朴合议,出资成立"八旗奉直会馆"。世勋在《八旗奉直会馆记》中描述吴园:"修廊迤逦,清泉贴地,曲沼绮交,峭石当门,群峰玉立,吴中园亭之美,未有出其右者。"这次修复奠定了今天拙政园中部园景的基本面貌。光绪三年

（1877），富商张履谦自汪氏手中以六千五百两白银购得西园。此时的西园已破败不堪：

> 池沼澄泓，林木蓊翳，间存亭台一二处，皆欹侧欲颓……园之东即故明王槐雨先生拙政园也。一垣中阻，而映带联络之迹，历历在目。观其形势，盖创造之初，当出一手，后人剖而二之耳。（张履谦《补园记》）

从这段描述中不难猜出张履谦的审美品格：他竭力借残垣想象王献臣所造拙政园之景象，必是与之趣味相投。

张履谦中过秀才，通过盐务承包起家成为大盐商，并于苏州开办学校、当铺，投资纱厂、电力公司。1909年，张履谦出任苏州商务总会第四任总理。他精于文墨，酷爱书画和昆曲。他邀请吴门画家顾若波、陆廉夫、书法家和昆曲名家俞粟庐等参与设计建造，历时十数年修缮好西园，取名补园，盖有修补拙政园之意。然而张履谦毕竟是富甲一方的商人，其旨趣不可能完全与书生相同。补园除了修补拙政园之藤萝花木外，还增补了气派华丽的楼宇——塔影亭、留听阁、浮翠阁、笠亭、与谁同坐轩、宜两亭、三十六鸳鸯馆、十八曼陀罗花馆、拜文揖沈之斋等。著名文学家、实业家费树蔚游补园后曾赋诗云：

> 百万买芳邻，千万造大屋。主人富而贤，宾至拱揖肃。导游无倦容，揽秀夺凡目。微嫌气体华，娥眉施黛绿。（费树蔚《张氏补园》）

费树蔚也嫌补园中的浮华之气损伤了拙政园应有之清丽。张氏居补园直至1949年之后，补园的建筑群落留存至今。

民国时期，拙政园曾作为公共娱乐空间、医院、戒毒所。民国十九年（1930），园林已经败落至"狐鼠穿屋，藓苔蔽路"的境地。1932年，十九路军军部曾设于此。1937年后，中园和西园曾被日伪江苏政府征用。1945年后，拙政园曾被用作学校。1949年后，张氏后人将补园献给政府，拙政园三分格局被统一修缮。"文革"期间，刚被修缮好的园林遭到破坏，拙政园一度被更名为"东风公园"。"文革"过后，拙政园再次作为文物保护单位被修缮、保护。

自王献臣建园以来，拙政园便是人人觊觎的美物。其数度易主，以至于后人感叹："从来园林，不易世有，然无有如此园之暂者。"（范烟桥《茶烟歇》）然而人来人往，拙政园似有着此地独特的灵气，从不曾消弭。

四 留 园

留园的闻名与晚清名臣盛宣怀密不可分。同治十二年（1873），盛宣怀的父亲盛康从刘氏手中买得此园，改刘园为留园。对于这个命名，当时的朴学大师俞樾颇觉不足。盛家明明为修缮这园子费了诸多心思，园内"嘉树荣而佳卉苗，奇石显而清流通"，"凉台燠馆，风亭月榭，高高下下，迤逦相属"，不起个好听的名字，岂不辜负了这良辰美景？盛康对此的回答是：大家叫惯了"刘园"，我就是起个再好听的名儿，没人叫，又有什么用呢？还不如取个同音字，既顺了大家的口，也改了这园子的旧名：

> 方伯求余文为之记，余曰："仍其旧名乎？抑肇锡以嘉名乎？"方伯曰："否，否，寒碧之名至今未熟于人口，然则名之易而称之难也。吾不如从其所称而称之，人曰刘园，吾则曰留园，不易其音而易其字，即以其故名而为吾之新名。昔袁子才得隋氏之园，而名之曰随园，今吾得刘氏之园而名之曰'留'。斯二者将毋同。"（俞樾《留园记》）

原来刘氏曾为此园取名"寒碧庄"，但附近的人皆称其为刘园。基于此，盛康思量与其硬给园子改个雅名，倒不如就了众人之口，两下里省了麻烦。一听此话，俞樾立刻应和道：

> 美矣哉斯名乎！称其实矣。夫大乱之后，兵燹之余，高台倾而曲池平，不知凡几，而此园乃幸而无恙，岂非造物者留此名园以待贤者乎？是故泉石之胜，留以待君之登临也；华木之

美，留以待君之攀玩也；亭台之幽深，留以待君之游息也。其所留多矣。岂止如唐人诗所云"但留风月伴烟萝"者乎？自此以往，穷胜事而乐清时，吾知留园之名常留于天地间矣。(《留园记》)

苏州诸多名园都毁于战乱，唯有此园安然无恙，可不就是留住了名园待你这贤人来么！留园留园，这名字改得好。上苍留住了留园只待君来，留园之名必"常留于天地间"。若是换了旁人做出此番感叹，必会招来溜须之嫌。但俞樾作此言，偏偏就让人无法做此想。

俞樾何许人也？道光三十年（1850）进士，晚清著名文学家、教育家、书法家。早年他颇得咸丰帝赏识，后因被弹劾罢官，到苏州潜心治学。俞樾先后主讲过紫阳书院、杭州诂经精舍、德清清溪书院、菱湖龙湖书院，海内外前来求学者众多，有"门秀三千"的说法，国学大师章太炎即是他晚年的门生。他在苏州的居所曲园也是著名园林。如此见过大世面、无心于仕途的俞樾自是无须巴结已告老还乡的一介知府盛康。那么对留园之名的种种赞叹，便是好友间的美好祝福了。

其实在盛康之前，留园有过两届主人。明万历二十一年（1593），太仆寺少卿徐泰遭弹劾，回乡建造此园颐养天年。当时的大文学家袁宏道曾来此游览，作《园亭纪略》记下园中之景：

徐冏卿园在阊门外下塘，宏丽轩举，前楼后厅，皆可醉客。石屏为周生时臣所堆,高三丈,阔可二十丈,玲珑峭削,如一幅山水横披画,了无断续痕迹,真妙手也。堂侧有土垅甚高,多古木,垅上太湖石一座,名瑞云峰,高三丈余,妍巧甲于江南。

待到明末清初,徐氏园林随明王朝败落之时,只有这"妍巧甲于江南"的瑞云峰岿然独存,而"余则土山瓦阜,不可复识矣"(范来宗《寒碧庄记》),据晚明小品文大家张岱在《陶庵梦忆》中记载,这瑞云峰颇有来头:

越中无佳石。董文简斋中一石,磊块正骨,窈窕数孔,疏爽明易,不作灵谲波诡,朱勔花石纲所遗,陆放翁家物也。文简竖之庭除,石后种剔牙松一株,辟呀负剑,与石意相得。文简轩其北,名"独石轩",石之轩独之无异也。石篑先生读书其中,勒铭志之。大江以南,花石纲遗石,以吴门徐清之家一石为石祖。石高丈五,朱勔移舟中,石盘沉太湖底,觅不得,遂不果行。后归乌程董氏,载至中流,船复覆。董氏破资募善入水者取之。先得其盘,诧异之,又溺水取石,石亦旋起。时人比之延津剑焉。后数十年,遂为徐氏有。

这石头原是专为宋徽宗搜寻花石的朱勔觅得的贡品花石纲,又曾成为陆游的家物。在运输途中,石盘不慎沉入湖底,而石峰得以存留。到了明代,这石峰归董份所有。在从乌程运往苏州的途中,船行至太湖突然翻了。董氏出重金差人打捞石峰,不想没捞着石峰却先捞着了多年前沉没的石盘。再下水捞石峰时,石峰竟然随石盘旋起,一时为人所叹。这石头仿佛通了灵,难怪能历尽沧桑"岿然独存"。后来董份将此石置于庭院之中,在石后种了剔牙松,又配上一轩亭,颇有意境。名士陶望龄就曾在此轩内读书,并于轩内刻文。又过了数十年,这石头作为董份女儿的陪嫁,成了其夫婿徐泰园林内的瑞云峰。

清朝嘉庆二年(1797),广西右江道观察刘恕告老还乡,他选择徐氏废园安家,或许与瑞云峰的吸引有很大的关系。刘恕酷爱湖石,在园中筑起奎宿、鸡冠、箬帽、青芝、累黍、一云、印月、猕猴、拂袖、仙掌、干霄等十二峰,并请人一一绘图留存。看看刘恕谈起湖石的兴致,便可知其对湖石兴趣之浓厚:

> 夫石顽然者也,太湖石稍异,平突凹折,似顽而实秀,峰尤奇,论者曰皱曰瘦曰透,不假斧凿,嵌空玲珑,以青色者为最,因其形之相似加以品藻。……余观是峰,毋所谓皱透瘦之妙,然腰折而肩垂,顶丰而面欹,若旋转作俯仰之状,归太仆所谓形质恢佹类缺师所率之夷舞者,殆犹是耶。特其质青而润,与余所见卫文节公之寒翠峰,形不同而色则一,每当霜余月下,启窗望之,暗然油然,咏白太傅"烟翠三秋色"句,乃知其佳,致视他峰为尤胜也。(刘恕《晚翠峰记》)

然而颇为讽刺的是，刘恕十分垂涎的一座太湖巨石明明就在自家院墙外，他却只能望而兴叹。这便是冠云峰。由于没有理由再征用周边宅地，刘氏始终未能得到这块太湖奇石。刘恕之孙懋功为一饱眼福，在刘园内邻近冠云峰的地方筑了一幢小楼，取名"望云"，可见刘氏一族对冠云峰之痴念。此外，刘恕颇好书法碑帖，在园内镶嵌古人书法帖，至今仍存三百多方，包括从晋代到清代一百多位南派帖学名家之作。

盛氏入住时，终于买下留园周边宅地，将冠云峰收入囊中。与当年的瑞云峰一样，彼时的冠云峰周围因战乱而"数百家亦化为荒烟蔓草，惟此峰岿然独存"。俞樾再次借此叹冠云峰与留园主人盛康之缘，并以冠云峰祝愿盛氏百世兴隆：

嗟乎！此一石也，刘氏曩时不能有，而方伯始有之，方伯虽有之，历二十余年之久，而后此石始入于园中，自兹以往，长为园中物矣。相国所谓"奇石寿太古"，其验于此乎？因为之赞，以贺其遭。其词曰：

留园之侧，有奇石焉，是曰冠云。是铭是镌，胚胎何地，位置何年？如翔如舞，如伏如跧。秀逾灵璧，巧夺平泉。留园主人，与石有缘。何立吾侧，不来吾前？乃规余地，乃建周垣，乃营精舍，乃布芳筵。护石以何？修竹娟娟。伴石以何？清流溅溅。主人乐之，石亦欣然。问石何乐，石不能言，有客过此,请代石宣。昔年弃置,蔓草荒烟,今兹徙倚,林下水边。胜地之胜,贤主之贤,始睽始合,良非偶然。而今而后,亘古无迁。愿主人寿,寿逾松佺,子孙百世,世德绵延。太湖一勺,灵岩一卷,冠云之峰,永镇林泉。(《冠云峰赞有序》)

冠云峰被移入留园,然瑞云峰却早已于乾隆四十四年(1799)被织造太监迁至当时的织造署西花园(乾隆的南巡行宫)。念及昔日瑞云峰之胜景,盛康又觅得两座太湖石巨峰,西名岫云峰,东名瑞云峰,分置冠云峰左右。

盛康过世后,留园归长子盛宣怀所有。也有盛氏后人提及,留园本就是盛宣怀送给父亲的礼物。坊间传言盛宣怀曾将冠云、岫云、瑞云分别给四子盛恩颐的三个女儿取作小名。瑞云幼时不幸夭折,后来下人告诉盛宣怀瑞云峰并非天然一体,峰头是拼接上去的。盛宣怀大怒之下命人打断峰头,断石至今犹在。这三座历经沧桑的巨石不禁使人想起《红楼梦》中那方顽石。

后来盛宣怀虽长居上海盛公馆,苏州也非盛氏祖籍,但留园之于盛氏有类似于祖宅的意义。盛宣怀过世后,其棺木停放在留园长达一年之久,一则为防盗墓贼,二则是想让盛宣怀好好看看自己的园子。此后留园被掌事的庄夫人分给了自己的儿子盛恩颐。盛恩颐虽是盛宣怀四子,但因前面三个哥哥接连早亡,事实上他的地位与长子无异。盛宣怀有心栽培盛恩颐,让他留学英美后回国继承家业,为他与总理孙宝琦之女结亲,将津浦铁路局局长、汉冶萍公司总经理、丰盛实业公司总经理及董事长、三新纱厂和中国通商银行经理等一连串职务接连交到他手中。这位盛四爷却偏偏成了上海滩出名的公子哥,花钱也比别人多个响儿。他为每一房姨太太都置下洋房公馆,配以仆役无数,并在马场养马达七十五匹之多。诸多公职在身的盛恩颐原本应公务缠身,然而他却每夜豪赌,每日醒来已是中午。据说他创下的豪赌纪录是一夜之间将一百多幢房子的弄堂输给浙江总督卢永祥的儿子卢小嘉。如此挥霍无度,再大的家业也禁不住腐败。

1950年代后,盛氏房产收归国有,但留园的祠堂仍归盛家所有。盛恩颐便搬进了这仅剩的几间房子中。晚年的盛恩颐疾病缠身,三次中风,最终死在留园。1961年,盛恩颐之子盛毓度在东京开设留园饭店,该饭店因曾吸引日本前首相中曾根康弘、美国前总统尼克松等前来光顾而声名远播。如今,盛氏的留园饭店已开到深圳、南京等地,留园也早已成了盛氏家族的代表符号。现在每年盛氏族人都会成群结队回留园探访,留园之于盛氏,显然具有某种"根"的意味。

第五章 虎 丘

一 虎丘山

唐代陆广微所撰《吴地记》这样说虎丘山："山绝岩耸壑，茂林深篁，为江左丘壑之表。"其实，虎丘占地仅三百余亩，山高仅三十余米，却有"江左丘壑之表"的风范，绝岩耸壑，气象万千；加上古迹名胜星罗棋布，文人墨宝不计其数，有三绝九宜十八景之说。自苏轼说过"过姑苏，不游虎丘，不谒闾丘，乃二欠事"，人们干脆将它发挥为"到苏州而不游虎丘，诚为憾事"。后之文人墨客，莫不将虎丘视为神往之地。如此一来，"咏因景生，景以咏发"，虎丘愈为驰名，吟颂之作也愈为厚积。

虎丘古称"海涌山"。据传吴王阖闾曾在此建造行宫。《吴越春秋》里说，阖闾元年（前514），阖闾使伍子胥在姑苏建筑大城。阖闾十九年（前496）夏，阖闾兴师伐越，越王勾践带兵在槜李（今浙江嘉兴南）抗击（史称"槜李之战"），阖闾惨败，被迫还师，军队退却七里，阖闾因伤重去世，被葬于此。另据《越绝书》说：

"阖闾冢在阊门外,名虎丘,下池广六十步,水深丈五尺。"《吴越春秋》说得更清楚:"阖闾死,葬于国西北,名虎丘,穿土为川,积壤为丘,发五都之士十万人,共治千里,使象挺土,冢池四周,水深丈余,椁三重,倾水银为池,池广六十步,黄金珠玉为凫雁,扁诸之剑鱼肠三千在焉,葬之已三日,金精上扬,为白虎据坟,故曰虎丘。"

北宋时期,苏州人朱长文归纳了虎丘的"三绝":

> 望山之形,不越冈陵,而登之者,见层峰峭壁,势足千仞,一绝也;近邻郛郭,矗起原隰,旁无连属,万景都会,西联穹窿,北亘海虞,震泽沧洲,云气出没,廓然四顾,指掌千里,二绝也;剑池泓渟,彻海浸云,不盈不虚,终古湛湛,三绝也。(宋《虎丘唱和题辞》)

所谓"三绝",一是虎丘远看不过一小丘,但登临后可见层峰峭壁,势足千仞;二是虎丘西连穹窿山,北亘虞山,云气出没,廓然四顾,指掌千里;三是剑池不盈不虚,终古湛湛。由是"虎丘三绝"传诵至今。

东晋时虎丘就已颇有名气。著名画家顾恺之写过《虎丘山序》:

> 吴城西北有虎丘山者,含真藏古,体虚穷元。隐嶙陵堆之中,望形不出常阜。至于岩崿,绝于华峰。

从彼时起,"含真藏古"似已成虎丘的格调。现今虎丘二山门断梁殿的朝北匾额还挂着由现代学者梁漱溟书的横匾"含真藏古",正是取自顾恺之的《虎丘山序》。

南朝作家顾野王本是苏州人,在其《虎丘山序》中,直呼虎丘为"大吴之胜壤":

> 夫少室作镇,以峻极而标奇;太华神掌,以削成而称贵。若兹山者,高不概云,深无藏影,卑非培楼,浅异棘林。秀壁数寻,被杜兰与苔藓;椿枝十仞,挂藤葛与悬萝。曲涧潺湲,修篁荫映。路若绝而复通,石将颓而更缀。抑巨丽之名山,信大吴之胜壤……故总辔齐镳,竞雕虫于山水;云合雾集,争歌颂于林泉。

顾野王并不提阖闾陵寝如何玄虚奥妙,仅就虎丘山自然天成之绮丽赞叹有加。虎丘山"高不概云,深无藏影",却仍是"巨丽之名山""大吴之胜壤",皆因其"总辔齐镳,竞雕虫于山水;云合雾集,争歌颂于林泉",亦因其"林花翻洒,乍飘扬于兰皋;山禽啭响,时弄声于乔木",还因其"班草班荆,坐蟠石之上,濯缨濯足,就沧浪之水"。二山门巨匾上的"大吴胜壤"据说为顾野王墨宝,至今仍在。

东晋时佛教渐盛,虎丘跟佛教的联系也愈渐紧密。司徒王珣及其弟司空王珉在虎丘山营建别墅，王珣还有《虎丘记》及《虎丘山铭》等文章流传于世。王珣、王珉同当时许多世家大族名士一样支持佛教，问学高僧。因此，在咸和二年（327），舍宅为虎丘山寺，分称为东寺、西寺。此后诸多建筑虽不免倾圮，但屡毁屡建。

从南朝陈代张正见《从永阳王游虎丘山》可知，虎丘诸多佛界胜迹已经定型。诗中咏道：

> 沧波壮郁岛，洛邑镇崇芒。未若兹山丽，岧峣擅水乡。地灵侔少室，涂艰像太行。重岩标虎踞，九曲峻羊肠。溜深涧无底，风幽谷自凉。宝沉余玉气，剑隐绝星光。白云多异影，丹桂有蘩香。远看银台竦，洞塔耀山庄。瑞草生金地，天花照石梁。

由"远看银台竦，洞塔耀山庄"一句，说明虎丘寺此时已有佛塔。这是关于虎丘塔最早的记载，但诗中所记佛塔早已毁弃，并不是今日之塔。

唐代皎然隐居在湖州杼山，与在虎丘写《茶经》的陆羽往来密切。他居虎丘时，曾作《奉陪陆使君长源、裴端公枢春游东西武丘寺》，其中写道：

> 云水夹双刹，遥疑涌平陂。入门见藏山，元化何由窥。曳

组探诡怪，停骢访幽奇。情高气为爽，德暖春亦随。瑶草自的砾，蕙楼争蔽亏。金精落坏陵，剑彩沉古池。一览匝天界，中峰步未移。应嘉生公石，列坐援松枝。

皎然笔下的虎丘诗，是引禅入诗的一个范本。诗中"双刹""瑶草""蕙楼""古池""天界"等，令人如窥天国净土、华严境界。而后写到竺道生在此讲经之"生公石"以及寓意不尽的"松枝"，令人想起竺道生的名言："象以尽意，得意则忘象。"同样，元人李元珪的这首《次韵游虎丘》也着意于虎丘的佛家色彩：

宝刹近城郭，峰从海涌来。千人盘石侧，绝壁剑池开。闻道吴王冢，今为释氏台。古碑题木客，陈迹几风埃。

文人笔下之景致不在于外物，而全在于心性。当然，唐人虎丘诗也有即景写实的。李翱一生崇儒排佛，其笔下的虎丘就禅趣全无，皆为唐人但心性不同。其《题灵鹫寺》说：

凡山居，以怪石、奇峰、走泉、深潭、老木、嘉草、新花，视远为幽。自江之南，而多好山居之所，翱之对者七焉，皆天下山居之尤者也。苏州有虎丘山，则外惟平地，入然后上，高石可居数百人。剑池上峭壁耸立，凭楼槛以远望。

文人乐游虎丘，而且还弄出了一种独特的游山方式。

王禹偁在《送罗著作两浙按狱》中有诗句提到："归来重过姑苏郡，莫忘题名在虎丘。"说的是文人游虎丘的方式。王禹偁叮嘱罗处约重过姑苏时，别忘在虎丘题名，这足以说明，宋代尚有虎丘题名的风习。刘禹锡《虎丘寺见元相公二年前题名怆然有咏》："沪水送君君不还，见君题字虎丘山。"也提到在虎丘山题名，这说明，从唐至宋，在虎丘山题名，一直是文人间的风俗之一。

虎丘也是当时老百姓的重要游赏之地，苏州人有在三月三游玩虎丘的习俗。这在戴孚所著的《广异记·长洲陆氏女》中就有记述。《宣室志》写到苏州当地人喜欢泛舟游玩虎丘寺院，说唐代宝历中，"有前昆山尉杨氏子，侨居吴郡。常一日，里中三数辈，相与泛舟，俱游虎丘寺"。虽然普通百姓乐此不疲，但当时交通并不便利，李翱的日记《来南录》里说："如虎丘之山，息足千人石，窥剑池，宿望梅楼，观走砌石，将游报恩，水涸，舟不通，无马道，不果游。"这是开浚七里山塘之前的境况，也是白居易开浚七里山塘、修筑白公堤的缘由。唐宝历二年（826），诗人白居易调任苏州刺史，为便利苏州水陆交通，组织民工，一面开浚山塘河，将河道拉直，一面构筑堤岸，形成一条平直的道路，山塘河和山塘街合称"七里山塘"。

苏东坡与虎丘有不解之缘。他因"乌台诗案"入狱，后被贬到黄州去任团练副使。时任黄州太守的闾丘孝终是苏州人，为人正直,知道东坡先生才高八斗,很是敬重,二人结成深厚友谊。而后阎丘孝终辞官回故里,苏州就成了苏轼惦念的地方。在杭州、湖州任职期间,苏轼曾数次来苏州游历。游历虎丘后所写的《虎丘寺》,成为吟咏虎丘诗作中的鸿篇巨制,长达二十八行,笔墨铺陈,极力赞美虎丘之幽美。诗中句子"入门无平田,石路穿细岭",为虎丘山风貌;"阴风生涧壑,古木翳潭井。湛卢谁复见,秋水光耿耿"是写剑池的幽深神秘,感叹"湛卢"剑杳无踪迹,只剩下剑池水泛着秋光。"铁花秀岩壁,杀气噤蛙黾"一句,透出一团杀气,令井蛙噤声。后来的"铁华岩"石壁因而得名;"东轩有佳致,云水丽千顷。熙熙览生物,春意颇凄冷",本是说剑池山后一片幽静佳处,但因此诗而得名"千顷云"。因此诗,虎丘得多处佳名,因有时人称:"东坡言语妙天下,佳处揭名都在诗。"

明代杨升庵在《词品》中说:"岭南太守阎丘公显致仕,居姑苏。东坡每过,必留连。坡尝言:过姑苏,不游虎丘,不谒阎丘,乃二欠事。"苏轼诗作《虎丘寺》一诗长达一百四十言,这在吟咏虎丘的诗中堪称奇篇:

入门无平田,石路穿细岭。阴风生涧壑,古木翳潭井。湛卢谁复见,秋水光耿耿。铁花秀岩壁,杀气噤蛙黾。幽幽生公堂,左右立顽矿。当年或未信,异类服精猛。胡为百岁后,仙鬼互驰骋。窈然留清诗,读者为悲哽。东轩有佳致,云水丽千顷。熙熙览生物,春意颇凄冷。我来属无事,暖日相与永。喜鹊翻初旦，愁鸢蹲落景。坐见渔樵还，新月溪上影。悟彼良自哈，归田行可请。

诗作遍览虎丘古迹，曲折山路、养鹤涧、古木寒泉亭、阖闾墓、剑池、蛙石、生公台、小东轩、千顷云等一一囊括，最后发出感慨，将来退官后，归田在虎丘，必是一番美景。苏轼此诗影响甚大，代代传诵，难怪如今虎丘之"五贤堂"还供奉着苏轼的像。

元代至正四年（1344），建造了断梁殿，虎丘又增加一件传承的古迹。所谓"断梁"，是指正梁由两段接合，而不是一根整木做成。元末群雄并起，至正十六年（1356）张士诚占领苏州，割据称王。为保卫城池，选中虎丘驻军布防，将名胜虎丘变成了戒备森严的军事要害。至正二十六年（1366），朱元璋派大军征讨张士诚，徐达的攻城指挥部就设在虎丘，常遇春也屯兵于此。一场激战之后，虎丘胜迹惨遭毁损。明代虎丘曾三次发生火灾，都在虎丘寺塔，幸有巡抚张国维于崇祯十三年（1640）捐俸重建大雄宝殿、千佛阁，并修建虎丘塔第七层。

明初，苏州诗人高启对虎丘情有独钟，写了大约三十四首吟咏虎丘的诗，有《虎丘次清远道士诗韵》《九月与客登虎丘至夕放舟过天平山》《雪中自云岩晚归西村客舍》等。《四库全书总目提要》称高启诗作在风格上"拟汉魏似汉魏，拟六朝似六朝，拟唐似唐，拟宋似宋"。且看这首《虎丘行次朱赏静见寄韵》，可知此说的确不错：

> 我谋我隐西郭西,读书坐觉长身低。出门到寺才数里,野水沙竹生秋辉。恨无酒舫漾落日,百钱行自悬青藜。时危未卜久安宅,幸遇胜地须攀跻。山中况逢暑雨过,枇杷树高阴满池。兴来即游兴尽返……念君不游何所为,作字寄我如张芝。真娘有灵应大笑,把酒岂不延题诗……

前文提到,高启明初隐居在吴淞地区,不愿侍奉朝廷,后来因文字狱而惨遭腰斩。这首诗是写诗人隐居时怡然自得、收放自如的状态。

清以来的文人认为,历史上叙写虎丘最值称道的文章有三,即"虎丘三章":唐代独孤及的《建丑月十五日虎丘山夜宴序》、明代袁宏道的《虎丘》和张岱的《虎丘中秋夜》。万历二十三年(1595)三月,袁宏道任吴县县令,两年时间里饱览了苏州山水名胜,并曾六次游览虎丘。《虎丘》这篇率性而发、任性而为的文章,既描绘了虎丘的自然景观,也叙写了当时苏州的社会生活,显示了"独抒性灵"的文风:

> 凡月之夜,花之晨,雪之夕,游人往来,纷错如织,而中秋为尤胜。每至是日,倾城阖户,连臂而至。衣冠士女,下迨蔀屋,莫不靓妆丽服,重茵累席,置酒交衢间……布席之初,唱者千百,声若聚蚊,不可辨识。分曹部署,竞以歌喉相斗,雅俗既陈,妍媸自别。未几,而摇头顿足者,得数十人而已。

已而明月浮空，石光如练，一切瓦釜，寂然停声，属而和者，才三四辈。一箫，一寸管，一人缓板而歌，竹肉相发，清声亮彻，听者魂销。比至夜深，月影横斜，荇藻凌乱，则箫板亦不复用。一夫登场，四座屏息，音若细发，响彻云际，每度一字，几尽一刻，飞鸟为之徘徊，壮士听而下泪矣……

崇祯五年（1632），张溥在苏州虎丘主持复社大会，自己任社长。清陆世仪《复社纪略》描述了当时的盛况：

先期传单四出，至日，山左、江右、晋、楚、闽、浙以舟车至者数千余人。大雄宝殿不能容，生公台、千人石鳞次布席皆满，往来丝织，游于市者争以复社会命名，刻之碑额，观者甚众，无不诧叹，以为三百年来，从未一有此也！

此次盛况，令虎丘名扬海内外。自此以后，诗人雅集虎丘成为一个传统。每年三月初三，文人墨客经常齐聚虎丘，登高而诵，临水而歌。1653 年春天，吴伟业与吴绮、叶方蔼、顾宸等集于虎丘，留有"茂先往事风流在，重过兰亭意惘然"等诗句。

尽管近现代以来，虎丘频遭劫难，但文人墨客对其偏爱丝毫不减。1909 年柳亚子组织南社，首次雅集也在虎丘张东阳祠堂内举行。

二 虎丘之宜

承继宋代朱长文说"虎丘有三绝",明代山水画家李流芳归纳了虎丘游山"九宜",流传甚广。李流芳常年流连在江南山水之间,曾作《吴中十景图》,《虎丘》为其一。他在《江南卧游册题词》中将虎丘胜景归为"九宜":

> 虎丘宜月,宜雪,宜雨,宜烟,宜春晓,宜夏,宜秋爽,宜落木,宜夕阳,无所不宜,而独不宜于游人杂沓之时。

意即虎丘无论春夏秋冬、阴晴雨雪,各有志趣,皆宜游览。自此,虎丘就有了"三绝九宜"之称。

(一)虎丘宜夜游

江南风俗嗜尚游乐,其游,则无时不游,无人不游,无地不游,无事不游。而虎丘之游,更是其中大端。虎丘树木叠翠、绝岩耸壑的自然风光,加之丰厚的历史文化遗存,上至君王,下至百姓,莫不欣然前往,终使虎丘"丘壑化为酒场"。正因此,文人雅客与生俱来孤芳自赏,把躲开庶众而夜游虎丘当作一件雅事。

白居易任苏州刺史仅一年有余,但居然十二次游览虎丘,几乎每月一次。在《夜游西武丘寺》这首诗里,他对虎丘夜景作了这样的描述:

> 不厌西丘寺，闲来即一过。舟船转云岛，楼阁出烟萝。路入青松影，门临白月波。鱼跳惊秉烛，猿觑怪鸣珂。摇曳双红旆，娉婷十翠娥。香花助罗绮，钟梵避笙歌。领郡时将久，游山数几何？一年十二度，非少亦非多。

其中，"鱼跳惊秉烛，猿觑怪鸣珂"之奇趣也只在夜间才可发生。

在《游虎丘小记》中，李流芳记述了虎丘的两种夜色：

> 虎丘，中秋游者尤盛。士女倾城而往，笙歌笑语，填山沸林，终夜不绝。遂使丘壑化为酒场，秽杂可恨。
>
> 予初十日到郡，连夜游虎丘。月色甚美，游人尚稀，风亭月榭，间以红粉笙歌一两队点缀，亦复不恶。然终不若山空人静，独往会心。尝秋夜与弱生坐钓月矶，昏黑无往来，时闻风铎，及佛灯隐现林杪而已。又今年春中，与无际、舍侄偕访仲和于此。夜半月出无人，相与跌坐石台，不复饮酒，亦不复谈，以静意对之，觉悠然欲与清景俱往也。
>
> 生平过虎丘，才两度见虎丘本色耳。友人徐声远诗云："独有岁寒好，便宜夜半游。"真知言哉！

皆是夜游，各有不同。中秋夜，姑苏城倾城而往，丘壑化为酒场，脏乱不堪，这是作者所厌恶的。作者崇尚夜半月出时的独游，无人相与，不饮酒亦不谈天，以静意对寂静，才知虎丘之夜的妙处。

《建丑月十五日虎丘山夜宴序》写独孤及等八人在苏州虎丘山聚会,"琴壶以宴朋友,啸歌以展霞月",从白天一直畅饮到夜晚:

> 方今内有夔、龙、皋、伊以佐百揆,外有方叔、召虎以守四方。江海之人,高枕无事,则琴壶以宴朋友,啸歌以展霞月,吾党之职也。我是以有今兹虎丘之会。岩岩虎丘,奠吴西门,崒然为香楼金道,自下方而踊,锁丹霞白云于莲宫之内。会之日,和气满谷,阳春逼人,岩烟扫除,肃若有待。余与夫不乱行于鸥鸟者,衔流霞之杯,而群嬉乎其中。笑向碧潭,与松石道旧。咒觥既发,宾主醉止。狂歌送酒,坐者皆和。

文字中洋溢着自由欢乐、狂放不羁的气息。移情外物,向碧潭而啸,与松石"道旧",亲密无间,一往情深。直至夜晚,依然兴致不减:"吴趋数奏,云去日没。梵天月白,万里如练。松阴依依,状若留客。于斯时也,抚云山为我辈,视竹帛如草芥,颓然乐极,众虑皆遣。于是奋髯屡舞,而叹今夕何夕。"(唐独孤及《毗陵集》第十四卷)

无独有偶,清朝袁学澜《虎阜观灯船记》也写到了夜游虎丘的盛况:

> ……初时一灯才上,晃漾波间,如骊龙戏珠,光摇不定。既而楫师燃炬,万点鳌波,若宿海沸腾,晶莹四射。其灯则结

架盘空，高低掩映。篙工矫捷，橹柔手熟，乘流往来，凌虚舞动，仿佛鳌山之驾海。及其舣榜行舫，笙歌迭奏，船唇比栉，不见寸澜。有游于物外者，乘小舟从暗处窥之，则见形形色色，翠翠红红，光彩陆离，争奇尽态，五花八门，莫可名状。于璃窗通透中，洞达一贯，连接数十船，珠帘绮疏，雏姬列座，伊其相谑，罗裙酒翻，拇战传花，管弦合阵，无不眼花耳热，金迷纸醉焉。

更有桅船，构灯棚三层，高齐两岸楼阁，与酒楼灯彩辉映联络。远而望之，则见火树银葩，芒侵珠斗，红云十里，影入星河，令观者眵颐挢舌，诧为靡丽。计其一夕之费，岂止中人十家产，贫户十年粮而已哉！

袁学澜为吴中人，八次参加乡试，屡试不第，于是绝意仕途，隐居故里，构建"静春别墅"（即适园），闭门谢客，潜心作《吴郡岁华纪丽》。这是一部记载吴地风俗的专著。年至花甲，得李鸿章提拔为詹事府主簿，但袁学澜对清政府已无信心，不愿就任。因此，《吴郡岁华纪丽》没有涉及官场的文字，但对社会流弊、各种铺张浪费和攀比之风，比如迎神赛会、祭祀烧香、灯船妓宴、蟀斗虫嬉之类活动，倒是直言批评。《虎阜观灯船记》一文也体现了这一特点。文章写月夜虎丘山塘，灯舫汇聚，穿梭往来，河水被翻搅而沸腾，火炬之下，万点鳌波，晶莹四射。从暗处窥见这些灯舫，原来是翠翠红红、形形色色，雏姬列座、罗裙酒翻，无不眼花耳热，金迷纸醉。

这是在虎阜之地盛行的携妓游玩的场景,其场面之奢华,如作者所说,到了"一夕之费,岂止中人十家产,贫户十年粮"的程度。字里行间,流露出作者的痛恨之情。

在虎丘千人石上听歌度中秋,也可以成为雅俗共赏的一大乐事:《吴郡岁华纪丽》卷八有一则《千人石听歌》,中云:"中秋之夕,共游虎丘,千人石听歌,樽罍云集,士女杂沓。郡志称虎阜笙歌彻夜,作胜会。各据胜地,延名优清客,打十番争胜负。十二三日始,十五日止。邵长蘅《冶游诗》有'中秋千人石,听歌细如发'之句,盖其俗由来久矣。"

清雍乾时期署名烟霞散人编的才子佳人小说《凤凰池》,第四回写了苏州人中秋虎丘赏月:

> 看看八月半边,那姑苏人常年中秋节日都到虎丘山上看月。富贵的备了佳肴美酒,携妓遨游,弹丝品竹,直要闹到月落西山,方才人影散乱。就是贫贱的也少不得一壶一榼,猜枚掷色,欢呼快饮,定以为常。

所谓听歌度中秋,就是逛游虎丘中秋曲会。"从千人石上至山门,栉比如鳞,檀板丘积,樽罍云泻。远而望之,如雁落平沙,霞铺江上,雷辊电霍,无得而状。布席之初,唱者千百,声若聚蚊,不可辨识。分曹部署,竞以歌喉相斗,雅俗既陈,妍媸自别。"(袁宏道《虎丘》)这是袁中郎对虎丘曲会盛况的描述。

（二）虎丘宜雪

范仲淹是苏州人，写了著名的《苏州十咏》，其四《虎丘山》是其中名篇。诗中所写雪中的虎丘犹如仙界，与吴都万户人家遥遥相对。明代中期文人画"吴派"的开创者沈周既爱雪景，其《记雪月之观》传为美文，又爱虎丘，曾作《虎丘十二景图册》《虎丘恋别图轴》《千人石夜游图卷》等名作。沈周这首《雪中游虎丘》是描绘虎丘夜月雪景的佳作：

月色风光知几到，好奇今补雪中缘。急排岩树开高阁，生怕溪山又少年。城郭万家群玉府，塔檐千溜半空泉。香茶美酒殊酬酢，似此登临亦可传。

"城郭万家群玉府，塔檐千溜半空泉"是说虎丘与苏州城皆是冰天雪地，而"香茶美酒殊酬酢"一句，则写到在如此雪夜尽享"香茶美酒"的美妙奇遇。

历代赞颂雪中虎丘的佳作，以元曲作家张可久（张小山）这首《人月圆·雪中游虎丘》最可称道：

梅花浑似真真面，留我倚阑干。雪晴天气，松腰玉瘦，泉眼冰寒。

兴亡遗恨，一丘黄土，千古青山。老僧同醉，残碑休打，宝剑羞看。

张小山一生抑郁不得志，不仅"四十未遇"，而且后二三十年仍奔波于仕途。七十余岁时，为了生计，还隐去年龄，去昆山做幕僚。这首词就是在那时写的。词写雪中虎丘梅花绽放，冰清玉洁。但小山话锋一转说虽则吴王曾显赫一时，秦始皇曾劈成剑泉，竺道生曾聚众说法，历代才子佳人更不可胜数，然则历史无情，风云人物尽化作一丘黄土，唯青山长在。再反观自身，一生辗转仕途，仍贫困交加，纵有宝剑，也无颜以对，只有同老僧同醉了。

相比之下，清朝王士禛笔下的雪中登虎丘就是另一番情致了。王士禛在顺治十五年（1658）中进士，十七年（1660）三月赴扬州任推官。十八年（1661）初渡江南下，一路过镇江、常州、无锡，至苏州而探梅、游太湖，后官运亨通直至刑部尚书。此番赴虎丘探梅，正可谓乘兴而至，兴浓忘归：

> 登临一上可中亭，叠嶂回峦面面青。昔日山堂谁说法，至今片石尚精灵。四围竹翠晴犹滴，万壑钟音晚更听。乘兴探梅竟忘返，白公堤外雪冥冥。（王士禛《虎丘》）

（三）虎丘宜烟

李流芳所谓"虎丘宜烟"，亦即雨中的虎丘更有另番景致。江南最是烟雨多。细雨如纱笼罩虎丘的点点胜迹，总会让人产生恍若隔世的感觉。虎丘自唐白公堤开辟以来，即使天雪层冰，疾风苦雨，也游人不绝；风和日丽，则游人更是接踵比肩，夜以继日。明人汤传楹特选"春风多厉、冻阳犹滞、层阴未开"之时游虎丘,只为"兹山苦俗久矣",只恨"俗物败意",想一见"青山主人","为山灵解秽"。

描绘雨中虎丘的佳作非乔吉的这首《折桂令·风雨登虎丘》莫属:

半天风雨如秋。怪石於菟,老树钩娄。苔绣禅阶,尘粘诗壁,云湿经楼。琴调冷声闲虎丘,剑光寒影动龙湫。醉眼悠悠,千古恩仇。浪卷胥魂,山锁吴愁。

乔吉为太原人,一直流寓杭州,一生未入仕途。他浪迹江湖,过着"尖风薄雪,残杯冷炙,掩青灯竹篱茅舍"(《卖花声·悟世》)的穷困生活,也遭遇了"世情别,故交绝,床头金尽谁行借?今日又逢冬至节,酒,何处赊"(《山坡羊·冬日写怀》)的潦倒处境。所以,他眼里的雨中虎丘,凄凉愁苦无处不在。结尾两句"浪卷胥魂,山锁吴愁"最是有趣。须知,虎丘并无大水,只有一条小溪,无"浪"可言。此曲用"浪卷"一词,追溯了虎丘山本"海涌之山"的历史。

被誉为"吴中四才子"之一的文徵明擅长山水画,《虎丘图》《天平纪游图》《灵岩山图》《洞庭西山图》等皆著名画作。因中意雨中虎丘,传下两首佳作:

>　　海涌春岚湿翠鬟，生公台下雨漫漫。风回阴壑奔泉黑，云锁苍池剑气寒。净洗尘氛开绝境，不妨烟霭是奇观。诗人自得空濛趣，悟石轩前独倚栏。(《虎丘观雨》)

>　　何处登高写壮怀，生公说法有层台。漫修故事携壶上，不负良辰冒雨来。应节紫萸聊共把，待霜黄菊故迟开。白头八十三重九，竹院浮生又一回。(《九日雨中虎丘悟石轩燕集》)

文徵明在诗中纯粹写景，句句不离"雨"，最后道出雨中虎丘是"奇观"。写景抒情，"待霜黄菊故迟开"与"白头八十三重九"相呼应，可谓情景交融。

陈子龙的《九日虎丘大风雨》被认为是颇得盛唐七古神韵的一首诗作："吴阊门西风雨秋，泽鹄沙雁鸣河洲。黑云夜卷亭皋木，片片飞过鸳鸯楼。野夫吞声揽衣袂，惊雷掣电无时休……"清兵南下，明朝灭亡，陈子龙辗转故里图谋起事，后来事泄被捕，在解送南京途中，投水自尽，年仅四十岁。陈子龙在明亡后写的诗大多是精华之作，此为其中一首，作于诗人三十八九岁之时。当时诗人正背负亡国之恨，在悲愤沉郁的心境之下，虎丘遭遇了极其凶猛凄厉的大雨，自是另一番风景。

（四）虎丘宜春晓

虎丘之春的美妙自不待言，历代文人几尽华辞赞誉。虎丘著名的繁花季节,正如清代顾禄《清嘉录》卷首何桂馨的题辞所说:"吴趋自古说清嘉,土物真堪纪岁华花。一种生涯天下绝,虎丘不断四时花。"祝允明的《春游虎丘》写虎丘大好春光,人们闲适恣意的情态:

> 春光满郊野,吾独爱西丘。碧水一池定,白云千顷流。散人歌小海,幼伎拨箜篌。远着谢公屐,高登王粲楼。人生一杯酒,又是一年游。

文徵明曾有《虎丘春游词》十首,从山门写起,由下及上、从日到夜、由岸到船,十首诗十幅画,也未能写尽虎丘。意犹未尽,文徵明另作一首《虎丘》:

> 云岩四月野棠开,无数清阴覆绿苔。意到不嫌山近郭,春归聊与客登台。芳坟谁识真娘墓?水品曾遭陆羽来。满路碧烟风自散,月中徐棹酒船回。

首句是写虎丘春季繁花似锦,与客畅游的欢愉。在此种兴致盎然之下,见到真娘墓也竟无怜惜之情,反而更愿品茗酌酒。

说到茶了。其实,明朝苏州最好的茶不是洞庭碧螺春,而是虎丘白云茶。《虎丘山志》:"叶微带黑,不甚苍翠,点之色白如玉,而作碗豆香,宋人呼为白云茶。"虎丘山下,盛产茶叶,叶微带黑,不很苍翠。泡茶后色白如玉,有豌豆清香味,宋代称为白云茶。到明代,仍然很有名气。《虎丘志》中说:"虎丘茶色如玉,味如兰,宋人呼为白云茶,号称珍品。"《苏州府志》也说:"虎丘金粟山房旧产茶,极佳。烹之,色白如玉,香如兰,而不耐久,宋人呼为白云茶。"

唐陆羽遍访江南名山名泉,找水找茶。他发现虎丘山泉甘甜可口,遂在虎丘山上挖筑一石井,世称"陆羽井",以山泉灌溉种茶,所种即为白云茶,并撰写了著名的《茶经》。明代地理学家王士性在《广志绎》卷二中曾道:"虎丘天池茶,今为海内第一。"明代屠隆在《考槃余事》中也赞虎丘茶"最号精绝,为天下冠"。徐渭的《某伯子惠虎丘茗谢之》不仅盛赞虎丘春茗"七碗何愁不上升",还发明了一套奉茶仪式:

> 虎丘春茗妙烘蒸,七碗何愁不上升。青箬旧封题谷雨,紫砂新罐买宜兴。却从梅月横三弄,细搅松风炖一灯。合向吴侬彤管说,好将书上玉壶冰。

诗人得到友人惠赠的虎丘春茶,极为珍惜。如此上等精品,如何品赏呢?青色竹箬的包装上题有"谷雨"日期,买来宜兴紫砂壶,再奉一曲古韵"梅花三弄",然后秉烛独饮,细啜品味。虎丘春茗如此冰玉芬香,令人陶醉,无以言表,只有借助于这管横笛了。

文徵明《煎茶诗赠履约》诗云:"嫩汤自候鱼生眼,新茗还夸翠展旗。谷雨江南佳节近,惠泉山下小船归。山人纱帽笼头处,禅榻风花绕鬓飞。酒客不通尘梦醒,卧看春日下松扉。"明媚的春天,文徵明从无锡惠泉乘船赶回苏州,在谷雨节气前以虎丘第三泉烹虎丘茶,香茗啜饮,春花绕鬓,谁还愿意醒呢?

可惜的是,自古物至极而衰,虎丘春茗白云茶盛名之下惨遭掠掳,进而绝种,今日再也无从寻觅其踪迹了。

(五)虎丘宜秋

前文已描述虎丘之中秋夜,这里的"虎丘宜秋"专谈虎丘之秋日。

"虎丘不断四时花",秋季正值菊花绚丽之时。清人所刊话本集《人中画》(作者题为《风月主人书》)卷一写才子佳人,故事就是从一次虎丘赏花的秋游开始的。主人公乃苏州府长洲县秀才唐季龙,"一日,闻得虎丘菊花盛开,约了一个相知朋友,叫做王鹤,字野云,同往虎丘去看。二人因天气晴明,遂不雇船,便缓步而行。将到半塘,只见一带疏竹高梧,围绕着一个院子,院子内分花间柳,隐隐地透出一座高楼,楼中一个老妇人同着一个少年女子伏着阁窗,低头向下,不知看些甚么","不觉步到虎丘,果然菊开大盛,二人玩赏多时,遂相携上楼沽饮"。

至于文人秋游虎丘,更是常见于诗文。

汤传楹在秋日思游虎丘,以书信约好友尤展成(尤侗)同游虎溪,未行已神气大爽,乐在目前,游之乐已可期可待:

> 日来秋色绝佳，闲门兀坐，令我神爽都尽。思与君家买一叶，薄游虎溪。看露苇催黄，烟蒲注绿。坐生公石上，游目四旷，秋树如沐，翠微之色，渲染襟裙。仰听寒蝉咽鸣，老莺残弄。一部清商乐，不减江州司马听琵琶时。或可廓清愁怀，泠汰郁绪，差胜阛阓中苍蝇声耳。（《与展成》）

汤传楹为明末才子，尤侗是其性命交。汤传楹在《闲余笔话》中说，人生不可不储三副痛泪：一副哭天下大事不可为，一副哭文章不遇识者，一副哭从来沦落不偶佳人，此三副，方属英雄血泪。两人心怀英雄豪情，但共睹明末朝廷昏暗，清兵觊觎南下，而无报国之门，终日郁闷不安。这篇《与展成》就是在这种心境中写的。文章先是畅想虎丘美景，亟待前往，既而与时下所处污浊境遇相比，接着说"胸中块垒，急须以西山爽气消之。吾与君登百尺楼，把酒问青天；酒后耳热，白眼视诸卿，求田问舍，碌碌黄尘，如蜣螂转丸，不觉抚掌大噱。此真旧日元龙豪举，安能效小儿曹牛衣对泣哉"。这又是逃遁心态，借虎丘西山爽气涤荡胸中闷气，也是图一时之快。明朝灭亡，加之一子一女相继夭折，汤传楹伤心而逝，时年仅二十五岁。

清人董含的《虎丘》中说："万叠烟云一槛随，登临正值暮秋时。墙悬薜荔真娘墓，门掩松杉主簿祠。塔顶风来铃独语，峰头月出鸟先知。不妨更上层峦宿，明月孤帆去未迟。"这是虎丘暮秋的傍晚时分，万叠烟云刹那间消散，暮秋正值气爽，薜荔还未凋落，虎丘寺门虚掩。傍晚的寂静令塔铃格外响亮,鸟声愈发悦耳,在此时刻,不妨乘胜更上一层,一览明月,欣赏孤帆远影的美景。

三　虎丘胜迹

自虎丘安放了阖闾陵寝,时光荏苒,胜迹不断添新,并日渐精致,到清代就有"虎丘十景"或"虎丘十八景"之说。白堤春泛、莲池清馥、可中玩月、海峰雪霁、风壑云泉、平林远野、石涧养鹤、书台松影、西溪环翠、小吴晚眺,都曾是著名胜景。

(一) 剑　池

虎丘最神秘、最令人生出无限遐想的地方是剑池,描绘剑池的诗作、散文不计其数。

由千人石向北,进"别有洞天"月洞门,即为剑池。月洞门旁有"虎丘""剑池"的石刻二方,为颜真卿所书。进入月洞门,顿觉"池暗生寒气""空山剑气深",气象为之一变,触目便见两片陡峭石壁拔地而起,中涵石泉一道。池形狭长,南宽北窄,似一把平放的宝剑。池广六十步,水深近两丈,终年不涸。阳光斜射池面,反射出丝丝冷光,即便盛夏,亦凉意肃然。抬头望去,见一座拱桥高高悬在半空,飞梁渡涧,煞是奇险。透过悬岩峭壁,恰遥望到云岩塔顶。石壁上长满苔藓,藤萝倒挂。剑池迎面的石壁上刻有"风錾云泉"四个大字,笔法圆润,传为米芾所书,意为侧耳可听风,举目可观岩,抬头观云彩,低头看流泉。在左岩壁上,有篆文"剑池"两个大字,为元代书法家周伯琦所书。

关于剑池的神秘,大致有三种说法。一说据《越绝书》载:"阖闾冢在阊门外,名虎丘。下池广六十步,水深丈五尺。"史载墓中"铜椁三重,倾水银为池六尺,黄金珍玉为凫雁"。因阖闾生前酷爱宝剑,下葬时以"扁诸""鱼肠"等名剑三千柄殉葬,故有"剑池"一称。但唐代李吉甫《元和郡县图志》否认了此说:"吴越春秋云阖闾葬于此,秦皇凿其珍异,莫知所在,孙权穿之,亦无所得。其凿处,今成深涧。"说是秦始皇、孙权都曾探阖闾墓寻宝剑,剑池是他们寻剑挖地而成。

宋人王禹偁另起一说。在《剑池铭并序》中,他认为剑池为秦始皇凿岩而成无史料可证,纯属诡异之说。因为剑池"非自人力,盖由天设",唯其自然天成,才可能"挹之不竭":

> 虎丘剑池,泉石之奇者也。《吴地记》引秦皇之事以为诡说。考诸旧史,则无闻焉。矧儒家者流,不可语怪,因为铭以辨之。铭曰:茂苑之侧,震泽之湄。岩岩虎丘,沉沉剑池。峻不可以仰视,深不可以下窥。吾疑乎太枢作怪,化工好奇。水物设险,山妖忌危。陷其泉也,盖取诸《坎》;磔其石也,以象乎《离》。《艮》有止兆,《蒙》无亨期。构此《屯》艰,成乎险巇。直恐夏后,弗能导之。岂惟秦皇,而能肇兹。盖其始也,

一气发泄，两仪分别，争融斗结，击搏而裂。断壁双揭，摩云不彻，翠秃青残，挫锐而中绝；寒流下咽，奔山未决，雪涌雷收，拗怒而曲折。麚束湍濑，呀槎洞穴。鳅翻成窟，龙战有血。非自人力，盖由天设。谁谓一拳，登之惟艰；谁谓一勺，挹之不竭。池实自然，剑何妄传？

宋人朱长文持王禹偁观点，并认为剑池得名因其为铸剑者淬剑之地。曾云："剑池得名，盖古人淬剑之地。"

三种说法各执己见，历来相争。清代顾湄《虎丘山志》卷十《杂志》收录两条，其一引自《说类》："阖闾墓中石铭云：吴王之夜室也。呜呼！平吾君王，弃吾之邦。迁于重冈，维冈之阳。吾王之邦。"其二说："虎丘山《吴越春秋》《越绝书》之类皆以为阖闾所葬，有金精之异，故名。然观其岩壑之势，出于天成，疑先有是丘，而阖闾因之以葬也。"

清褚人获《坚瓠集》记述了剑池干涸，并有好事者探秘的事迹，可佐证明代正德七年（1512）剑池干涸，王鏊、唐寅探秘这一事实。褚人获还说到了剑池干涸，内壁现诗的情景，亦充满神秘色彩：

虎丘剑池，云是阖闾埋玉处。一潭清冷，深不可测。宋绍定戊子，忽干暵。中有石扉，游人见扉上二绝云："望月登楼海气昏，剑池无底浸云根。老僧只恐山携去，日暮先教锁寺门。""剑去池空一水寒,游人到此凭阑干。年来世事消磨尽,只有青山依旧看。"

1955年当地政府整修虎丘,疏浚剑池。当时曾刷洗苔藓,核实剑池东侧岩壁上确有明代长洲、吴县、昆山三县令吾翕等人以及王鏊等人的石刻记事两方。

历代咏叹剑池的诗作,一直有不少执意于其神秘莫测的藏剑传说。南朝陈张正见《从永阳王游虎丘山》写道:"溜深涧无底,风幽谷自凉。宝沉余玉气,剑隐绝星光。""无底""自凉""玉气"以及"绝星光"等句,都强调了剑池的幽深神秘。后来的诗作愈加渲染这种神秘气氛:

阖闾葬日劳人力,嬴政穿来役鬼功。澄碧尚疑神物在,等闲雷雨起潭中。(唐·李岘《剑池》)

三尺龙盘古到今,波光凝碧暮云深。沉丝不断应无底,山脚池心彻海心。(宋·杨备《剑池》)

云崖倚天开,苍渊下澄澈。世传灵剑飞,山石千丈裂。神踪去不返,今作蛟龙穴。是非潆难诘,岁久多异说。惟当清夜来,静赏潭上月。(宋·方惟深《剑池》)

此三首或叹剑池深藏"神物"，或疑剑池无底直彻至汪洋大海，或困惑于因岁久而众多异说真伪难辨，都在渲染剑池的神秘。明末清初顾梦麟的《剑池》更说："百尺苍凉浸石扉，斗间夜夜湛余辉。龙泉便是池中水，不遇风胡见却稀。"俨然剑池真的藏有宝剑了。

唐代陈邵的小说《通幽记》也描写了剑池，不过当时"剑池"之名尚未确立："有石穴，出于岩下，若嵌凿状。中有水，深不可测。或言秦王凿取剑之所。"小说还描写了一个和剑池有关的恐怖故事，说是唐永泰年间，有一位少年经过剑池，见一位美女在水中沐浴。美女邀少年剑池戏水，少年下水溺亡。几天后，少年尸体浮出水面，竟全身干枯，于是人们得出结论：剑池中藏有蛟精，会变成美女来吸人血液。

剑池的上方为陈公楼，亦名双井桥，始建于南宋，当时是为方便僧人吃水而建。它横跨剑池东西峭壁顶端，凌空而架，高悬奇险。宋人王晓《虎丘陈公楼记》讲述了官员陈敷文捐筑陈公楼的事情。南宋隆兴二年（1164）四月，陈敷文来虎丘寺避暑，见寺中僧人剑池取水，每日登降百级台阶，非常辛劳，动恻隐之心，就捐钱二十万修此楼，故名陈公楼，又叫双吊桶。山僧在桥上建亭，开设两个圆洞，用辘轳取水，省时省力。此后，双吊桶化作诗境中的辘轳取水声，成为剑池胜迹的组成部分。明高启《剑池》诗中云："听转辘轳声，时来试幽茗。"再有明周南老《剑池》云："我来憩池上，日转楼阴直。辘轳影沉沉，修绠汲千尺。"描绘了诗人在陈公楼上驻足，观僧人高空取水的场景。

（二）虎丘寺

东晋时，王珣、王珉舍宅为寺，分东、西寺。当时建于剑池山下东西两处，与虎丘山融为一体，形成"佛寺包山，山藏寺中"的景观格局。元代高德基所撰《平江记事》可为佐证："故张籍有诗云：老僧只怕山移去，日暮先教锁寺门。后人有诗云：出城先见塔，入寺始登山。僧志闲亦云：中原山寺几多般，未见将山寺里安。盖以天下名山胜刹，皆山藏寺，虎丘乃寺里登山，海内福地，未尝有也。至元间，云游僧秋江月到寺，题云：平生只见山中寺，今日来看寺里山。亦得古人余意。"

唐代时，为避高祖李渊祖父李虎名讳，虎丘改名武丘，寺名亦易为武丘报恩寺，仍分东西两寺。颜真卿有"不到东西寺，于今五十春"的诗句。

唐代诗人白居易以"山在寺中心"为由说到了其宏观布局：

> 香刹看非远，祇园入始深。龙蟠松矫矫，玉立竹森森。怪石千僧坐，灵池一剑沉。海当亭两面，山在寺中心。酒熟凭花劝，诗成倩鸟吟。寄言轩冕客，此地好抽簪。（《题东武丘寺六韵》）

白居易重开了虎丘寺路，常常夜游虎丘。加上唐人有好狎之风，所以白居易每次出游，随从妓女甚多，极尽游乐之欢。在《夜游西武丘寺八韵》中，他写道："摇曳双红旆，娉婷十翠娥。"诗中还自注说："容、满、蝉、态等十妓从游也。"唐代另一位诗人刘长卿有

《题虎丘寺》云:"青林虎丘寺,林际翠微路。仰见山僧来,遥从飞鸟处。"这也是寺山合为一体的写照。此后由宋及元明清诗作,"青山藏寺中"(清石韫玉《虎丘寺》)就定格为虎丘山与虎丘寺不变的格局。

因唐朝尊佛—灭佛—尊佛运动,虎丘山寺更加令人青睐,神神鬼鬼的传说不断。唐代小说热衷于描写虎丘寺的神鬼故事。《通幽记》中有鬼故事《武丘寺》。故事起始先描述虎丘寺美景:"苏州武丘寺,山嵚崟,石林玲珑,楼雉叠起,绿云窈窕,入者忘归。"接着讲述:大历初年(约765),寺僧夜间见有两个白衣人入寺上楼,始终不见下来,派人进屋寻找也不见。第二天见墙壁上有题诗三首,诗中倾诉做鬼之苦,及思念亲人等。联想到虎丘寺附近有墓林古冢,僧人们都认为这是鬼题诗。小说对白衣人上楼题诗的叙述突出了虎丘的佛教特征。故事中所谓鬼题的三首诗都宣扬佛教,作者认为"神仙不可学,形化空游魂",这很可能和唐代当时的佛道之争有关。唐张读小说《宣室志》讲述了另一件发生在虎丘寺的故事。唐代宝历中,"有前昆山尉杨氏子,侨居吴郡。常一日,里中三数辈,相与泛舟,俱游虎丘寺",同游的一位洞庭山灵异人士识破了抓儿童灵魂的女鬼,厉声喝止,而后果见附近有人家正在庆祝儿童死而复活。

不过,游览虎丘追思怀古,阅虎丘寺之禅意,是更多关于虎丘的诗作的风格。张祜有两首诗,以山之寂静映衬古迹之寂寥,引发"悠悠尚空"的怅惘:

轻棹驻回流，门登西虎丘。雾青山月晓，云白海天秋。倚殿松株涩，欹庭石片幽。青蛾几时墓，空色尚悠悠。(《题虎丘寺》)

　　嚣尘楚城外，一寺枕通波。松色入门远，冈形连院多。花时长到处，别路半经过。惆怅旧禅客，空房深薛萝。(《题虎丘西寺》)

还有晚唐诗人许浑的《与裴三十秀才自越西归望亭阻冻登虎丘山寺精舍》："春草越吴间，心期旦夕还。酒乡逢客病，诗境遇僧闲。倚棹冰生浦，登楼雪满山。东风不可待，归鬓坐斑斑。"睹虎丘胜迹，有一种对时间永劫不复的怅惘："吴越间春草"，竟然想着早晚能回去，最后发出"东风不可待"的感慨。许浑一生中有二十多年时间花在应试上，屡试不第。无奈之下，只好游历山林，继续积学应举，曾到过苏州、洞庭西山等地。此诗就是在此游历时所作。

王禹偁于太平兴国八年（983）登进士第，次年，任长洲（今苏州）知县。在任四年，阅尽江南风物，游遍诸山名胜，也免不了题诸吟咏。游览虎丘时，见到当年白居易所留胜迹，顿时诗兴大发，遂成《游虎丘》：

　　乐天曾守郡，酷爱虎丘山。一年十二度，五马来松关。我今方吏隐，心在云水间。野性群麋鹿，忘机狎鸥鹇。乘兴即一到，兴尽复自还。不知使君贵，何似长官闲。

另一首《游虎丘山寺》也呼应了白乐天的那首《题东武丘寺六韵》："寺墙围着碧屏颜，曾是当年海涌山。尽把好峰藏寺里，不教幽景落人间。"

既然有寺，当然就得有僧人。僧与寺庙，少不了文学故事。

唐大历八年（773），颜真卿被贬任湖州太守，上任后不久，即组织江南文士编撰《韵海镜源》，诗僧皎然应邀参与。撰文之士及往来官员常举行盛大诗会，其间皎然结识了陆羽、刘长卿、李萼、韦应物等人。他们往来畅游，好不热闹，迎送赋别之作也多。请看皎然这首《同李司直题武丘寺兼留诸公与陆羽之无锡》：

陵寝成香阜，禅枝出白杨。剑池留故事，月树即他方。应世缘须别，栖心趣不忘。还将陆居士，晨发泛归航。

北宋至道年间（995—997），苏州知州魏庠奏改虎丘山寺为云岩禅寺。景祐元年（1034）诏以宋真宗赵恒御书三百卷副本藏于寺中，为此特建御书阁。南宋绍兴初（约1131），高僧绍隆到虎丘讲经。绍隆法师出生于北宋末年，九岁出家，二十岁开始云游四方，拜访了不少得道的禅师，后来寓住虎丘，一时众僧云集，声名大振，遂形成禅宗"虎丘派"。绍隆坐逝时曾大书十六字："无法可说，是名说法，所以佛法，无有剩语。"绍隆法师于绍兴六年（1136）圆寂坐化于虎丘，留下著名禅诗：

> 江上青山殊未老，屋头春色放教迟。人言洞里桃花嫩，未必人间有此枝。

明代蒋一葵所著《尧山堂外纪》中讲述了元代著名隐僧欣笑隐在虎丘寺的趣事。欣笑隐是元初著名僧人，深得元文宗宠爱，赐以黄衣，后来和尚都得以着黄衣。"一日，省相请大欣看潮，其日寺火，时恩断江住虎丘寺，同日灾。"恩断江也是当时有名隐僧，与欣笑隐关系密切。两僧寺同一日遭遇大火，当时就有其他僧人赋诗嘲笑他们："欣哉笑隐住中峰，本是鸿儒学说空。罗刹江头潮未白，稽留峰下火先红。青霄有路干丞相，绀殿无颜见大雄。若使断江知此意，两人握手泣西风。"

明洪武二十七年（1394），"僧舍不戒于火，寺焚，延及浮图"。至永乐初（1403）又修塔，建大佛殿、文殊阁。永乐十七年（1419）至十九年建妙庄严阁、千佛阁、大悲阁、转轮大藏殿、天王殿等。宣德八年（1433），"火复作于僧舍，浮图又及于灾，而加甚于昔焉"（明张益《苏郡虎丘寺塔重建记》）。之后，虎丘寺几经毁建，留得今日面貌。

（三）虎丘塔

虎丘塔高七层，呈平面八角形，是一座砖身木檐仿楼阁形宝塔。自宋元以后，虎丘寺与虎丘寺塔在文学景观中渐成一体。

现存虎丘塔始建于五代周显德六年（959），建成于北宋建隆二年（961）。但据说，唐代以前至少有过三座虎丘塔。第一座塔应出现在南朝时期。在南朝陈代，张正见诗《从永阳王游虎丘》就有"洞塔耀山庄"句；《广弘明集》第三十卷所载陈代江总诗作《庚寅年二月十二日游虎丘山精舍》也有"贝塔涵流动"句。这是最早记载的虎丘塔。

第二座虎丘塔建于隋朝。在隋朝仁寿年间（601—604），笃信佛教的隋文帝杨坚为母做寿，下诏在全国三十个州郡造舍利塔。塔的式样由隋朝中央政府统一绘制，并将图纸派发各地，以此为据进行施工。虎丘塔在名为"大隋舍利塔"的三十座塔中，编号为二十三，此塔是三层的方形木塔，有十六米高，式样精巧古朴。

第三座虎丘塔是唐代时建造的。1980年代，曾在塔基发现一块唐代残碑，标题为"朱明寺大德塔"，虎丘山寺在唐代曾经被称作"朱明寺"。明唐寅有诗《陪杨礼部都隐君虎丘泛舟》云："朱明丽景属炎州，兰桡桂楫遂娱游。"有人说诗中以"朱明"二字代指虎丘，实则此二字典出《尔雅·释天》："夏为朱明。"诗中讲的是夏日丽景。但因唐寅所写为泛舟于虎丘，难免就会令后人想到朱明寺，从而误认为"朱明丽景"为"朱明寺丽景"了。

此后，虎丘塔常与虎丘寺济运相随。虎丘寺每尝修缮，虎丘塔亦被修缮。现存砖砌塔身高四十七米多，塔身自重六千吨，塔顶铁刹已倒，并微微向东北方向倾斜，为中国著名"斜塔"。

其实，虎丘塔身倾斜早已发生，已摇摇欲坠千余年。之所以不倒，传说是不断有人去扶正。明朝谢肇淛所著《五杂俎·人部》记述了奇异僧正塔的事迹。话说唐文宗时，有僧人专门正塔。寺塔无论是换杪换柱，都不需要假借人力，而且瞬间完成。人们奔走相告，以为神人。宋朝时真定木塔的中柱要倒了，有个僧人怀揣着一个柱子，也不用人帮忙，进去一会儿，就把柱子换了。明朝虎丘寺塔将要倾倒，也来了一位游僧，说："不用烦恼，我能矫正。"只见他每天带着一些木楔进塔，不到一个月，塔竟然正了，塔里也不见破绽痕迹。传说归传说，其实明朝时虎丘塔才开始倾斜，而且这么多年，并没有人给弄正了。

（四）真娘墓

虎丘另一个让游客驻足良久的胜迹是真娘墓，才子佳人的故事总会令人兴趣盎然。唐宋元明清以来，真娘墓诗不知有多少首，广为流传，几乎与昭君之青冢、太真之马嵬并传。

真娘墓在剑池边的断梁殿外石道右侧。真娘亦名贞娘，乃隋唐时的一位苏州名妓。元代高德基《平江记事》中说："真娘，唐时名妓也。墓在虎丘剑池之西，往来游士多著篇咏。"真娘长于歌舞诗画，但不幸落入青楼。因为幼有婚约，守身如玉。有一王姓男子，欲与欢好，屡被拒绝，遂以巨资买通鸨母。贞娘为其所迫，自尽而死。王某痛悔，修花冢以葬之，是为真娘墓。

比之吴王阖闾墓，凭吊真娘墓的诗作平添了艳丽之色。近人沈砺《虎丘吊阖闾》诗说:"真娘声价艳千秋,多少新诗咏虎丘。"这种情况在唐陆广微《吴地记》中也说到了:"(虎丘)寺侧有贞娘墓,吴国之佳丽也。行客才子多题诗墓上。"在一些才子佳人小说里,描绘凭吊真娘墓情节,更增添了小说的香艳成分。清俞达小说《青楼梦》中多次写才子金挹香去虎丘,"便上山往真娘墓上凭吊良久"。清孙家振的小说《海上繁华梦》后集第八回写谢幼安与平戟三等一群文人到虎丘游玩,折到贞娘墓前,"戟三见后人立着块'古贞娘墓'的四字墓碑,甚易辨识,说:'古来名妓甚多,却除西泠苏小,虎阜贞娘,芳冢一抔,艳名千古,此外尚有何人?'"不禁驻足凭吊。

一个妓女的坟墓竟成为胜迹,在现代人看来不可思议,但这一切都跟唐代的世风有关。前文也提到,唐代有狎妓的风俗。安史之乱后,唐帝国逐渐恢复元气,士大夫中间开始弥漫奢侈、享乐气氛,社会狎妓、歌舞之风盛行,甚至家庭也蓄养歌妓,陶谷在《清异录》中说韩愈晚年很喜欢亲近女色,柳宗元家蓄过侍妾。特别是那些赴京应举的士人以狎妓、恋女冠为风流雅事,并在诗中津津乐道。以苏州之真娘墓、杭州之苏小小墓为题的士人佳作文赋不计其数。李绅为诗作《真娘墓》作序,说:"吴之妓人歌舞有名者,死葬于吴武丘寺前,吴中少年从其志也。墓多花草,以满其上。嘉兴县前,亦有吴妓人苏小小墓。风雨之夕,或闻其上有歌吹之音。"诗中写道:

一株繁艳春城尽，双树慈门忍草生。愁态自随风烛灭，爱心难逐雨花轻。黛消波月空蟾影，歌息梁尘有梵声。还似钱塘苏小小，只应回首是卿卿。

白居易也好狎妓，他多次凭吊真娘墓，曾怀着无限惋叹之情写下了一诗：

真娘墓，虎丘道。不识真娘镜中面，唯见真娘墓头草。霜摧桃李风折莲，真娘死时犹少年。脂肤荑手不牢固，世间尤物难留连。难留连，易销歇，塞北花，江南雪。（白居易《真娘墓》）

刘禹锡更是风流，据说曾即席赋诗赢得了李绅的歌妓。不过，荒唐的是，他也曾蓄有美妓，却又被人抢走。一日，朝中李逢吉在家中设宴，招待刘禹锡和另外几个大臣。所有的宾客都带着自己的宠妓而来。酒饱饭足作别时，李逢吉挽留刘禹锡爱妓不放。无奈，刘禹锡只好先回家，并写了一首诗给李逢吉，望他把家妓还给自己。第二天，刘禹锡又约了几个朋友前去李府，不料李逢吉只夸刘禹锡的诗好，并不放人，愤怒中刘禹锡写下《怀妓四首》。他的《和乐天题真娘墓》是为和白居易《真娘墓》而写的：

蒼卜林中黄土堆，罗襦绣黛已成灰。芳魂虽死人不怕，蔓草逢春花自开。幡盖向风疑舞袖，镜灯临晓似妆台。吴王娇女坟相近，一片行云应往来。

不同于白居易等人的惋惜之情，罗隐诗中流露出对真娘嗔怪之意。他在《姑苏贞娘墓》中说："春草荒坟墓，萋萋向虎丘。死犹嫌寂寞，生肯不风流？皎镜山泉冷，轻裙海雾秋。还应伴西子，香径夜深游。"说真娘"死犹嫌寂寞"一句，大概是指在真娘墓地年轻才子络绎不绝，驻足凭吊，似是真娘嫌寂寞。果若如此，那生前岂能不做风流女子？

唐代之后，来游虎丘的诸多文人不乏在真娘墓前题诗留忆者。高德基《平江记事》中说：

> 往来游士多著篇咏。惟王黄州题刻甚佳，其诗云：女命在乎色，士命在乎才。无才无色者，未死如尘灰。虎丘真娘墓，止是空土堆。香魂与腻骨，消散随黄埃。何事千百年，一名长在哉。吴越多妇人，死即藏山隈。无色固无名，丘冢空崔嵬。惟有真娘墓，客到情徘徊。我是好名士，为尔倾一杯。我非好色者，后人无相咍。

后来题咏甚多。至德中，举子谭铢题一绝云："武丘山下冢累累，松柏萧条尽可悲。何事世人偏重色，真娘墓上独题诗。"后人由是搁笔。宋时，苏轼在《次韵王忠玉游虎丘绝句三首》中有一首专咏真娘，如下：

> 青盖红旗映玉山，新诗小草落玄泉。风流使者人争看，知有真娘立道边。

苏诗以"风流使者"称谓王忠玉，想象有真娘在道边观看，正应了唐朝罗隐"生肯不风流"句。大概女子生得貌美并生性风流才符合这些才子的期许吧。

几经战乱，到明代，真娘墓几近湮没。清乾隆十年（1745），陈铁坡（陈鏁）在一座祠堂前寻到真娘墓碑的残片，葬碑为坟，重修其墓，覆以小亭，作《重修真娘墓记》。文中写道："常阅《虎丘志》，有所谓真娘墓者，自唐宋以来，诸名士各有题咏，几与昭君之青冢、太真之马嵬并传。盖物贵于所绝，真娘以绝代红颜，没而葬于胜地。宜其流远，感咏者迹相接也……"

如今，游至虎丘，出断梁殿，沿道拾级向上，右侧紧依岩壁建有一亭，东砌砖墙，嵌青石碑一大一小，均镌刻行楷"古真娘墓"四字。其中大碑下方刻有"海陵陈铁坡重建"，另一小碑下为康熙年间"新安心斋居士张潮山来氏重立"。想必陈鏁寻到的墓碑残片中包括了张潮的这一块。

民国初年，虎丘又重加修葺。1958年改为石柱木梁架卷棚歇山顶方亭，搬走圆石，移动墓碑，遂成现状。四根亭柱分前后镌两联。前一联据说为清刘墉所作："香草美人邻，百代艳名齐小小；茅亭花影宿，一泓清味问憨憨。"后一联刻李祖年集宋吴文英词句成联："半丘残日孤云，寒食相思陌上路；西山横黛瞰碧，青门频返月中魂。"

（五）生公台

生公台亦名说法台，为晋末高僧竺道生讲经处。晋佚名撰《莲社高贤传》中有"入虎丘山，聚石为徒，讲《涅槃经》……群石皆为点头"，说的是生公于苏州虎丘寺讲经，立石为徒，至微妙处，石皆点头。竺道生俗姓魏，是东晋和尚，自小出家，苦读经书，研究佛学。因精通佛典，被尊称为道生法师。道生在京城深受皇帝的器重。彼时佛教派别纷争，朝中有大臣对其心生嫉妒，就奏本诬告生公为邪教。皇帝信了谗言，把生公逐出京城。生公四处云游，一日来至姑苏城，见虎丘山风景不俗，就此定居下来，传经布道。其讲经生动活泼，浅近易懂，引人入胜，"旬日之中，学徒数百"。清代学者褚人获所著小说《坚瓠集》讲述的生公事迹更是生动：竺道生在虎丘说法，聚石为徒，讲到精妙处，天花乱坠，顽石点头。有天晚上，生公听到有鬼嚎不绝，就问他，你怎么还在这儿，还不投胎去？第二天，见一块大石上题有一诗说："做鬼今经五百秋，也无欢乐也无愁。生公教我为人去，只恐为人不到头。"

虎丘胜迹历经千年，其间毁损复建，坎坷起伏，生公讲台得存胜迹，也依石刻为凭证。生公讲台石刻，篆书四字，位于千人石北的石壁。在"虎丘"石刻旁留有一段记文,由是得知,"生公讲台"由蔡襄所书,另一种说法是由唐书法家李阳冰所书,"生公台"三字为古刻,"讲"字为明万历年间马之骏补刻。

因生公说法的事迹,唐诗吟咏生公讲台的诗作总透出丝丝禅意。刘禹锡的《生公讲堂》既是对生公生前身后命运的观照,也是哀叹自己的人生际遇:

> 生公说法鬼神听,身后空堂夜不扃。高座寂寥尘漠漠,一方明月可中庭。

壮年时起,刘禹锡就开始漫长的贬谪生活,人生寄托转移到佛教。他与僧人往来,研读佛典,对生公的人生际遇感同身受。"生公说法""顽石点头"典故一则说生公讲经透彻入理、感化至深,令顽石开蒙;一则暗示生公讲经无人倾听。这是讲经者的悲哀。刘诗中"鬼神听"既有生公生前讲经无人倾听的伤嗟,又是生公死后生公讲台的现状。

比之唐人,宋以后对生公的兴趣大不如前,这显然跟唐宋佛教盛衰的差异有关。元代顾瑛有诗《虎丘十咏·生公台》云:"生公聚白石,尘拂天花坠。可怜尘中人,不解点头意。"元末天下纷乱,顾瑛居家削发为僧,更不为世人理解。"可怜尘中人,不解点头意",既是写生公台,也是诗人自况。

不过,在一般人那里,游生公台也有一些世俗意味,甚至于插科打诨。清朱彝尊《曝书亭集》收《一半儿二十五首》,其一说:"生公台上斗茶巾,短簿祠前罗酒樽。真娘墓傍凝舞尘。款游人,一半儿樱桃一半儿笋。"生公台上品茗,王珣祠前置酒,真娘墓前轻歌曼舞,逝者长已矣。相比文人骚客的怀古追思、扼腕叹息,这是世俗之人游览古迹的方式。晚清吴趼人《二十年目睹之怪现状》借小说人物之口点评生公台,已经满是揶揄之味。第三十八回说:"那虎丘山上,不过一座庙;半山上有一堆乱石,内中一块石头,同馒头一般,上面錾了'点头'两个字,说这里是生公说法台的旧址,那一块便是点头的顽石。"这已经是全无尊敬之意了。

(六) 千人石

关于千人石,有一种说法是吴王阖闾死后,其子夫差为其在虎丘山上营造陵墓。竣工后,夫差怕工匠们日后泄露机密,便诱使这些工匠来到石上饮酒、观舞,而后将其全部杀死灭口。一时鲜血四处流淌,渗入石中,日久便渍成暗紫色的斑驳印痕,永不消褪。这是民间传说,并不足为信。

其实,千人石亦称千人坐。在剑池外侧,广达数亩,呈紫绛色,由南向北倾斜并展开。据传为生公当年讲经时,众人坐而听经的盘陀大石。《吴郡图经续记》称:"涧侧有平石,可容千人,故谓之千人坐。"唐代陆广微《吴地记》和宋代叶廷珪《海录碎事·政事·冢墓门》都说到了千人石的来历。范成大《吴郡志·虎丘》更是详细地说到了千人石的用途:"(虎丘山)泉石奇诡,应接不暇。

其最者,剑池、千人坐也……千人坐,生公讲经处也。大石盘陀数亩。"

唐代诗人贾岛游虎丘后曾题诗《虎丘千人坐》,说道:"上陟千人坐,低窥百尺松。碧池藏宝剑,寒涧宿潜龙。"立于千人石之上,向下看松柏成片,似窥到剑池藏着的宝剑和潜龙。这是在千人石上欣赏到的神奇景象。明人高启亦有一首《千人石》,却取境孤清:"池上盘陀石,千人列坐曾。如今跌夜月,唯有一山僧。"诗歌以如今唯有一山僧的孤清,对比当年生公讲经,千人静听的盛况。

崇祯六年(1633)春,张溥主盟召开著名的虎丘大会。"山左(东)、江右(西)、晋、楚、闽、浙以舟车至者数千余人。"他站在千人石上登高一呼,群起响应,朝野震惊,一如当年生公讲经的盛况。

(七)千顷云

虎丘登高远眺的佳处非此三者莫属:千顷云、致爽阁与小吴轩。

"千顷云"最初现于苏东坡的诗《虎丘寺》:"东轩有佳致,云水丽千顷。"其实,苏诗中所谓"千顷云"指的是一片观赏景致的佳处。至于现在的"千顷云阁",那时未必实有。或许后人不愿辜负了这一处观景佳处,才修建了千顷云阁,以夸赞虎丘以西的美景。

家之巽《千顷云记》提到,南宋咸淳八年(1272)僧德壡建千顷云,取苏轼"云水丽千顷"之句。德壡当时为云岩禅寺的主持,修建千顷云阁,摘苏轼《虎丘寺》诗中"千顷云"三字额之,意欲使人领悟世间荣枯生灭如云之聚散无常，以求佛家常住不坏之实体。家之巽《千顷云记》将"吴会绝景"以云岩禅寺为中心，将虎丘分为三个景区：寺前、寺中、寺后："幽岩曲沼、佳木磐石之瑰丽娟秀，悉在寺前；剑池镵山腹以出清泉，在寺中。寺视山势为高下……梯空驾虚，俯仰避就，各有态度"，而"丈室尽山之背，一目千里，以故遐披远眺，空濛浩渺之趣，乃在寺后"。《千顷云记》写道：

> 前为轩，居东面，以延纳空翠，收拾平远。然后畦畴畎浍之交错，遥岑平湖之隐现出没、风帆陆车、樵歌渔唱之断续欸乃，千古尘迹、盛衰兴亡、莽苍寂寞、可悲而不可绘、可绘而不可言者，莫不悠然翼然于几席之上，使骚人墨客、登高能赋之士，低徊感慨，竟日徙倚而不能去也。

家之巽对千顷云阁的描述，正可用"高旷"一词概括。"延纳空翠，收拾平远"，是说其远眺之"旷"的特征；"遥岑平湖之隐现出没，风帆陆车、樵歌渔唱之断续欸乃"，是喻其远离尘世之高远。德垕以为世间荣枯生灭如云之聚散无常，以"千顷云"来警示人们常住佛家。不过，文中又提到"性存子"与德垕辩论，云未尝尽而世未尝穷，应分辨"缚"与"脱"之别，并用苏轼《赤壁赋》句来阐释："自其变者观之，天地不能一瞬；自其不变者观之，物与我皆无尽。"此文尽述登临远眺之美景以外，还论及较深的哲学理趣，正所谓"知《易》之道"。自宋德垕建千顷云阁以来，至清乾隆年间，千顷云阁一直完好。

来过此地的游客常常疑惑，"千顷云"不外为两三间房而已，为何深得世代文人墨客如此青睐。也许，只有深解千顷云阁的气质风格，才能体味其妙处。明文肇祉《虎丘山志》说："在旧方丈前，朝西。延纳空翠，收拾平远，乃旷观也。"意即千顷云阁能接纳绿色的草木，尽收远方的美景，视野开阔。袁宏道《虎丘》中云："千顷云得天池诸山作案，峦壑竞秀，最可觞客。但过午则日光射人，不堪久坐耳。"千顷云阁以天池各山为背景，山峦沟壑相互比美，最适合在此聚客宴饮，只是中午阳光晒人，不能久坐而已。

清代沈复亦独爱虎丘后山之千顷云这一处。其《浮生六记》记道：

> 芸独爱千顷云高旷，坐赏良久。返至野芳滨，畅饮甚欢，并舟而泊。（卷一《闺房记乐》）

> 吾苏虎丘之胜，余取后山之千顷云一处，次则剑池而已。余皆半借人工，且为脂粉所污，已失山林本相。（卷四《浪游记快》）

沈复与其妻陈芸，正可谓亦偶亦友亦知交。二人冰心玉壶，相知相惜，琴瑟和鸣，亲同形影。此记提到陈芸游虎丘，独爱千顷云"高旷"，即一览无余，超凡脱俗；沈复又以千顷云为虎丘之胜，欣赏千顷云少脂粉污染，留有山林本相。夫妻之间爱屋及乌至此，令人慨叹。

今天的千顷云阁是在虎丘塔东，但在历代文献中，都说塔在寺后。清顾湄《虎丘山志》说"（大佛殿）殿后为千顷云，殿左为望苏亭"。大佛殿为云岩禅寺之大殿，因此，可以断定千顷云阁在云岩禅寺后。《桐桥倚棹录》卷二也说"千顷云阁，《长洲县志》云：'在塔后'"。如今的"千顷云阁"是1989年复建的，原阁在晚清时已经毁了。

（八）小吴轩

现代诗人吴秋山对虎丘小吴轩偏爱有加。他在《小吴轩》中说道：

> 游虎丘者，大抵喜欢在冷香阁或靖园休息。有时虽过此轩，似乎嫌它朴陋，每多溜过而去，很少有人作较长时间的逗留。因此，尽管游客是那么地多，而轩中却常是很清寂的，简直如像僧舍一般，虽是落叶、鸣禽、幽磬、梵呗之音，也时常可以听到。然而这种境地，在下却很耽喜，不知怎的，终觉得比什么华屋大厦，要远胜得多，故辄为留连竟日，不忍遽去也。

小吴轩，又称小吴会。有人取《孟子》"登东山小鲁"一句为譬以为名,意为"临小吴轩而小吴"。《虎丘志》里说:"小吴轩在寺东南隅,飞架出岩外,势极峻耸。平林远水,联冈断陇,烟火万家,尽在槛外。"小吴轩为长方形建筑,朝东三间,体量较小,不知建于何年。现存小吴轩址,最早的记载即为元代至元四年(1338)一次虎丘大规模的修缮。但宋人释智愚有一首《小吴轩》诗,说明小吴轩在宋代就已存在了:

> 结茅初不为孤峰,只爱登临眼底空。风淡云收见天末,始知吴在一毫中。

小吴轩在宋代或许只是简陋的茅屋,但登临此屋,眼底见空,能见天的尽头,而且从这里看苏州城原来如此渺小。虽为茅屋,但在这首诗中,小吴轩似乎不减高峻挺拔。在小吴轩举目远眺,吴地万家烟火、大好河山,皆在望中。故古人云:"过吴不登虎丘,俗也;过虎丘不登小吴轩,亦俗也。"

元末朱德润的《至元二年二月八日陈子善范昭甫同游虎丘四首(其一)》是最早描绘登临此轩的诗作:

> 东望吴山紫翠缠,凭阑忽坐小吴轩。石桥杨柳半塘寺,修竹梨花金氏园。

"忽坐"小吴轩,向东望尽紫翠缠绕,石桥杨柳尽收眼底,云岩寺倒影一览无余,虎丘之外的金氏园也眺望可及。元顾瑛的《小吴轩》视野更为开阔:"雪没群山尽,天垂落日悬。冯虚俯城郭,隐见一丝烟。"诗作把"登是轩而小吴"诠释得淋漓尽致:群山望尽,天幕尽头的落日悬在半空,这是说临小吴轩能望尽日落之后的群山;因为看得极为高远,远处的城郭虚无缥缈,隐约中仅见一丝炊烟,显示那才是人间。

第六章 近山诸胜

一 庭 山

洞庭山在太湖东南部,包括洞庭东山与洞庭西山。东山在深入太湖的一座半岛上,有洞山与庭山,故称洞庭东山,古称莫厘山;西山是太湖里最大的岛屿,因位于东山的西面,故称洞庭西山或西山,又称包山。东山与西山隔水相望,相距咫尺,而且有桥相连,统称为洞庭山。

《明史·地理志》载:"又有太湖。湖纵广三百八十三里,周三万六千顷,跨苏、常、嘉、湖四府之境,亦曰具区,亦曰五湖,中有包山、莫厘山。"此处所谓"莫厘山""包山"即为洞庭东西山。太湖三万六千顷,中有七十二座山,七十二座之中又属洞庭山为最。正如诗人苏舜钦所说:"其中山之名见图志者七十有二,惟洞庭称雄其间。"明王鏊《洞庭两山赋》说道:

吴越之墟有巨浸焉,三万六千顷,浩浩汤汤,如沧溟澥渤之茫洋，中有山焉，七十有二，渺渺忽忽，如蓬壶方丈之仿佛。日月之所升沉，鱼龙之所变化，百川攸归，三州为界，所谓吞云梦八九于胸中，曾不蒂芥者也。

范仲淹身为苏州人，又曾在苏州为官，《洞庭山》一诗就是那时候写的："吴山无此秀，乘暇一游之。万顷湖光里，千家橘熟时。平看月上早，远觉鸟归迟。近古谁真尝，白云应得知。"诗中名句"万顷湖光里，千家橘熟时"流传最广。诗中用了"万"和"千"相对照，太湖有三万六千顷，用"万"也并不为过。

洞庭山的著名物产是柑橘。《吴郡志》说到，东、西山所产真柑，"其品特高，芳香超胜，为天下第一"。当年唐太宗每年除夕宴请大臣时，必用洞庭红橘赏赐有功之臣，以示吉祥，其俗一直延至晚唐。白居易在著名的《拣贡橘书情》中云："洞庭贡橘拣宜精，太守勤王请自行。……疏贱无由亲跪献，愿凭朱实表丹诚。"为此，同代诗人张彤作复《奉白太守拣橘》诗，称"凌霜远涉太湖深，双卷朱旗望橘林。树树笼烟疑带火，山山照日似悬金"，以"悬金"赞誉洞庭山的柑橘。两宋之际庄绰《鸡肋编》也说："平江府洞庭东、西二山在太湖中，非舟楫不可到……地方共几百里，多种柑橘桑麻，糊口之物，尽仰商贩。"宋庆历五年（1045），诗人苏舜钦游览水月禅院，两年后作《苏州洞庭山水月禅院记》，成为经典山水游记散文。文中说："其中山之名见图志者七十有二，惟洞庭称雄其间，地占三乡，户率三千，环四十里……皆以树桑栀甘（柑）柚为常产。"因为东西洞庭山漫山遍野、房前屋后栽满了橘树，所以文中说"千家"也不夸张。这则名句正是洞庭山如仙界丽景与苏州自古富庶之地的写照。

洞庭山颇多传奇，据说"柳毅传书"的故事就发生在这里。

文徵明写有《游洞庭东山诗》，在其序中说："洞庭两山，为吴中胜绝处。有具区映带，而无城阃之接，足以遥瞩高寄。而灵栖桀构，又多古仙逸民奇迹，信人区别境也。"他提到的"古仙逸民奇迹"以唐李朝威《柳毅传》等传奇类故事最为著名。有人说柳毅传书故事发生于湖南，不过范成大的《吴郡志》不仅说到了东山柳毅井，还论证了东山柳毅井就是李朝威《柳毅传》故事发生的地方：龙女托柳毅传书给龙王时，解下身上佩戴的腰牌交给柳毅，让他到洞庭湖大橘树找龙宫。柳毅确实找到了橘树，并下到龙宫。范成大在《吴郡志》中对于故事发生地还点评说，其时湖南尚无橘树，哪有橘树可找呢？况且，《柳毅传》原文中龙女"闻君将返吴"一句，似乎更支持了范成大的结论。还有一证。元代金信有《洞庭曲十五首》，其五说："浩荡太湖水，东西两洞庭。吹箫明月里，龙女坐来听。"诗中"龙女"典出《柳毅传》，显然诗人也认为"柳毅传书"的故事发生地是洞庭山。

《太平广记》收录了洞庭山灵异人士的奇闻轶事，其中有一则说洞庭人任生面若儿童，无人知道其年龄。他能辨人鬼，为"真道术者"，类似文徵明所谓"古仙逸民"。《太平广记》第六卷录有唐杜光庭所撰《仙传拾遗》，讲到了洞庭山太阴炼形的成仙故事。道士周隐遥"学太阴炼形之道,死于崖窟中",临死前叮嘱其弟子守护好他的尸体,说六年后如果他活过来了,就给他穿上衣服。起初,他的尸体虽然腐烂,但五脏六腑不变,弟子们遵遗嘱好好守护。六年后,他果然全身长出肌肤。弟子们给他沐浴穿衣。十六年后,又死,过七年又复活,这样反复了三回,历时四十年,到八十岁时,他的相貌回到了三十多岁的模样。

(一)洞庭东山

东西洞庭山有两主峰:莫厘峰与缥缈峰。王鏊《登莫厘峰记》说:"两洞庭分峙太湖中,其峰之最高者,西曰缥缈,东曰莫厘,皆斗起层波,矗逼霄汉,可望而不可即。"乾隆帝曾赋《莫厘缥缈》,诗中说:"洞庭相望分东西,西则缥缈东莫厘。西峰崒嵬连云水,是一是二谁然疑。渔舟贾舶浮浦溆,月天琳宇栖嵚崎。眼前劳逸不可齐,谁欲齐者问画师。"诗中所提"莫厘""缥缈"即为洞庭东西山两主峰。西峰高缈连着水天,当属第一峰。

东山,古称莫厘山、胥母山。清初吴江人徐崧、长洲(今苏州)人张大纯同辑的《百城烟水》里说:"莫厘峰,为东山最高顶,以隋莫厘将军得名。"主峰莫厘峰俗称"大尖顶",海拔两百四十九米,是太湖七十二峰中第二大峰,其山脉呈鱼龙脊背状,绵延起伏,气势雄伟。

一般认为,洞庭东西山中莫厘峰位居缥缈峰之后,屈居第二。但清人查慎行将莫厘峰作为洞庭第一峰看。他在诗作《登莫厘峰和汉瞻》中说："青天七十二芙蓉，个是莫厘第一峰。吴越有山多作案，东南无水不朝宗。"

"莫厘远眺"为洞庭东山最著名的胜景。王鏊《登莫厘峰记》说：

> 成化戊戌，予归自翰林，文吴县天爵过予于山中，相与穷溪山之胜，行至法海，仰见异峰，寺僧进曰："是所谓莫厘者也。"文振衣以升，众皆继之，或后或先，或喘或颠，至乎绝顶而休焉。天若为之宽，地若为之辟。西望吴兴，渺弥一白，有若云焉，隐见天末，或曰卞山也。北望姑苏、横金一带，人家历历可数，有浮屠亭亭，曰灵岩上方也。东望吴江，云水明丽，帆影出没，若有若无。盖七十二峰之丽，三万六千顷之奇，皆一览而在，曰："大哉观乎！"……

这段记文记述登临莫厘峰远望之奇景，西望渺弥一片，隐见天末，北望横金一带，人家历历可数，东望云水明丽，帆影若有若无，如在仙境。此景即著名的"莫厘远眺"。

吴伟业（梅村）曾作有《莫厘峰》："始信一生误，未来天际看。乱峰经数转，远水忽千盘。独立久方定，孤怀骤已宽。亦知归径晚，老续此游难。"这首《莫厘峰》是康熙六年（1667）三月所作，吴梅村与穆云桂等友人往游洞庭山。吴梅村世居昆山，祖辈迁至太仓。他青年时代受崇祯皇帝殊遇，仕途上一帆风顺，后明朝灭亡，隐居乡间十年。清朝顺治十年（1653），在其弟的恳求下，赴京出仕，先授秘书院侍讲，后升为国子监祭酒。三年后奔母丧南归，从此隐居故里直至去世，葬在邓尉元墓山。为清廷出仕三年中，吴伟业内心深感耻辱，好友侯方域曾约他同隐林泉。在他出仕的第二年，侯方域染病去世，吴梅村悔恨交加，叹息道："死生总负侯嬴诺，欲滴椒浆泪满樽。"（《怀古兼吊侯朝宗》）此后余生，他一直生活在自责与忏悔中。写《莫厘峰》时他已近暮年，仍然悔恨自责，郁郁寡欢，诗中"始信一生误""亦知归径晚"等句，恰是诗人的内心写照。

莫厘峰下有一处胜地为翠峰坞，其间群山翠绿，太湖在望，终年鸟语花香。坞中有翠峰寺，应为唐广明元年（880），武威上将军席温避战乱隐居东山，舍宅而建。南宋绍兴二年（1132），户部尚书李弥大游东山而作《游洞庭山》，序言说："昔白乐天为姑苏太守，游洞庭山，题诗翠峰寺，有'笙歌画舟'之句。绍兴壬子，弥大守平江，阅月而罢，片帆来游，首访翠峰，追怀古昔，拟乐天体，聊继其韵。"其诗云：

山浮群玉碧空沉，万顷光涵几许深。梵刹楼台嘘海蜃，洞天日月浴丹金。秋林结绿留连赏，春坞藏红次第吟。拟泛一舟追范蠡，从来世味不关心。

上半写诗人登翠峰如临仙境：群山似浮在万顷碧湖，古刹楼台如海市蜃楼,洞天炼丹人欲羽化登仙;下半回到翠峰实景:秋林结绿、春坞藏红。身临此等美景,诗人希望自己能一叶扁舟直追范蠡,从此不再关心人间百味。

雪窦禅自唐兴,至宋至盛,崇尚山水与禅意的结合。翠峰寺崇尚雪窦禅,宋至明清吟咏翠峰寺的诗作皆提到雪窦禅。范成大《咏翠峰寺》诗云:"来从第九天,橘社系归船。借问翠峰路,谁参雪窦禅。"文徵明《游洞庭东山诗》七首之一《翠峰寺》云:

> 空翠夹舆松十里,断碑横路寺千年。遗踪见说降龙井,裹茗来尝悟道泉。伏腊满山收橘柚,蒲团倚户泊云烟。书生分愿无过此,悔不曾参雪窦禅。

因雪窦禅之禅意在山水之间,宋以后文人常以参雪窦禅为至高境界,苏轼晚年曾感叹,不到雪窦为平生大恨。文徵明诗中最后一句"悔不曾参雪窦禅"亦为此意。

东山还有一著名胜迹:静观楼。"海内文章第一,山中宰相无双"(唐寅语)的明代名臣王鏊,在东山陆巷村建造了静观楼,并写了篇情文并茂的《静观楼记》,传为佳作。文章开篇先描写了此楼所在位置:"太湖之山七十二,其最大者两洞庭。两洞庭分峙湖心,望之渺渺忽忽,与波升降,若道家所谓方壶、员峤者。湖山之胜,于是为最。楼在山之下,湖之上,又尽得湖山之胜焉。"文中还描写

登楼所见湖山胜景:

> 山自莫厘起伏逦迤,有若巨象奔逸,骧首还顾,遂分为二:一转而南,为寒山,郁然深秀,楼枕其坳;一转而北,复起双峰,亭亭如盖,末如长蛇,夭矫蜿蜒西迤。西洞庭偃然如屏障列其前。湖中诸山,或远或近,出没于波涛之间,烟霏开合,顷刻万状,登斯楼也,亦可谓天下之奇矣!

接着,王鏊又把静观楼所见奇景,与滕王阁、岳阳楼的临观之美作比较:"自昔临观之美,莫若滕王阁、岳阳楼,以彭蠡、岳阳之广也,然二湖所见,庐山五阜而已,君山一峰而已。若夫三万六千顷之波涛,七十二峰之苍翠,有若是之胜者乎?有若是楼之兼得者乎?"最后得出结论:静观楼集二者之长,终为胜者。

(二)洞庭西山

洞庭西山,山环水抱,古称包山;又因其位于太湖之上的洞山和庭山之西,又称西山。其主峰缥缈峰海拔三百三十七米,为太湖七十二峰之领袖。《百城烟水》里说:"登其颠则吴越诸山隐隐在目。"

古往今来,咏叹缥缈峰的佳作不胜其数。范成大《缥缈峰》云:"满载清闲一棹孤,长风相送入仙都。莫愁怀抱无消豁,缥缈峰头望太湖。"登临缥缈峰,偌大太湖尽收眼底,还有什么惆怅不能释怀呢?王鏊把缥缈峰比作泰山峰巅,其诗《登西山缥缈峰绝顶》云:

仄径盘空艰复艰,快哉七十二屠颜。星辰可摘九天上,吴越平分一水间。日转林梢看鸟背,烟横谷口辨人寰。居然自可小天下,谁道吴中无泰山?

"艰复艰"谓其登临之难,"星辰可摘""看鸟背""辨人寰"谓峰之高耸,已是直追"孔子登东山而小鲁,登泰山而小天下"的意境了。

因它是三万六千顷水域的最高峰,还因它众多"古仙逸民"的传说故事,缥缈峰成为现代武侠小说青睐的地理背景。这些作品里的缥缈峰更显虚幻神秘。金庸《天龙八部》中的天山童姥就住在缥缈峰。小说第三十七回描述道:"这山峰终年云封雾锁,远远望去,若有若无,因此叫做缥缈峰。"缥缈峰上的九十六岁天山童姥,面容身材宛如儿童,这不仅令人想起《太平广记》里所记的灵异人士"洞庭任生",情状亦似儿童。看来对于缥缈峰,金庸的确做足了功课。

梁羽生《萍踪侠影》第十七回描绘道:"猛一抬头,只见疏影横斜,淡香如酒,月光入户,涛声送林,张丹枫披衣出屋,推开后门,登山去看太湖夜景。西洞庭山矗立湖心,登缥缈峰,纵鉴宽广八百里的太湖,真是三万六千顷的波光涛影,尽收眼底,在月色之下，湖光映照，比日间所见，更是瑰丽奇诡，非笔墨所能形容。"这段描述与前述诸多诗作之意境异曲同工。

（三）水月寺与碧螺春

洞庭西山缥缈峰西北麓有水月寺。因在峰顶向下望寺院，常被云雾阻隔，如镜中花、水中月一般时隐时现，故得名水月寺。但高德基《平江记事》讲述的水月寺的故事更为神奇：从浩瀚太湖中漂来数百根巨木，齐涌至缥缈峰下。船工取上观察，但见每根巨木上都刻有"水月"二字。船工认为是神木，便全部送往禅院，建造大殿。此事颇为神奇，所以寺僧永照遂将院名改为水月禅院。寺庙始建于南朝梁大同四年（538），隋大业六年（610）废。唐朝初重修，改名为明月禅院。北宋时真宗皇帝赐名为水月禅院，并赐御书金匾。元朝末毁于兵火，明宣德八年（1433）恢复旧观。清末后日渐衰落，至"文革"时寺毁。

宋初，诗僧赞宁慕名来游水月禅院，被其美景所折服，作诗《寄题洞庭山水月禅院》两首，其一云：

参差峰岫昼云昏，入望攀萝浊浪奔。震泽涌山来北岸，华阳连洞到东门。日生树挂红霞脚，风起波摇白石根。闻有上方僧住处，橘花林下采兰荪。

虽是吟咏水月禅院，但诗作还是描绘了缥缈峰的明媚风光："日生树挂红霞脚,风起波摇白石根。""上方"即缥缈峰,住上方的寺僧到漫山遍野的橘花林里采兰荪,真是一幅极美的画卷!

水月寺的盛名还跟水月茶相关。宋朱长文《吴郡图经续记》中说:"洞庭山出美茶,旧入为贡,茶经云长洲县生洞庭山者,与金州蕲州味同。近年山僧尤善制茗,谓之水月茶,以院为名也,颇为吴人所贵。"明陈继儒《太平清话》提到:"洞庭小青山坞出茶,唐宋入贡,下有水月寺,即贡茶院也。"

据茶界人士说,曾是贡茶的水月茶即后之贡茶碧螺春的前身。有关碧螺春的故事并不久远,说的是此茶名由康熙皇帝所命。清乾隆年间王应奎《柳南续笔》中说:

> 洞庭东山碧螺峰石壁,产野茶数株。每岁土人持竹筐采归,以供日用,历数十年如是,未见其异也。康熙某年,按候以采而其叶较多,筐不胜贮,因置怀间,茶得热气异香忽发,采茶者争呼"吓煞人香"。吓煞人者,吴中方言也,遂以名是茶云。自是以后,每值采茶,土人男女长幼,务必沐浴更衣,尽室而往,贮不用筐,悉置怀间,而土人朱元正独精制法,出自其家,尤称妙品,每斤价值三两。己卯岁(1699),上驾幸太湖,宋公购此茶以进,上以其名不雅,题之曰"碧螺春"。自是地方大吏,岁必采办。

从"吓煞人"茶到碧螺春,名字不一样了;而茶味之醇香,其缘由更是难以想象:"置怀间。"清梁同书的诗《碧螺春》记述了这种说法。不过发挥所致,直是香艳极了:"此茶自昔知者希,精气不关火焙足。蛾眉十五采摘时,一抹酥胸蒸绿玉。纤袿不惜春雨干,满盏真成乳花馥。"须是少女将茶采摘,藏于胸口,茶叶浸润少女的体温体香,才成就满盏香馥。

清词章家李慈铭《水调歌头·伯寅侍郎馈洞庭碧螺春新茗赋谢》历来被认为品评碧螺春之名篇,其词云:

谁摘碧天色,点入小龙团。太湖万顷云水,渲染几经年。应是露华春晓,多少渔娘眉翠,滴向镜台边。采采筠笼去,还道黛螺奁。

龙井洁,武夷润,芥山鲜。瓷瓯银碗同涤,三美一齐兼……

词人将碧螺春与龙井、武夷、芥山茶相比,称其为"三美一齐兼"。

(四)石公山与归云洞

洞庭西山另一处胜迹为石公山。清王鸣盛《翠屏轩记》说:"吴山之奇尽于西洞庭,西洞庭之奇尽于石公。"石公山之奇在于怪石嶙峋,岩壁陡峭,洞穴众多。明袁宏道《西洞庭》说:"西洞庭之山,高为缥缈,怪为石公……丹梯翠屏……此石之胜也。"

石公山被称为"太湖石之家"。据说最早发现太湖石,并让它变得家喻户晓的是白居易。他任苏州刺史时，到太湖游览，发现一对奇特的太湖石，立刻被它们吸引，差人运回府邸，并赋诗《双石》一首："苍然两片石，厥状怪且丑。俗用无所堪，时人嫌不取……忽疑天上落，不似人间有。一可支吾琴，一可贮吾酒……回头问双石，能伴老夫否？石虽不能言，许我为三友。"而后白居易又写了几首有关太湖石的诗。后来，陆龟蒙、皮日休、牛僧孺等都写诗赞太湖石。到了宋代，徽宗喜爱奇石，在汴梁城修建园林艮岳。苏州佞臣朱勔谄媚皇上，搜罗太湖石通过花石纲运石北上，石公山及太湖诸山、沿途百姓都遭了殃。以致明顾璘在诗《石公山》中写道："茫茫三万顷，日夜浴青葱。骨立风云外，孤撑涛浪中。若令当路出，应作一关雄。朱勔真多事，荆榛满故宫。"

后来的石公山，在历经若干年勒取怪石后，已经失去原有模样。现代江南才子范烟桥在美文《太湖碎锦》中写道："兀立在东山、西山之间的石公山，则是以玲珑、秀逸的姿态吸引着人们。小艇乘风破浪而去，到了山下，显然可见四围的山石，经过千万年的冲刷，有了'皱、瘦、透'的美姿，早给鉴赏者陆续凿去了，苏州园林里的太湖石，都是取给于石公一带的石山。因此石公山像斧削过，没有了山脚，正如一块翡翠放在一个玻璃盘里。"

石公山另有一奇，即归云洞，归云洞在石公山下，天然而成，神秘莫测，令人叹为观止。吴伟业《归云洞》既实景描述，又想象奇诡，不失为一佳作。诗云：

归云何屏颜，雕斫自太古。千松互盘结，托根无一土。呀然丹崖开，苍茫百灵斧。万载长敧危，撑柱良亦苦。古佛自为相，一身杂仰俯。依稀莓苔中，叶叶青莲吐。若以庋真诠，足号藏书府。仙翁刺船来，坐擘麒麟脯。铁笛起中流，进酒虬龙舞。晚向洞中眠，叱石开百武。床几与棋局，一一陈廊庑。翩然自兹去，黄鹄潇湘浦。恐使吾徒窥，还将白云补。

开头四句写归云洞在石公山，太古时代天然雕成，石公山山势险峻，苍松葱茏；然后写洞中奇观：洞中众多钟乳石，撑住洞顶，石头即此有了灵性；洞壁有各种姿态的古佛示相，依稀可见的莓苔中现朵朵青莲，宛若西方极乐世界；山洞宽敞，足以作为收藏典籍的书库。古仙逸民若乘船来此修炼，在洞内可陈设器物、起笛起舞、醉酒而眠。末句云"恐使吾徒窥，还将白云补"，意为这个神仙的所在为了不使凡夫俗子窥见，而以白云封住了洞口，这当然是诗人的想象。

对于观洞，中国人喜欢的景致是"洞天"。归云洞虽奇，但其逊色于洞庭西山之林屋洞。

南宋王象之编《舆地纪胜》引晏殊《类要》说道："吴县西南一百二十里，有神景宫，宫内有林屋洞。洞有三门，有石鼓，石钟，又有隔凡门。"《永乐大典》引任昉《述异记》有一段记述林屋洞，云："林屋洞，为左神幽虚之天，即天后真君之便阙。中有白芝紫泉,皆洞所出,乃神仙之饮饵,非常人所能得之。"这段记文愈加渲染林屋洞之神秘诡异。

林屋洞奇崛诡异,颇多仙怪故事。东晋王嘉《拾遗记》卷十《洞庭山》中说:

> 其山又有灵洞,入中常如有烛于前。中有异香芬馥,泉石明朗。采药石之人入中,如行十里,迥然天清霞耀,花芳柳暗,丹楼琼宇,宫观异常。乃见众女,霓裳冰颜,艳质与世人殊别。来邀采药之人,饮以琼浆金液,延入璇室,奏以箫管丝桐。俄令还家,赠之丹醴之诀。虽怀慕恋,且思其子息,却还洞穴,还若灯烛导前,便绝饥渴,而达旧乡。已见邑里人户,各非故乡邻,唯寻得九代孙。问之,云:"远祖入洞庭山采药不还,今经三百年也。"其人说于邻里,亦失所之。

这个故事应为《桃花源记》之蓝本。《拾遗记》本为志怪,所述之事当然不足信,但可见林屋洞之神怪早有记载。

其实,林屋洞的神怪色彩,来自于洞中罕见的景致。比起《拾遗记》之《洞庭山》,唐皮日休的《入林屋洞》并不曾说起神显灵怪,算是较为纪实的:"斋心已三日,筋骨如烟轻。腰下佩金兽,手中持火铃……匍匐一百步,稍稍策可横。忽然白蝙蝠,来扑松炬明……脚底龙蛇气,头上波浪声……禹书既云得,吴国由是倾。薛缝才半尺,中有怪物腥。"宋范成大《林屋洞》也描述了进洞所见:"击水抟风浪雪翻,烟销日出见仙村。旧知浮玉北堂路,今到幽墟三洞门。石燕翩飞遮炬火,金笼深阻护嵌根。宝钟灵鼓何须叩,庭柱宵晨已默存。"

宋陈舜俞的诗《林屋洞》描述与皮日休大致相同:人皆秉烛而入,伛偻既而匍匐前行,洞内有浑浊积水,没过手足:

  洞天三十六,第九曰林屋。神仙固难名,瑰怪存记录。旷岁怀寻赏,兹辰幸临瞩。驰神在真游,岂复惮深谷。解袜纳芒履,燃松命光烛。初行已伛偻,渐入但匍匐。顾瞻避冲磕,浑淖没手足。如此百余步,始可立寓目。或垂若钟簴,或植若旌纛。有如案而平,有类几而曲。

陈舜俞所见洞内平案、曲几在陆广微《吴地记》引《洞庭山记》中亦有记述。《洞庭山记》所述林屋洞追溯至阖闾时期,依然不忘渲染其神秘,云:

  洞庭有二穴,东南入洞,幽邃莫测。昔阖闾使令威丈人寻洞,秉烛昼夜而行,继七十日不穷而返。启王曰:"初入,洞口狭隘,伛偻而入,约数里,忽遇一石室,可高二丈,常垂津液。"内有石床枕砚,石几上有素书三卷,持回上于阖闾,不识。乃请孔子辨之。孔子曰："此夏禹之书，并神仙之事，言大道也。"王又令再入，经二十日却返，云："不似前也。唯上闻风水波涛，又有异虫，挠人扑火，石燕蝙蝠大如鸟，前去不得。"丈人姓毛，名苌，号曰毛公。今洞庭有毛公宅，石室并坛存焉。

此段记文，颇多神话色彩，是否有其史实，并无资料可考证。

二 天平山

明归有光写《吴山图记》时，并不曾遍览苏州诸山，其友魏用晦曾任吴县县令，离任时百姓赠其《吴山图》，三年后，魏用晦与归有光共赏此图，仍唏嘘慨叹，口中念叨说："而郡西诸山，皆在吴县……若虎丘、剑池及天平、尚方、支硎，皆胜地也。"宋朱长文所撰《吴郡图经续记》说："天平山，在吴县西二十里。巍然特高，群峰拱揖，郡之镇也。"

南宋范成大承继朱长文《吴郡图经续记》，撰《吴郡志》，说天平山"在吴中最为崷崪，高耸一峰，端正特立。《续图经》以为吴镇，不诬也"。接着直接录苏舜钦诗，描绘天平山及其峰石：

吴会括众山，崴峉不可数。其间号天平，突兀之为主。杰然镇西南，群岭争拱辅。吾知造物意，必以屏大府。清溪至峰前，仰视势飞舞。伟石如长人，肃立欲言路……

范成大意犹未尽，又录范仲俺侄子范师道的诗，说："万物天地间，或有奇胜迹。见赏能几人，不止今与昔。吴门多好山，天平为峻极。旦暮常白云，表里皆珍石。烟岚十里光，松桂四时色。"

天平山风姿卓美，江南才子皆不错过，明朝的王鏊、唐寅、文徵明等都来游过。文徵明赋《天平山》诗："雨过天平翠作堆，净无尘土有苍苔。云根离立千峰瘦，松籁崩腾万壑哀。鸟道逶迤悬木末，龙门险绝自天开。溪山无尽情无厌，一岁看花一度来。"并自书行草，表达对天平山的钟爱。

（一）白云泉

天平山之胜在白云泉与奇石。《吴郡图经续记》记录了天平山的白云泉："林木秀润，瞻之可爱……其上有亭，亭侧清泉泠泠不竭，所谓白云泉也。自白乐天题以绝句，范文正继之大篇，名遂显于世。"接着又记录了著名的峰石："有卓笔峰、卧龙峰、巾子峰、五丈峰、石龟、照湖鉴、毛鱼池、大小石屋，盖因好事者得名。"

范成大《吴郡志》认为是僧人发现了白云泉。他说：

山皆奇石，卓笔峰为最。山半白云泉，亦为吴中第一水。比年有寺僧师寿，搜采岩峦，别立数亭，皆奇峭。又于白云之上石壁中，得一泉如线，尤清冽云。

白云寺僧将泉水由竹筒引入云泉精舍石壁下的钵中，因之又名钵盂泉，味极甘冽。不过，范成大说是寺僧发现的白云泉，这与民间传说相左。白云泉在天平山中腰，据民间说法，为白居易所发现，但据范成大《吴郡志》，此说不足信，但民间之说也不是空穴来风。白乐天曾作《白云泉》，流传极广。诗写道："天平山上白云泉，云自无心水自闲。何必奔冲山下去，更添波浪在人间。"虽不一定是白居易发现了白云泉，但白云泉确因此诗名扬海内，慕名而来拜谒者络绎不绝。白云泉之乳泉也曾引来茶圣陆羽，他将白云泉誉为"吴中第一水"。

白云泉为乳泉，特别在于色凝白与味甘冽。海内名泉虽多，但乳泉较为罕见。当初苏轼曾品荆山乳泉，留下诗句："龟泉木杪出，牛乳石池漫。"后元王恽作《东坡汲乳泉图》，赞叹说："道宫独发乳泉香，似与坡仙养浩方。井冽不从炎海瘴，味甘还比上池觞。"范成大《吴郡志》录苏舜钦诗说白云泉："……石窦迸玉泉，泠泠四时雨。源生白云间，颜色若粉乳。旱年或播洒，润可足九土……"宋朝时，周必大应范成大推荐，慕名来登天平山，品尝白云泉，其《泛舟游山录》中说"其（范成大）简云：'来日登天平，须攀援至远公亭及诸石屏处。白云泉名在《水品》，其色凝白，盖乳泉也……'丙辰……升小车，过天平下，岭甚峻，约数里，至白云寺……酌白云泉，甚白而甘"。

元代柯九思遭贬之后,束装南归,退居吴下而流寓松江,加入江南才子圈,因得游天平山。在《游天平山记》中说:"至元再元之岁冬十有二月,江浙行省参政孛术鲁公征拜翰林侍讲学士,于是郡守济南张公亦拜吏部尚书,趋朝有日,适相遇也,班荆语旧,偕游是山,谒魏公之像,临白云之泉,翰林各赋诗七言四韵。"并赞白云泉,曰:"……其木多松桧,有泉出焉,曰:'白云之泉',泻于苍崖,激于巨石,注于绝涧,其声如鸣玉,其味甘洌。"明高启《游天平山记》也记录了明时的白云泉:

至则舍舟就舆,经平林浅坞间,道旁竹石蒙翳,有泉伏不见,作泠泠琴筑声。予欣然停舆听,久之而去……复有泉出乱石间,曰白云泉,线脉萦络,下坠于沼;举瓢酌尝,味极甘冷。

清乾隆帝六下江南,四次驻跸天平山,因爱白云泉,赋诗说:"白云泉是白家泉,林色岚光太古闲。不为炫能频叠韵,高人风度缅其间。"其诗既是咏泉,又扬白乐天之亮节,再褒范文正之气节,可谓咏物抒怀之佳作。

(二)怪 石

天平山一绝为怪石。山上奇石嶙峋,危耸峭峻恰似古代大臣朝见皇帝用的笏板一样,人称"万笏朝天"。

据说,这个称呼还跟天平山为范家的故事有关,天平山也因范仲淹之家山而负盛名。据《吴县志》里说："（唐）柱国丽水（今浙江丽水）县丞范隋墓，在天平山左麓。隋为文正公范仲淹高祖，始迁苏州。"宋仁宗曾将此山赐予范仲淹，因名"赐山"。封建时代，臣子位高权重之后，最易被人诬陷有谋逆之心，因此山上之怪石犹如群臣手执笏板听命于朝廷，"万笏朝天"最可能为范家造势之说。名曰"赐山"而惟朝廷是听，表达忠君之念，此可谓臣民寻求自保之生存智慧。难怪唐寅诗《天平山》说：

天平之山何其高，岩岩突兀凌青霄。风回松壑烟涛绿，飞泉漱石穿平桥。千峰万峰如秉笏，崚崚嶒嶒相壁立。范公祠前映夕辉，盘空翠黛寒云湿。

怪峰如秉笏，崚嶒相壁立，天平山怪石既有"先天下之忧而忧"的伟岸风骨，又有毕恭毕敬、俯首称臣的姿态。诗中在吟咏怪石之后，接着就是"范公祠前映夕辉"之意境，正表达此意。峰石皆"万笏朝天"，最切合帝王的心意。乾隆第一次来天平山就赋诗："文正本苏人，故山祠宇新。千秋传树业，一节美敦伦。魏国真知己，夷维转后尘。天平森翠笏，正色立朝身。"直接将范文正本人与森翠笏相提并论，一并褒奖。可见范氏家族历经朝代更迭，皆能保全天平山，跟以"万笏朝天"的方式表达对皇上的效忠不无关联。

怪石虽被以"笏"称呼，但每一个具体形状未必都是"笏"

形。元代书画家朱德润在《游灵岩天平山记》中对天平山之怪石有如下描述：

> 入拜范公祠下，出则日色已晡，烟光黯淡，诸峰如人立、如戟插、如笔卓；如拱如揖，如迎如送，皆天造之巧也。

同时代画家柯九思在《游天平山记》中也说"中吴之西山，天平山为之长……其上多怪石，如澌冰、如雕木，或立或僵，或如介夫，或如奔马，不可名状……"明初诗人高启则云："山多怪石，若卧若立，若搏若噬，蟠拏撑拄，不可名状……"（《游天平山记》）

南宋周必大在《游天平山录》中描述天平山著名之卓笔峰、飞来峰、望湖台诸石，云：

> 蹑石蹬，至卓笔峰，峰高数丈，截然立双石之上，附着甚臬兀，疑其将坠。余如屏如蠹，或插或倚，备极奇怪。行十之七，石愈众，而力愈惫，乃循左径访石屋。三面壁立，覆以二大石，少休其中。下至小石屋，一石覆之。又下至飞来峰，高二丈，上锐下侈，微附盘石，前临崖谷，兹其异也。又东下远公庵，一名望湖台，正值寺后，今废。又下至五丈石，亦名阁石。上至次头陀岩，有盖斜蔽之。次至龟石，脊势隐起，名不虚得。此山大抵皆石也，瑰形诡状，可喜可愕。

（三）范家胜迹

"山不在高，有仙则名"，天平山的盛名全因为御赐范家山，因之有了一系列跟范家有关的胜迹。

范仲淹殁于1052年，谥号文正。宣和五年（1123）于庆阳（今属甘肃省）建范公祠，徽宗赵佶赐额"忠烈"。后宋室南渡，苏州官绅提出"西土皆陷，忠烈之庙越在异邦"，并认为"苏，公故郡也，而天平山则公祠坟在焉，公之精神必往来乎此"，遂于宋高宗绍兴年间重修改建一新，成"范文正公忠烈庙"（《明文衡》第三十五卷王直《重修范文正公忠烈庙记》）。此后，文人来天平山必拜谒范公祠，并有缅怀之作流传。周必大应范成大邀请游天平山，在范仲淹忌辰前日，前来拜谒，文中记道："寺僧呼归寺，欲先拜文正及四子像，坐待鱼钥，移时乃至。明日，盖文正忌辰云。"（《泛舟游山录》）明华钥来游天平山，拜谒范公祠，对范文正功勋与山同在赞叹不已："至是，奇丽益陡，松益茂，门径益深。右谒忠烈庙，盖范文正公先世葬地也。祠及四代，尊为太师，与山同久，讵偶然哉！"（《吴中胜记·天平山》）

明代王鏊曾位高至宰相，与范仲淹有同样的高处不胜寒的体验。他将天平山的"特立端正"与范仲淹人格人品相对应，其诗《天平范氏坟》说：

> 城西诸峰吾所嘉，就中尤爱天平胜。亭亭一盖倚苍冥，俨若端人人自敬……我来敬拜太师坟，松柏阴森趋一径。忽瞻万

笏森向天，直气喷薄凛犹劲。乃思范公立朝时，正色危言拄邪佞。兹山固合生兹人，嵩岳降贤尼孕圣。

进而对范公表达敬仰之情，"吴山第一称天平，宋家第一称文正。高风千古允作合，仰止岩岩续前咏。"

及至清朝，天平山之范氏仍受朝廷尊崇。乾隆十六年（1751）春，弘历驻跸天平山，因感念范仲淹立朝为官时"先忧后乐"之高洁，捐宅创立义庄、资助贫困之义举，取杜甫诗"辞第输高义，观图忆古人"之意，当即翰墨御书"高义园"三字。范氏家族即以汉白玉精制成石坊一座，上镌乾隆所题"高义园"，立在范仲淹祠堂前，范公祠就更名为高义园了。

此后，弘历三次来天平山，每次必咏高义园。乾隆二十二年（1757）题诗《觅高义园》，诗中有"载过文正祠，默读义田记"。乾隆四十五年（1780），题诗有"七百余年地，天平尚范家"。四十九年（1784），乾隆最后一次南巡，因本年事已高，游览路线原本并未有到天平的安排，但他登临灵岩之后，竟非去天平不可。到了天平还赋诗云："驻跸灵岩有余暇，园游高义去非赊。"

今天所称的天平山庄系泛称，包括范参议祠、芝房、听莺阁、鱼乐国、来燕榭、咒钵庵、白云古刹和范公祠等。但过去的天平山庄指万历四十三年（1615）范允临在天平山南麓傍山就水而建的"天平山庄"。范允临为范仲淹第十七世孙。因家道中落，及壮，入赘于吴门徐时泰。徐时泰为董份女婿，家境殷实，曾筑东园（今留园)。万历三十二年(1604),范允临迁福建参议,未至任而归苏州天平山。痛惜天平山几遭战火,"遂成荒丘,数百载丛林,掊为瓦砾"(范允临《输寥馆集》),因此修筑天平山庄,全家迁居,从此流连词文,常与好友遨游于山水之间。好友张岱应邀临天平山庄,遂作《范长白》,成为名篇佳作。文中写道:

> 范长白园在天平山下,万石都焉。龙性难驯,石皆笏起,旁为范文正公墓。园外有长堤,桃柳曲桥,蟠屈湖面,桥尽抵园,园门故作低小,进门则长廊复壁,直达山麓。其缯楼、幔阁、秘室、曲房,故故匿之,不使人见也。山之左为桃源,峭壁回湍,桃花片片流出。右孤山,种梅千树。渡涧为小兰亭,茂林修竹,曲水流觞,件件有之。竹大如椽,明静娟洁,打磨滑泽如扇骨,是则兰亭所无也。

当年范允临归隐之时,从南方带回红枫树种三百八十株,遍植于天平山,后成就了天平山又一绝美风景。朱彝尊诗《天平山谒范文正公祠》:"近睹天书银榜在,年年秋色照丹枫。"正是几百年来天平山不变的秋景。清布衣诗人李梅庐在《天平山看枫叶记》中说:"纵目鸡笼诸山,枫林远近,红叶杂松际,四山皆松栝杉榆,此地独多枫树,冒霜则叶尽赤。天气微暖,霜未着树,红叶参错,颜色明丽可爱也。"李梅庐所见,乃是初秋,还未曾尽染。清顾禄《清嘉录》中有描绘天平山看枫叶,已是绚烂之极了:

郡西天平山，为诸山枫林最胜处。冒霜叶赤，颜色鲜明，夕阳在山，纵目一望，仿佛珊瑚灼海。在三太师坟者，俗呼为"九枝红"。

如今这"九枝红"依然苍茂，深秋时节，诚如周瘦鹃所确证："那枫叶经霜之后，一片殷红，有如珊瑚灼海。"（周瘦鹃《姑苏台畔秋光好》）

三　邓尉梅景

宋代以来，咏梅画梅成为文人墨客热衷的雅好，文辞画迹可谓遍及卷帙。广被吟咏的梅景多在江南一带。龚自珍《病梅馆记》中说："江宁之龙蟠，苏州之邓尉，杭州之西溪，皆产梅。"其中，又以苏州邓尉梅景为最。明姚希孟在《梅花杂咏序》一文中说："梅花之盛不得不推吴中，而必以光福诸山为最。若言其衍亘五六十里，窈无穷际，犹儿童野老之见也。"

古时邓尉山是光福诸山的统称。清末民初张郁文《光福诸山记》说："邓尉山，在吴县西五十里光福乡。汉有邓尉者隐此，故名。山巅曰妙高峰，东下有七宝泉，至理街迤北逾寺崦岭曰凤冈，光福镇在焉。岭右费家河有徐大司寇墓，迤西南与铜井、青芝、玄墓诸山相连，故四周皆蒙邓尉之名。"邓尉梅景包括邓尉、玄墓、铜井、凤冈等诸山的梅林。据明崇祯年间《重修吴县志》统计："邓尉西行历乌山、观山、朝土坞、外窑、里窑、熨斗柄、西碛山、弹山，过长旃岭、竺山至玄墓，出入湖山间，山人以圃为业，尤多树梅，花时一望如雪，行数十里，香风不绝，此吴中绝景也。"这说明邓尉梅景涵盖了邓尉山、西碛山、弹山、铜井等光福诸山。

邓尉梅景起于何时，并不确定。但苏州人爱梅，自唐代就有。晚唐诗人罗邺诗中曾说吴越之地盛产梅花："繁如瑞雪压枝开，越岭吴溪免用栽。"似乎是说这些梅花先为野生。至于邓尉何时开始大面积人为种植梅花，并无文献可考。白居易在苏州做刺史时，入乡随俗，亦不忘种梅花，其《新栽梅》写道："池边新种七株梅，欲到花时点检来。莫怕长洲桃李妒，今年好为使君开。"

宋代文人以植梅咏梅为风尚。根据张淏《艮岳记》等记载，宋徽宗极赏梅花，在东京御苑的艮岳，专门设有绿萼华堂以遍植绿萼梅。皇帝的雅好，自然起到社会导向的作用。《四库全书总目提要》说："自北宋林逋诸人递相矜重'暗香疏影''半树横枝'之句，作者始别立品题。南宋以来，遂以咏梅为诗家一大公案。江湖诗人无论爱梅与否，无不借梅以自重，凡别号及斋馆之名，多带'梅'字，以求附于雅人。"查《苏东坡全集》可知，苏轼吟赋梅花四十二首，是北宋咏写梅花诗的第一人。范成大在吴郡范村种植梅花数百本，赏梅、咏梅、记梅、啖梅，他都做到了绝顶，并潜心写下关于梅花的专著《梅谱》，其自序中说："梅，天下尤物，无问智贤愚不肖，莫敢有异议。学圃之士必先种梅，且不厌多。他花有无多少，皆不系重轻。余于石湖玉雪坡，既有梅数百本，比年又于舍南买王氏僦舍七十楹，尽拆除之，治为范村，以其地三分之一与梅。吴下栽梅特盛，其品不一，今始尽得之。随所得为之谱，以遗好事者。"

这种风气之下，邓尉文人植梅就不足为怪了。清徐傅《光福志》提到宋代文人种梅的事情，说是光福徐日纶，宋亡前受荐入朝，直陈时事。宋亡后，他"以母老无依，遂缟素避世，终身不入城市。元伯颜知其贤，屡征不出，植梅数十株，畜二鹤，终日苦吟，皆黍离麦秀之句"。张郁文《光福诸山记》中另有一说："自宋淳祐间高士查莘（休宁人）居山坞植梅，土人多效之，至今山中皆以圃为业。"

元末明初名士徐达左"构养贤楼于邓尉山中，一时名士多集于此"。此处所谓"养贤楼"即徐达左所建园林"耕渔轩"，他们诗酒唱酬，编成《金兰集》，收集有一百二十人诗作，其间不乏倪瓒、高启、杨基、徐贲等人，不少写到邓尉梅景。高启留下诗句："琼姿只合在瑶台，谁向江南处处栽？雪满山中高士卧，月明林下美人来。"（《梅花九首》其一）倪瓒有《赠徐耕渔诗》二首。徐达左后人在西崦湖构筑先春堂，顾名思义，应是赏梅的建筑。正统元年（1436）徐有贞所作《先春堂记》写道："扶疏之林、葱茜之圃，棋布鳞次，映带于前后。时方冬春之交，松筠橘柚之植，青青郁郁，列玗琪而挺琅玕。梅花万树，芬敷烂漫，爽鼻而娱目，使人心旷神怡……视他所殆别有一天地也。"依然延续植梅传统。

文人植梅为奢侈观赏之用，对山民来说，首要考虑的是梅的经济价值。梅给山民带来两方面的利益。一为树艺苗圃。江南士人喜园林，梅桩是栽培盆景的优良树种，一株老梅桩价值不菲，对山民必有吸引力。徐傅《光福志》说："宜植花果杂树，山中人业于此而贩四方者十有七八，其民勤，间有力之家亦不废树艺。"清初张英《入邓尉山九绝句》也说："虎山桥外柳溪斜，接屋连村学种花。自是山田收获少，梅园桂圃是生涯。"第二种经济利益是梅果。邓尉梅多半为果梅，食用价值可观。清乾隆年间张诚《光福里探梅》："望衡千余家，种梅如种谷。梅熟子可沽，梅香开不鬻。"

明中叶嘉靖至清乾隆近三百年间，是邓尉梅景的昌盛时期。冬春时节，绵延几十里雪梅遍野，甚为壮观，描述此景的诗文不胜其数。明史鉴《登凤岗》记录："况当梅花时，玉雪被连冈。"邓尉梅景的盛况引来记游大家袁宏道，他在《光福》一文中写道："光福一名邓尉，与玄墓、铜坑诸山相连属。山中梅最盛，花时香雪三十里。"文徵明在嘉靖二年（1523）所作《玄墓山探梅倡和诗叙》云：

吴玄墓山在郡西南，临太湖之上，西崦、铜坑，映带左右。玉梅万枝，与竹松杂植，冬春之交，花香树色，郁然秀茂。而断崖残雪下上辉焕，波光渺弥，一目万顷。洞庭诸山，宛在几格，真人区绝境也。

至清代，邓尉梅景的种植面积并不减少。清沈德潜一直隐居在附近的灵岩山，他记述了渔洋山梅景的盛况：

> 予爱山之名，欲往游焉。取道米堆山，经钱家礇上阳村，一路在梅花国中，花光湖影，弥漫相接，烟云往来其间，欲动欲定……于时，村落中炊烟浮动，白云欲还，遥望梅花林，如残雪满山，而夕阳一抹，晃漾其际，倍觉冷艳可爱。（《游渔洋山记》）

因为梅景繁盛，玄墓山探梅成了吴下士人必不可少的春游项目。袁学澜《探梅》诗有"游船历遍十三桥，邓尉探梅二月朝。有客推敲驴背句，满山香雪入诗瓢"之句。最孟浪的探游者莫过于诗人孙原湘，他以夸张之辞表达对邓尉梅花的喜爱："安得太湖三万六千顷，化为一碧葡萄浆，供我大醉三万六千场，醉死便葬梅花旁。"（《登六浮阁》）

邓尉梅景也颇受清朝皇帝的青睐。康熙二十八年（1689）、三十八年（1699）康熙皇帝两次到邓尉访梅。乾隆帝六下江南，每次必至邓尉，五次赋韵，如今仅存这首《再叠邓尉香雪海歌旧韵》，诗中有："由来锦峰光福里，诸冈连属互卷舒。图经取此或失彼，率鲜考实多依模。滕六一冈霏玉屑，岂以南北分紫纡。三壶只在巨瀛表，相隔万里非通途。彼雪仍雪海仍海，可以例此原同趋。"

清代皇帝造访邓尉，必去香雪海。香雪海是邓尉梅景极盛之时的一处景致。清康熙三十三年（1694）正月，江苏巡抚宋荦游弹

山,顺路探梅吾家山。其幕僚邵长蘅曾作《弹山吾家山游记》:

> 下山,饭村庄,行三四里,登吾家山,山高仅廿仞,其上少花,多巨石藓驳,下视则千顷一白,目溟漾银海中,幽丽殆不可名状,月夜登此,不知奇更何似。公欲题以"香雪海",予曰:"极佳,可作汉隶镌崖石上也。"

由此可知,此后吾家山的崖壁上已刻上"香雪海"。康熙四十年,宋荦再至邓尉,作《雨中元墓探梅》,诗中写道:"探梅冒雨兴还生,石径铿然杖有声。云影花光乍吞吐,松涛岩溜互喧争。韵宜禅榻闲中领,幽爱园扉破处行。望去茫茫香雪海,吾家山畔好题名。"张郁文《光福诸山记》也记述了这个事件:"香雪海,在吾家山腰。清康熙中,巡抚宋荦摩崖题'香雪海'三字。圣祖南巡,驻跸观梅。高宗六次临幸,俱有题咏。"此后,香雪海因两位皇帝的驾临而享誉海内。

皇帝的幸临,使邓尉更添荣宠贵气,老百姓对光福赏梅更趋之若鹜。"吴人之俗,岁于山中探梅信,倾城出游。"(吴伟业《太学张君季繁墓志铭》)顾禄《清嘉录》第二卷描述:"暖风入林,玄墓梅花吐蕊,迤逦至香雪海,红英绿萼,相间万重。郡人舣舟虎山桥畔,襆被邀游,夜以继日。"

乾隆后期,邓尉梅景开始衰落。嘉庆年间姚鼐出任扬州梅花书院掌院(院长),曾访邓尉,在《邓尉》诗中写道:"盛衰人事总无常，邓尉梅枯半作桑。赖有山川长不改，倚栏依旧见渔洋。"看来，此时的邓尉梅树大半被伐，改作桑田了。对此种情形，同治年间吴江人凌泗在《浮梅日记》中也叹道："归途过菖蒲潭，潭自香雪海多栽桑，而此间梅花转盛，亦沧桑之变也。"

四 灵岩山

范成大有诗云"一年一度游山寺，不上灵岩即虎丘"。他晚年隐居在灵岩山南的石湖别墅，编写《吴郡志》，其中这样记录灵岩山：

> 在吴县西三十里，上有吴馆娃宫、琴台、响屧廊。山上有西施洞、砚池、玩月池……琴台下有大偃松，身卧于地，两头崛起，交荫如盖，不见根之所自出，吴人以为奇赏。比年雷震，一枝已瘁。山下平瞰太湖及洞庭两山，滴翠丛碧，在白银世界中，亦宇内绝景。山前十里，有采香径，斜横如卧箭……

在《吴郡志》卷八中，他又解释了"采香径"："吴王种香于香山，使美人泛舟于溪以采香。"范成大所记大多为馆娃宫的遗迹。当年越王战败，勾践、范蠡被拘至灵岩山做人质，并向吴国进贡珍宝和美女。夫差宠爱越王进贡来的美女西施，特造馆娃宫。袁宏道《灵岩》中说："灵岩一名砚石，《越绝书》云'吴人于砚石山作馆娃宫',即其处也。"当勾践卧薪尝胆东山再起,再次进攻吴国时,馆娃宫因战火付之一炬。东晋末年陆沉在馆娃宫旧址建宅,后舍宅为秀峰寺,唐改称灵岩寺,寺之西院有馆娃宫遗迹。

馆娃宫总会勾起文人的亡国之恨。唐刘禹锡曾做三年苏州刺史,来游灵岩寺,特作《馆娃宫》二首:"宫馆贮娇娃,当时意大夸。艳倾吴国尽,笑入楚王家。""月殿移椒壁,天花代舜华。唯余采香径,一带绕山斜。"晚唐陆龟蒙、皮日休寓于吴中,常泛舟于太湖,考察太湖砚石而游灵岩山,皮日休作《馆娃宫怀古》:"绮阁飘香下太湖,乱兵侵晓上姑苏。越王大有堪羞处,只把西施赚得吴。"

范成大的《馆娃宫赋》堪称名篇。南宋与金对峙,范成大为主战派,曾写下"莫把江山夸北客,冷云寒水更荒凉"(《秋日二绝》)的诗句,但怎奈朝中佞臣当道,无可奈何,因此在此赋中,范成大借古讽今,提出对因骄奢淫逸而顷刻倾覆的忠告:

……惜也未闻大道,宜其逸乐而志荒。次有台池,宿有嫔嫱。左携修明,右抚夷光。粲二八以前列,咸绝世而浩倡。嗟浣纱之彼姝,乃独系于兴亡。荡龙舟之水嬉,撷香径之春芳。载夕阳以俱还,秉游烛于夜长。泔金钟之千石,仿酒池于旧商。歌吴歈而楚舞,荐万寿于君王。怅星河之易翻,嘉来日之未央。铮铜壶之鸣悲,烂急烽之森亡。惨梧宫之生愁,践桐梦之不祥。欻高陵于深谷,委盛丽于苍茫。

范成大此番的慷慨激昂已有后来他出使金国所作《揽辔录》的先声。

对此，明袁宏道有不同见解，其《灵岩记》尽述馆娃宫遗迹后，追问"亡国之罪，岂独在色"？袁宏道决心为美女一辩："夫齐国有不嫁之姊妹，仲父云'无害霸'；蜀宫无倾国之美人，刘禅竟为俘虏。亡国之罪，岂独在色？向使库有湛卢之藏，潮无鸱夷之恨，越虽进百西施，何益哉？"

有了灵岩山上的馆娃宫，山脚下的灵岩山馆似乎相形见绌，但有毕沅的一曲《忆梅词》也令其泠然卓立：

香山溪，灵岩麓，翠微深处吟堂筑，门巷寂寥嵌空谷。手种梅花一千本，冷艳繁枝绝尘俗。此花与予久目成，任教消受书生福。春云荡漾日温暾，万顷寒香塞我门。一桥残月数村雪，茫茫玉蝶飞无痕。西山前，上下崦，一树老梅花万点。危石支，古苔染，覆我钓鱼矶，映我藏书庵。尘缘未了出山去，回首别花花不语。北走燕云西入秦，问梅精舍知何处？岁云暮矣风雪骤，春信枝头应已透。官斋清酒话江南，驿使芳音断亲旧。天涯人远乍黄昏，料得花还如我瘦。风光旖旎路迢遥，卅年抛掷孤云岫。松林翠羽梦何如，缭绕南枝更北枝。花灵曩日盟言在，重订还山在几时？醒来凉月已三更，疏影依稀素壁横。香落琴弦弹一曲，尔音千里同金玉。花如不谅予精诚，请问邓尉山樵徐友竹。

毕沅于乾隆二十五年（1760）中状元。他是太仓人，官场沉浮，位至湖广总督。乾隆五十四年（1789），毕沅已五十九岁，有了归隐之心，在灵岩山置地五十亩，筑灵岩山馆，种梅一千本。这是他向恩师沈德潜求学的地方，也是他挥洒青春少年的地方。不过，十万银两筑成灵岩山馆后，毕沅竟不能前往。大雪纷飞之日，他愈加思念故乡，料想故乡的梅花定是千树万树、暗香浮动了。他情不自禁走出府衙，在风雪中徜徉许久，再回到府衙时，已是满身泥水，满眼泪水，一挥而就这首《忆梅词》。

第七章　名人与名宅

一　俞樾与曲园

1980年5月,俞平伯和顾颉刚、叶圣陶、谢国祯、章元善、易礼容、陈从周等七位学者联名致函国家文物局,吁请修复曲园。最终,国家文物局和苏州市政府决定修复。2006年,曲园被国务院公布为全国重点文物保护单位。

曲园的门牌号是苏州市马医科巷43号,这本是清末著名文学家、朴学大师俞樾的故居。晚清时期,在苏州的诸多名园之中,有四座小而精的园子,同负一时雅望,即顾子山的怡园、李眉生的蓬园、沈秉成的耦园以及马医科巷的曲园。其中曲园最小,但名气最大。这不单纯是因为建筑的精美,更重要的是园以人名,因为俞樾的学术名望太大了。当年他不只是享誉国内,即便在国外也是颇负盛名,所以曲园在当时的众多名园中,最负一时盛名。这也是俞平伯、叶圣陶等人联名呼吁保护曲园的原因。

俞樾(1821—1906),字荫甫,自号曲园居士,浙江德清人。

清道光三十年（1850）进士，官翰林院编修、河南学政。后因御史曹登庸劾奏他命题"割裂经义"，因而罢官。三十八岁退隐，流寓苏州，潜心学问四十余载，治学博大精深，所涉学科从先秦经学到诸子百家，从史学、音韵、训诂学到诗词、书法、戏曲、小说，完成了洋洋洒洒五百余卷著作，如《群经平议》《诸子平议》《古书疑义举例》《春在堂杂文》《茶香室丛钞》《曲园杂纂》等，最后合编成《春在堂全书》。俞樾的举世闻名不仅仅因为他的学术成就，还有他在教育上的"门秀三千士，名高四百州"。他的门下有国学大师章太炎，经学家戴望、黄以周、朱一新、施补华、王诒寿、冯一梅、吴庆坻、袁昶等、大书画家吴昌硕等，甚至还有日本和朝鲜等国家的学者前来拜师问道。光绪皇帝在复其原官的诏书中曾大赞俞樾："早入翰林，殚心著述，启迪后进，人望允符。"

光绪元年（1875），在李鸿章、彭玉麟等友人的资助下，俞樾买下马医科巷潘世恩旧宅西北的数亩废地，亲自设计，凿池益山，构堂筑屋，栽花种树，精心造园。园子简朴素雅，小而不塞，疏而不旷，整体布局按"曲"字而设。在高处俯瞰整个园林，园子像个篆体"曲"字，每个部分也寓于曲，径"曲"，池"曲"，堂"曲"，造成园景"曲尺无限"的风光。因此，俞樾给园子取了一个很别致的名字——曲园，其意取自《老子》的"曲则全"。俞樾也自号"曲园居士""一曲之士"。这也许正是他受挫而不悲观失望的自勉，他自己就说过："曲园者，一曲而已，强被园名，聊以自娱者也。"（《曲园记》）俞樾还用诗词详细地将庭园部分的主要结构作以描画：

曲园虽褊小，亦颇具曲折。达斋认春轩，南北相隔绝。花木隐翳之，山石复嵰𡾢。循山登其巅，小坐可玩月。其下一小池，游鳞出复没。右有曲水亭，红栏映清洌。左有回峰阁，阶下石凹凸。遵此石径行，又东出自穴。依依柳阴中，编竹补其阙。（《春在堂全书》）

现在看去，曲园虽占地近五亩，但大部分以宅为主，园不过一亩左右。整个园子是前宅后园的形式。宅区分三进二路。正宅门厅为一进，挂匾额"俞曲园故居"，为现代书画家谢孝思所书。二进为轿厅，上挂俞樾油画坐像，厅内悬挂李鸿章书"德清俞太史著书之庐"横匾，及清朝肃亲王所赐堂联："太史有书能著录，子云于世不邀名。"堂联与横匾相呼应，也是俞曲园著书治学的最好注解。第三进为正厅乐知堂，"取《周易》'乐天知命'之意，颜其厅事曰'乐知堂'，属彭雪琴侍郎书而榜诸楣"（俞樾《曲园记》）。堂面阔三间，堂门上方悬"俞樾先生故居"匾额，为俞樾玄孙、俞平伯之子俞润民所书。中堂画为牡丹图，画旁为俞樾作的两副对联，一副为"积累譬为山，得寸则寸，得尺则尺；功修无幸获，种瓜得瓜，种豆得豆"，另一副为"三多之外有三多，多德多才多觉悟；四美之先标四美，美名美寿美儿孙。"联中的三多指多福、多寿和多子孙，四美指仁、义、忠和信。这"六多八美"书写了俞樾当年由于福寿双全、子孙成才而踌躇满志的心情。后来的子孙也真为曲园老人争了光，孙子俞陛云探花及第，曾孙俞平伯更是成为一代红学大家。俞樾在《临终自喜》诗中曾这样说:"科老真将作桃祖,年高不仅见门孙。""更喜峥嵘头角在,傥延祖德到云昆。"有了这样的子孙,老人怎能不喜!

西路主厅名为曾国藩书额的春在堂,堂号取自俞樾的"花落春仍在"之意。厅堂匾额上有曾国藩跋语:"荫甫仁弟馆丈以'春在'名其堂,盖追忆昔年廷试'落花'之句,即仆与君相知始也,廿载重逢,书以识之。"这应该是俞樾一生最难忘的记忆。道光三十年,三十岁的俞樾再次参加科举考试,初试中俞樾高中第六十四名,成为德清俞氏一门的首位进士。然而带给这个家族更大惊喜的是复试。复试在保和殿进行,由曾国藩主持,试题题目为"淡烟疏雨落花天",大概有感于清王朝当时统治危机而定。大多考生从落花的萧飒凄清之意着手,多言"流水落花"的悲伤没落。俞樾却受李贺"花台欲暮春辞去,落花起作回风舞"(《残丝曲》)的启发,写下了如下诗句:

花落春仍在,天时尚艳阳。淡浓烟尽活,疏密雨俱香。鹤避何嫌缓?鸠呼未觉忙。峰鬟添隐约,水面总文章。玉气浮时暖,珠痕滴处凉。白描烦画手,红瘦助吟肠。深护蔷薇架,斜侵薜荔墙。此中涵帝泽,岂仅赋山庄。

这首诗让他出了大名。"花落春仍在,天时尚艳阳"起首,不仅巧妙扣合"落花"和"天"字,而且在消逝的落花中看到春天仍在的希望,在凄清烟雨中感受到明媚的艳阳,意气风发、乐观通达,意象鲜明而充满理趣。据说,"花落春仍在"一句,让主考曾国藩眼前一亮,认为立意积极,不减宋代"红杏尚书"宋祁之"将飞更作回风舞,已落犹成半面妆"之意境。于是,他力排众议,将俞樾列为第一。有感于曾国藩的伯乐之恩,俞樾终生以曾门弟子自居,他也与李鸿章一起,被后人并称为曾国藩的得意门生。

后来,俞樾专门写了一篇文章来纪念他的"花落春仍在"科举佳话,如今在春在堂的厅堂正中间的屏风上写的正是这篇《春在堂记故事》:

> 余自幼不工书,而进殿廷考试,尤重字体。士复试获在第一,咸疑焉,后知由曾文正公,时公以礼部侍郎充阅卷官,得余文,极赏之,置第一奉御。又以余诗有"花落春仍在"句,语同列曰:"此与小宋《落花》诗意相似,名位未可量也。"然余竟沦弃终身,负公期望。同治四载,余寓公书,述前句,且曰:"神山乍到,风引仍回,洵符花落之谶矣。然穷愁著书,已逾百卷,倘有一字流传,或亦可言春在乎?"无赖之语,聊以解嘲,因以"春在"名堂,请公书之,而自为记。

俞樾在春在堂讲学、著书、会友达三十多年,皇皇五百卷《春在堂全书》大部分都是在此写成。现在,春在堂前的庭院中,一株梧桐老根盘出,一树腊梅枝叶交错,都是曲园老人在世时的旧物。

在园子里，小竹里馆位于春在堂西南隅，为1879年增建，又称"前曲园"。这是当年俞樾读书之处。在竹里馆的庭院中，遍植好友彭玉麟所赠的方竹。俞樾取王维诗作《竹里馆》来命名，"独坐幽篁里，弹琴复长啸。深林人不知，明月来相照"。每当夜深人静，竹林婆娑，月影下抚琴吹箫，清幽宁静，高雅绝俗，自居自乐自逍遥，闲静而有深湛之思。这应该就是曲园老人那句"且住为佳，何必园林穷胜事；集思广益，岂为风月助清谈"的情景。

春在堂北突出一歇山顶小轩，名认春轩。"即于春在堂后连属为一小轩，北向，颜曰'认春'。白香山诗云：'认得春风先到处，西园南面水东头。'吾园在西，而兹轩适居南面，'认春'所以名也。"（俞樾《曲园记》）轩后即为曲园。小园山清水秀，满目清幽。园中所有景观以"曲"为主题，处处突出一个"曲"字。有水曲折于院中，水不广，以小求真；水不直，以曲求全；凿池为曲，称之曲池；筑亭显曲，命名曲水亭。认春轩北面植满花木，叠湖石小山为屏，山径曲折，山洞宛转。穿山洞向右，东北面即为面阔两间的艮室，乃昔日琴室。循廊西行，有书房三间，取名"达斋"。园子虽然以曲命名，书斋则称之为达，一曲一伸，反映了俞樾的人生追求：曲于官场，却达于治学。在园子里，俞樾经常萧然独坐，潜思经义。他在《曲园杂纂》序文中说：

　　然吾园既小，不足以宴宾客，陈声伎，则仍于其间仰屋梁而著书，温故知新，间有所得，衷而录之，得五十卷，每卷为一种。嗟夫，吾之力不能大吾之园，而吾之园顾能成吾之书，吾负园，园不负吾也。书成，因名之曰《曲园杂纂》。

《曲园杂纂》一书对后世，尤其是对俞家后世子孙影响最大的当属第三十八卷《小浮梅闲话》。小浮梅本是俞樾在曲池中建造的一个竹榻形状的小船，是仿照清人厉鹗《湖船录》中的"浮梅槛"而造。据《湖船录》记载，明朝万历年间有位叫黄贞父的人，隐居于南屛山一带，受到山涧间飞速行驶的竹筏的启发，建造了一个别样的竹筏。竹筏下面是一排大竹子，上面铺一层木板，在前后设四根柱子，三面围以青幕，顶上编篷屋，徜徉于西湖烟水云霞之中，堪称当时西湖一大胜景。黄贞父及其朋友把这个竹筏命名为"浮梅槛"。俞樾在杭州西湖诂经精舍主讲时，每到西湖畔便想照此仿造一个，但因种种原因没能实现。曲园建好以后，俞樾就在曲池中建造了他梦想的"浮梅槛"，不过是根据书中记载的形状按比例缩小了的，因此叫"小浮梅"。小浮梅确是太小，小到只能容纳两个人在竹榻上促膝而坐，并且也不能徜徉于烟水云霞之中，不过这已经让曲园老人心满意足了。每当闲暇之时，俞樾便和夫人坐在小浮梅上聊天，所谈内容往往是考证传奇、小说的俗事，比如有关戏剧、小说的流传情况、人物原型和故事情节演变等，而后俞樾整理编为一卷，取名为《小浮梅闲话》。其中有一段关于《红楼梦》的考证对后世影响颇大。

自《红楼梦》问世以来，程伟元、高鹗的一百二十回本广为流传,世人大都认为他们就是《红楼梦》的作者。后来人们虽然知道了真正的作者是曹雪芹,但却不知《红楼梦》的后四十回出自另一位作者之手。俞樾通过考证得出《红楼梦》后四十回为高鹗所续,他考证《船山诗草》中有赠高兰墅(高鹗)一首曰:"艳情人自说红楼。"诗注云:"传奇红楼梦八十回以后,俱兰墅所补。"俞樾认为"然则此书非出一手",比如乡试、会试中的五言八韵诗始于乾隆时期,而书中所叙述的科场事件,已有这种五言八韵诗,这可证明其为高鹗所补。俞樾的这个发现后来被胡适所重视,随即有了20世纪著名的"新红学"研究。而作为胡适的学生,俞樾的曾孙俞平伯又通过各种论证,再次印证了《红楼梦》后四十回确为高鹗所续,《红楼梦》作者之谜最终尘埃落定。但俞平伯没有想到的是,他的《红楼梦》研究后来遭到批判,他因这场批判而家喻户晓,其名声甚至超过了他的曾祖父俞樾。

曲园的静逸与恬然并没有持续多长时间。入住曲园四年后,夫人姚氏便病逝,这给曲园老人以沉重的打击。俞樾与夫人自小定情,自幼一起长大,是真正的青梅竹马。婚后几十年的风风雨雨里,夫妻举案齐眉,相敬如宾。姚氏是个才女,琴棋书画样样皆通,俞樾那句"花落春仍在"的佳句中也有她的功劳。俞夫人非常贤惠,全家上下的大部分事务都要靠她料理,这才保证了俞樾能够专心进行学术著述。夫人的去世让曲园老人痛不欲生,他听说祷诵《金刚经》对死者最灵验,便手书《金刚经》数遍,并把思念夫人的情感诉诸纸上,写下了真挚感人的《百哀诗》。在夫人去世以后,俞

樾还不断给夫人写信,诉说自己的相思之苦:

> 一别之后,五月有余。悁悁之情,不以生死有殊,想夫人亦同之也。自夫人之亡,吾为作七言绝句一百首,备述夫人艰难辛苦,助我成家……日前,曾梦与夫人同在一处,外面风声猎猎,而居处甚暖,有吾篆书小额,曰"温爱世界",斯何地也?岂即预示我墓隧中风景乎?苏寓大小平安,勿念。西南隅隙地,已造屋三间,屋外竹篱茅舍,亦楚楚有致,俟落成后,夫人可来,与吾梦中同往观之。(《俞曲园先生书札》)

这封信让人潸然。据说俞樾的《百哀诗》流传以后,有位名叫胡子继的人把诗拿给自己的夫人看,夫人读完后泪流满面,对丈夫说:"如我不幸,君能如曲园先生之情谊重乎?"俞樾与夫人之间忠贞而深厚的情感让熟知的人无不为之动容。俞夫人去世后遗有一颗牙齿,俞樾把这颗牙齿珍藏了十五年,后来自己也掉了一颗牙齿,便合在一起埋在了孤山之麓,命名为"双齿冢"。前来拜访的日本友人听说之后感动不已,回国后专门赋诗寄赠俞樾以表敬意。俞樾有首诗记道:"残牙零落亦堪哀,双齿新茔土一抔。谁料流传瀛海外,湖山小隐有诗来。"(《曲园自述诗》)

虽然居住在清净绝俗的曲园,但接下来的一连串打击却让曲园老人的心情雪上加霜。夫人病逝后,几位至亲至爱之人也相继离去。先是长子病逝于北方,接着次女绣孙也不幸去世,然后好友彭玉麟的去世，大女婿王康侯的去世，孙媳妇彭见贞的去世……花甲老人一直没能摆脱悲伤世事的折磨。但这期间俞樾依然著述不辍，并且为授课奔波于苏州曲园与杭州诂经精舍之间。也许唯有沉潜在学海中才能让老人感到慰藉吧。

光绪二十五年（1899），俞平伯出生在曲园，这让七十九岁的俞樾喜笑颜开，全家也都欢天喜地：

> 夜阑回忆我生前，尚有先人旧句传。七十九年春不老，又吹喜气到幽燕。
>
> 争向床前告老夫，耳长颐阔好肌肤。怪伊大母前宵梦，莫是高僧转世无？
>
> 曾孙三抱皆娇女，今日桑弧真在门。自笑龙钟八旬叟，不能再抱是玄孙。（《腊八日陛云举一子，赋此志喜》）

对于子嗣的事情，俞樾一直非常担忧。他有两个儿子，大儿子无后而卒，次子也因心疾几乎成为废人，所幸的是二儿媳妇姚氏生下了俞陛云，所以俞樾一直把孙子俞陛云当作儿子来抚养。但俞陛云与夫人的前三个孩子都是女孩，这对俞家来说是一个能否传后的大问题。俞平伯的出生终于让这个家庭后继有人，这给全家上下带来的惊喜可想而知。俞平伯在后来写给儿子俞润民的信中说："嗣续是我家的大问题。当我未生时，曲园公盼之极切，现轮到我了。我自命达观，未能免俗，亦无以对地下先人也。"（《俞平伯家书》）

曲园老人对自己的曾孙子喜欢得不得了。俞平伯满月的时候,俞樾已经八十岁了,还亲自抱着曾孙行苏州的剃头之礼,并赋诗说:"吾孙远做金台客,劳动衰翁抱衮师。"俞平伯两三岁时,俞樾便从描红开始,亲自对曾孙进行发蒙。俞平伯八岁时,曲园老人的身体日益虚弱,但仍然每天坚持教授曾孙,傍晚把曾孙叫到床边,口授几字,命他回去书写,第二天检查功课,指点得失。俞平伯长大后,在诗中还回忆到这一段往事:"叹息如闻灯影里,口占文字课重孙。"郑逸梅在他的《俞平伯幼受曲园老人的熏陶》一文中写道:

> 平伯七八岁时,老人命他每晚来做功课,他凭着方桌,一灯耿然,老人据着靠壁的大椅子,口授文字,以部首偏旁为序,如从木的为松、柏、桃、李等,从水的为江、海、河、汉等,命他一一写在竹纸订成的本子上,较冷僻的字写不出来,老人写给他看,照样录下。

1906 年,俞樾在曲园中离开了人世。二十六年前,他在夫人旁边为自己筑好了坟茔,现在他也要去了。临终前,曲园老人留下十首《留别诗》,算是向这酸甜苦辣的世间作最后的告别:别家人、别诸亲友、别门下诸君子、别曲园、别俞楼、别所读书、别所著书、别文房四友、别此世、别俞樾。其中,《别俞樾》写道:"平生为此一名姓,费尽精神八十年。此后独将真我去,任他磨灭与流传。"他告别了人世间,辞行前释然一笑,没有任何遗憾,正好应了他为自己写下的挽联：

> 生无补乎时，死无关乎数，辛辛苦苦，著二百五十余卷书，流播四方，是亦足矣。
>
> 仰不愧于天，俯不怍于人，浩浩荡荡，数半生三十多年事，放怀一笑，吾其归欤。(《春在堂全书·楹联录存》)

1935年，住在北京的俞平伯久未回苏，居然梦到自己在曲园。梦醒后，写下《梦吴下旧居二首》寄给苏州的姐姐："不道归来鬓有丝，夕阳如旧也堪悲。门阑春水琉璃滑，犹忆前尘立少时。""豆瓣黄杨厄闰年，盆栽今日出聊檐。北人携去绒花子，萼绿苔梅许并肩。"多年没回苏州的他，心中泛起了对曲园的缕缕牵念。朱自清曾如此评价俞平伯：

> 他诗文里提到苏州那一股亲热，是可羡慕的，苏州就算是他的故乡了。他在苏州度过他的童年，所以提起来一点一滴都亲亲热热的，童年的记忆最单纯最真切，影响最深最久；种种悲欢离合，回想起来最有意思。"青灯有味是儿时"，其实不止青灯，儿时的一切都是有味的。这样看，在那儿度过童年，就算那儿是故乡，大概差不多罢？(《我是扬州人》)

"小小园林亦自佳，盆池拳石手安排。春风不晓东君去，依旧年年到达斋。"(俞樾《别曲园》)早已仙逝的俞曲园已经不能年年依旧到达斋,经常梦回曲园的俞平伯也不能再次光顾曲园了。如今的曲园已物是人非,不过俞樾当年亲手植下的那株紫薇还在,春来之时依然会花开繁茂。

二 章太炎与章园

苏州市锦帆路38号是一座三层的小楼,素净,还散发着一点西洋气息。这是章太炎的故居章园。房子在狭窄巷子的深处,远离观前街的繁华喧嚣,保持着老苏州的宁静与恬淡。这是章太炎的宅子,也是他狂狷的灵魂的栖身之处。

1901年,章太炎已是剪掉辫子的革命党,正被清政府通缉。为了避难,他到苏州的东吴大学任教,在苏州住了近一年时间。1932年秋,章太炎应金松岑等人的邀请再次来苏州讲学。青石深巷,小桥流水,一切还是三十一年前的样子,然而,曾经意气风发、骂尽世间一切不平事的狂放青年如今已步履蹒跚,垂垂老矣。人虽老,但心志依然。章太炎依旧坚持着他治学救国的梦想,"吾生二十三岁而孤,愤疾东胡,绝意考试,故得研精学术,忝为人师"(《甲寅五月二十三日家书》)。"社会腐败,至今而极,救之之道,首须崇尚气节。""余以为今日而讲国学,《孝经》《大学》《儒行》《丧服》,实万流之汇归也,不但坐而言,要在起而行矣。"(《国学之统宗》)

因此，章太炎勉励学生学习范仲淹的"名节厉俗"，给学生讲顾炎武的"行已有耻"，讲《儒学要旨》《大学大义》，还讲《经义与治学》《文章源流》等。他要把国学的薪火传接下去，继承发扬明末清初顾炎武讲学以救时的传统。他在给马宗霍的信中写道：

> 前月往苏州讲学，归，乃得足下手书。栋折榱崩，咎有所在，英雄特起，恐待后来。若今之统兵者，犹吾大夫高子也。仆老，不及见河清，唯有惇诲学人，保国学于一线而已，诚不敢望王仲淹，亦未至献太平策也。（章太炎《与马宗霍》）

后来，章太炎在《国学讲习会序》中说：

> 夫国学者，国家所以成立之源泉也。吾闻处竞争之世，徒恃国学固不足以立国矣。而吾未闻国学不兴而国能自立者也。

狂放不羁的斗士心中一直有着"天下兴亡，匹夫有责"的社会担当。1933 年，章太炎、李根源、陈衍、金松岑等人仿效顾炎武读经会，成立了国学会。国学会以"扶微业，辅绝学"相标榜，组织讲学。章太炎还起草《国学会会刊宣言》以告天下："苏州有请讲学者，其地盖范文正、顾宁人之所生产也，今虽学不如古，士大夫犹循礼教，愈于他俗。及夫博学屡守之士，亦往往而见。忾然叹曰：仁贤之化，何其远哉！顾念文学微眇，或不足以振民志，宜更求其远者。"在《答张季鸾问政书》中,又进一步指出:"一、中国今后应永远保存之国粹,即是史书,以民族主义所托在是。二、为救亡计,应政府与人民各自任之,而皆以提倡民族主义之精神为要。"

在苏州住过几次之后,章太炎喜欢上了这座秀美的文化古城。他厌倦了上海的喧嚣,"常常对上海一切不满,愤慨底说:'湫居市井,终日与贩夫为伍者。'"(沈延国《记章太炎先生》)他非常喜欢苏州的幽静与典雅,认为这个地方水土清嘉,名胜古迹随处可见,历史悠久,文化底蕴深厚,在此居住不但有益于集中精力静心思考,进行学术研究,而且有利于发扬国故,激发人们的爱国热情。不过他也曾提过,晚年选择苏州是因为他所推崇的范仲淹和顾炎武二人,"其地盖范文正(仲淹)、顾宁人(炎武)之所生产也"(章太炎《国学会会刊宣言》)。徒弟许寿裳深知老师的心思,他在《章炳麟》一书中说:"民国七年以后,知植党无益,一切泊然。晚年见当世更无可为,乃退而讲学于苏州。"可见,他移居苏州,还是与国学提倡有关。

朋友们知道了章太炎的心意,便立即张罗着给他购买住宅。有朋友写信告诉他找到了房子,在上海的章太炎立即去往苏州,在介绍人陪同下去侍其巷看一幢房子(后来在战乱期间被炸毁)。他一见门面崭新轩昂,就说:"有楼!"又见后园甚大,就说:"有园。"还见园中有大树两株,就说:"还有树。"当即表示"名园易传,古木难求",并且说可在厅堂挂匾题名"双树草堂"。于是,立即以高价购下。返回上海,章太炎非常兴奋地对夫人说,已购得合意大宅一所,要将上海事情办理后速迁苏州。当章夫人到达苏州看到章太炎买的新宅时,惊讶不已。房子面向朝北,结构老朽。旁边是一家织布厂,终日机器隆隆喧闹!在这里居住及治学都不合适。但是手续已经办妥,想退也退不掉了,而再以低价出售,却无人问津,只能空置。后来由恽铁樵在这里办了"苏州国医专科学校",章太炎当名誉校长。这里也做过"章氏国学会预备班"。为这件事儿,章夫人埋怨了章太炎许久,还笑着跟他的学生说:"你们的老师,革命讲学是大师,但治家就不懂了。"郑逸梅在他的文章中写到了这件事:

> 他欣然前往,寓于李根源的曲石精舍,觉得苏州水土清嘉,名胜古迹,到处都是,认为是好地方,便贸然购了城中侍其巷双树草堂的屋宇。其夫人汤国梨来苏一看,发觉该屋虽小,却有园林之胜,但没有后门,万一发生火警,就很危险。且旁邻机织厂,机声轧轧,喧耳不宁,居息及治学都不相宜。结果,由汤夫人作主,让掉了该屋,别购锦帆路八号的住宅……(《章太炎迁居苏州的曲折》)

1934年秋,章太炎举家从上海迁至苏州,住进苏州锦帆路38号。这就是章园,是在夫人汤国梨的建议下购买的。章园是两幢新落成的青砖洋楼,两幢楼房均高二层,坐北朝南,前后错列。建筑的外观立面是中西合璧式,清水砖墙,青平瓦屋面,大门柱子是仿罗马式,木制门窗,既有苏州传统建筑风味,又有洋房气息。前楼为章太炎著述、藏书、会客处和卧室，后楼为夫人汤国梨及子女的生活起居处。1949年后该楼房长期为机关使用，还在原楼上加盖了一层。

1934年冬天，章太炎在自己家门口挂起"章氏国学讲习会"的招牌，以研究传统文化、造就国学人才为宗旨。为配合讲学，1935年9月他还创办了《制言》半月刊杂志，并亲自担任主编。他在《制言发刊宣言》中称："言有不尽，更与同志作杂志以宣之，命曰《制言》，窃取曾子制言之义。先是集国学会时，余未尝别作文字；今为《制言》，稍以翼讲学之缺。"这时的章园已不仅仅是一处住宅，更是一处发扬国学的重要场所。著名作家周劭记载了当日章园的模样：

> 门前悬着两块木牌，靠洋房那边的是：《制言》半月刊，国房那一边的是：章氏国学讲习会……那边，离开开讲的时候已是不远，生徒云集，大衫长褂，雍雍穆穆，大有洙泗气象……室内的陈设很简单，壁上挂着二张照片，一张是熊成基烈士遗像，另一张是段合肥（段祺瑞）在沪七秩大寿图，图中有杜月笙等名人。室中除两张办公桌之外，另有一张小方桌，恰合四个人围在一起谈话的。（《半小时访章记》）

章太炎在苏州讲学，颇有少长咸集，群贤毕至的气氛。不仅有新老弟子如朱希祖、汪东、孙世扬、诸祖耿、王乘六、潘承弼、马宗霍、沈延国等，而且南北耆硕纷纷加盟。有人因此赞叹道："太炎先生经术湛深，今之马、郑，嘉惠士林，予以津逮，于学术心术，影

响甚多。"（吴佩孚《赞助章氏国学讲习会书札》）

　　章氏国学讲习会开设经学、史学、诸子学、文学等课程，有时还增设特别讲演，聘海内名士讲授。章太炎讲学，态度严肃认真，他以满腔热情宣扬国故，激发听者的爱国主义感情。当时，前往章氏国学讲习会就学者，人数众多，其中苏州、上海和浙江人占多数，不远千里，从僻远省区来求学者也有相当数量。年龄最高的七十三岁，最幼的十八岁。有曾任大学讲师、中学国文教师的，以大学专科学生占大多数，籍贯有十九省之不同，而寄宿于学会里的约有一百余人。除正式入学者之外，尚有不少听讲者。其中有些人颇有学术造诣，如李源澄，本为廖季平弟子，又曾受教于欧阳竟无，后任无锡国专教师，因倾心于章太炎学问见识，自讲习会开讲以来，不断前来听讲，执礼甚恭。（汤志钧《章太炎年谱长编》）

　　章太炎一生之中先后办过三次"章氏国学讲习会"，有的是在忧患颠沛之际，有的是在投身革命余暇，甚至还有的在遭受幽禁之时。无论何时何地，他发扬国学、治学救国的梦想都从未停息，他在实现自己文化救国之志的同时也培育了大批人才。1906年，在东京第一次开办国学讲习会时，鲁迅、钱玄同、沈兼士、许寿裳、黄侃、朱希祖等人皆出自章太炎的门下。许寿裳后来回忆说：

　　　　民元前四年（一九〇八），我始偕朱蓬仙（宗莱）、龚未生（宝铨）、朱逷先（希祖）、钱中季（夏，今更名玄同，名号一致）、周豫才（树人）、启明（作人）昆仲、钱均夫（家治）前往受业。……在一间陋室之内，师生席地而坐，环一小几。先师讲段氏《说文解字注》、郝氏《尔雅义疏》等，精力过人，逐字讲解，滔滔不绝，或则阐明语原，或则推见本字，或则旁证以各处方言，以故新谊创见，层出不穷。即有时随便谈天，亦复诙谐间作，妙语解颐，自八时至中午，历四小时毫无休息，真所谓"默而识之，学而不厌，诲人不倦"。（许寿裳《纪念先师章太炎先生》）

后来被袁世凯囚禁于北京钱粮胡同时，章太炎除坚持与之周旋外，还著述讲学不辍。他在给夫人的《家书》中说："近以讲学自娱。昨已开学，到者约百人。此事既与文化有关，亦免彼中（按：指袁世凯及其特务机关）之忌。"（《章太炎先生家书》）

章氏国学讲习会初设于日本东京，继办于北京钱粮胡同，再设于苏州，后迁上海，直至1941年被迫终止。延续了近半个世纪的章氏国学讲习所真是一道文化风景。

章太炎讲学声势浩大，很多人慕名而来，并且每次来上课都有五六个弟子陪同，诸如马幼渔、钱玄同等，也都是一时俊杰，声名在外，所以每次总是听者云集。不过，章太炎国语不好，余杭口音很重，而且因生有鼻息肉，带有极重的鼻音，说话口齿不清，所以演讲、讲学需要人翻译。讲堂上经常是刘半农任翻译，钱玄同写板书，马幼渔倒茶水。

1922年，章太炎在上海举行关于国学的系列演讲。据当时《申报》报道，从系列演讲开始到结束，听众从三四百迅速上升到近千，而后又回落为七八十。曹聚仁记载说，这十回的系列演讲，逢星期六下午举行，第一次听众千人，第二次不到一百，最少的时候只有二三十，结束的那次稍好些，有七八十人。最初大家都是慕名而来，但由于世人对章的学问缺乏基本了解，加上"章师的余杭话，实在不容易懂"，所以听者锐减（曹聚仁《回想四十八年前事》）。年轻的杨绛就是当时"实在不懂"的人之一。得知章太炎来学校演讲，她兴奋地前去听先生讲掌故，结果到了现场却成了"看"章先生讲掌故，局面十分尴尬：

> 章太炎先生谈的掌故，不知是什么时候，也不知谈的是何人何事。且别说他那一口杭州官话我听不懂，即使他说的是我家乡话，我也一句不懂。掌故岂是人人能懂的！……
>
> 我专心一意地听，还是一句不懂：说的是什么人什么事呢？完全不知道。我只好光着眼睛看章太炎先生谈——使劲地看。恨不得一眼把他讲的话都看到眼里，这样把他的掌故记住……
>
> 我原是去听讲的，没想到我却是高高地坐在讲台上，看章太炎先生谈掌故。（杨绛《记章太炎先生谈掌故》）

章太炎一生嗜好吸烟，写文章、讲学、谈话都必须有烟相伴，有时候边吸边谈话，谈兴所至，烟烧到了嘴唇，痛得急忙用手拍口，喷出余火；有时烟头偶然落到裤子上，烧穿裤子直灼其腿，痛得他大叫，骂"鬼烟"不已，但骂完之后便会再点上一根。此外，他还喜欢抽水烟，每抽一筒水烟，地上必留有一个烟蒂，因此家中地板上就有成千上万个经烟蒂烧焦的小黑点。有关章太炎晚年抽纸烟的情景，左舜生曾有如下回忆：

> 先生嗜纸烟，往往一支尚余寸许，又燃一支，曾见其历三四小时不断。所吸以当时上海流行之美丽牌为常，偶得白金龙，即为珍品，盖先生为人书字初无润格，又欲得其翰墨者，大率即以纸烟若干听为酬，故能取之不尽，用之不竭。……及为先生座上客，为时近三年，每至，先生必纵谈不断，吸烟不断。（左舜生《我所见晚年的章炳麟》）

所以，在章太炎的讲堂上，学生经常是在缭绕的烟雾中聆听，有时不免会出现一些趣事："一次，太炎先生讲得非常兴奋，烟一根接一根地抽，他转身写黑板时，拿手中的纸烟在黑板上猛划，写完，也不看是否写上了，转过身来仍旧滔滔不绝地讲起来。另一只手中的粉笔也就被误认为是香烟，只见太炎先生把粉笔伸到口中，狂吸几口。学员们忍俊不禁，都笑了起来，先生却全然不知，依旧神情自若地讲着……"（张兵《章太炎传》）章太炎在治学授业时常常陶醉其中，达到一种忘我的境界，"在讲堂中上下古今，萃精聚神，于是归时往往忘却己门，走入邻家，而太炎不觉也"（姜泣群《朝野新谭》引《钏影楼丛话》）。

1930年代笔名为"大华烈士"的作家简又文曾记录了章太炎讲学的有趣，说是章太炎讲学必有茶、烟伺候。茶是极浓的，还不断要续上；烟则是装有五十支的一大罐。"茶""烟""余杭话"这三要素都有了。虽然他一口余杭话的报告谁也没听懂，可是到结束的时候，一罐五十支的香烟居然都没了！于是有好事者作打油诗曰：

满口余杭话，香烟五十支。浓茶一大杯，再讲不为迟。（大华烈士《西北东南风》）

章太炎还旁涉医学，对《伤寒论》一书研究尤深。他不但为好友的医学著作作序，还在当时出版的医学刊物上撰述了研究《伤寒论》、评价各家流派、探讨脏腑经络实质和考证历代医史人物等关于医学的论文、书信、札记，如《伤寒误认风温之误治论》《论脏腑经脉之要谛》《论肺炎病治法》《疟论》《温病自口鼻入论》《中土传染病论》等。章太炎还先后担任过上海国医学院院长、苏州国医学校名誉校长和苏州国医研究院名誉院长，因此，又被近代医学界公认为"国医革新之导师"。曾有人问章太炎："先生的学问是经学第一，还是史学第一？"他居然答道："实不相瞒，我的学问不是经学第一，也不是史学第一，而是医学第一。"虽有狂妄调侃之意，但也不无道理。

1934年入住章园以后，章太炎身体逐渐衰弱，鼻衄病和气喘病也时常发作。夫人汤国梨劝他停止讲课，章太炎却说："饭可不食，书仍要讲。"（许寿裳《章炳麟》）谈笑戏谑如故。

1936年6月14日，由于胆囊炎、疟疾、鼻衄病、气喘病等并发症，章太炎在苏州寓所逝世，时年六十九岁。章太炎的遗嘱只有一句话："设有异族人主中夏，世世子孙毋食其官禄。"当章太炎病殁于苏州章园时，鲁迅正病卧于上海大陆新村，有人告诉他章太炎的死，他慨叹地说："我想不会有很多的人能够了解太炎先生的吧？"鲁迅在病中连续写了两篇纪念老师的文章：《关于太炎先生二三事》和《因太炎先生而想起的二三事》，后一篇文章没有写完，他也追随恩师而去。鲁迅一生中，很少有人能得到他的认可，而对于章太炎他却拳拳服膺："我以为先生的业绩，留在革命史上的，实在比在学术史上还要大。……并非因为他是学者，却为了他是有学问的革命家。……考其生平，以大勋章作扇坠，临总统府之门，大诟袁世凯的包藏祸心者，并世无第二人；七被追捕，三入牢狱，而革命之志，终不屈挠者，并世亦无第二人：这才是先哲的精神，后生的楷范。"（《关于太炎先生二三事》）在众多关于章太炎的评论文字中，这应是最为确切的。

章太炎生前曾两次为自己选择墓地。民国初年，他被袁世凯软禁，就选择葬在"攘夷匡夏"的明朝刘伯温墓侧。1936年国难危重的时候，章太炎选择了死后葬于抗清英雄张苍水墓侧。但是章太炎离开人世时,战事已经爆发,无法按照他的遗愿所选的地址下葬,只好暂时存放于章园后园的防空洞内,直到 1956 年公祭安葬于张苍水墓侧。

三 周瘦鹃与紫兰小筑

1931 年,"九·一八"事变之后,周瘦鹃决定离开让他名利双收的上海,前往自己的故乡苏州。在谈起自己离开上海的原因时,周瘦鹃说:"我的故乡虽是苏州,而我却是生于上海,长于上海的,在上海度过了上半世的三十几个春秋,真的是衣于斯、食于斯、歌哭于斯,跟上海是血肉相连呼吸相通而不可分割的。""而我却怕上海、憎上海,简直当它是一个杀人如草不闻声的魔窟,所以在九一八暴日发动入寇的那年,就乖乖地移家苏州,避开这万恶的上海了。"(周瘦鹃《我与上海》)

寓居上海的周瘦鹃曾一直心系苏州,专门写了想念苏州的短篇小说《我想苏州》。这强烈的苏州情结,成为当时人们谈论的话题,有人调侃道:"周瘦鹃,年廿九,人在上海想苏州。"(王元恨《再度斜气歌》)鸳鸯蝴蝶派的作家们毕竟不是繁华都市培养起来的上海儿女,他们大多数来自苏州这样的江南古城。繁华落幕之后,他们念念不忘的还是小桥流水的宁静与典雅。郑逸梅曾说:"水乡苏州,是我少时游钓之地,虽为了衣食,背乡离井,栖迟海上,超过半个世纪，可是深巷杏花、小桥流水，这印象犹萦诸梦寐，兀是不能忘怀。"(《难以忘怀的苏州》)在鸳鸯蝴蝶派这批以"俗"和"雅"而闻名的文人眼中，上海只是他们的谋生之地，而不是灵魂栖息的家园。俗事的缠绕，身心的疲惫，使他们都或显或隐地流露出归隐的欲望。周瘦鹃说："插脚热闹场中，猎名弋利，俗尘可扑，脱能急流勇退，恬淡自处，作羲皇上人，宁非佳事？"(《嚼蕊吹香录》)"种树读书，终老岩壑，则为吾生平唯一宏愿，始终不变，但愿其终有实现之一日耳。"(《紫兰小筑九日记》)

此时的周瘦鹃已经三十六岁了。他以自己多年的笔耕所得，购买了苏州王长河头的一处宅院——"默园"。这个园子，原本是清代大书法家何绍基裔孙何维朴的产业，周瘦鹃购得后将其更名为"紫兰小筑"。周瘦鹃喜欢这所园子的静逸闲适，但更让他喜欢的是旧有园地上种的那一丛丛美丽的紫罗兰。

> 更使我一见倾心的，就是在那株素心腊梅的树荫之下，有一大丛为我一向热爱着的紫罗兰，我以为此园竟有此花，可说是与我有缘，于是不惜重价，毅然决然的把它买了下来。大门上的横额，原是"默园"二字，当下嵌上了一块雪白的金山石，改名"紫兰小筑"，这是集了黄山谷碑帖里的四个字刻上去的……(周瘦鹃《致××同志》)

紫罗兰是周瘦鹃一生的挚爱，他生平以花木为良友，认为"平生原多恨事,而这颗心寄托到了花花草草上,顿觉躁释矜平,脱去了悲观的桎梏"(《我与中西莳花会》)。但在所有花卉中,周瘦鹃最爱紫罗兰。他在诗中写道:

  幽葩叶底常遮掩,不逞芳姿俗眼看。我爱此花最孤洁,一生低首紫罗兰。

  艳阳三月齐舒蕊,吐馥含芬却胜檀。我爱此花香静远,一生低首紫罗兰。

  开残篱菊秋将老,独殿群芳密密攒。我爱此花能耐冷,一生低首紫罗兰。(《一生低首紫罗兰》)

三首吟咏紫罗兰的诗句,把周先生"一生低首紫罗兰"的无限缱绻和爱慕之情反复咏唱了出来。

  周瘦鹃确是"一生低首紫罗兰"。他不但将购置的居所定名为"紫兰小筑",还在园子中立叠石为紫兰台,遍种一丛丛紫罗兰,并把书房定名"紫罗兰盦",自称"紫兰主人"。他编的杂志刊名叫《紫罗兰》,他的作品集叫《紫罗兰集》,甚至他用的墨水也是紫色的……为何他一生对紫罗兰如此痴恋?晚年的周瘦鹃在《一生低首紫罗兰》中说出了缘由:

> 我之与紫罗兰，不用讳言，自有一段影事，刻骨倾心，达四十余年之久，还是忘不了；因为伊人的西名是紫罗兰，我就把紫罗兰作为伊人的象征，于是我往年所编的杂志，就定名为《紫罗兰》《紫兰花片》，我的小品集定名为《紫兰芽》《紫兰小谱》，我的苏州园居定名为"紫兰小筑"，我的书室定名为"紫罗兰盦"，更在园子的一角叠石为台，定名为"紫兰台"，每当春秋佳日紫罗兰盛开时，我往往痴坐花前，细细领略它的色香；而四十年来牢嵌在心头眼底的那个亭亭倩影，仿佛从花丛中冉冉地涌现出来，给予我以无穷的安慰……

周瘦鹃所说的这段影事就是让他一生刻骨铭心的初恋。他所说的"那个亭亭倩影"，就是当年务本女学的学生周吟萍。对于这段影事，他的好友郑逸梅说得颇为详细：

> 瘦鹃少时，执教鞭于上海大南门外的民立中学，适有周吟萍女青年，家在学校附近，而肄业城西务本女学。她清淑娴雅，风姿娟然，瘦鹃见之，倾炫心魄，比诸姑射洛川。某次，务本女学开校庆会，演新剧，吟萍任剧中主角，粉黛饰容，罗绮彰体，演来纤细入扣，宛转动人。这时，瘦鹃亦在座，这一下，给了他更深的印象。有时相遇于途，觉得羞于启齿，默默无言，他忽地发了狠，试投一信，表达衷情，过了三天，吟萍

居然复了一简,许缔交谊。她有一西名Violet,作书署名VT,作为隐讳。书笺往还了数次,她把校中所作文课《探梅赋》一篇寄给瘦鹃阅看。瘦鹃一读之余,尤为倾倒。从此通翰频频,涉及婚姻问题。不料吟萍父母,认为瘦鹃是个穷书生,坚决反对。后被其父母强迫许配一富家子某,某不学无术,精神不很正常,瘦鹃也相识的。吟萍固一弱女子,在封建家庭压迫之下,没法抗拒,只得暗中饮泣。当吟萍和某结婚,瘦鹃还去吃喜酒,随着贺客参观洞房,见吟萍低鬟默坐,手抚其所御的浅色丝手套,原来这副手套,便是瘦鹃往日赠送她的,无非脉脉示意罢了。(《周瘦鹃为什么喜爱紫罗兰》)

后来,周瘦鹃中年丧偶,而周吟萍亦孤身一人,这时周瘦鹃颇有与之结合之意,希望能接续前缘,奈何周吟萍却因年华迟暮,不想重堕绮障。本是一段浪漫的爱情,却以悲剧收场,这让周瘦鹃铭心刻骨。他在《爱的供状》中写道:

不过有一件事,是我所绝对的不以为非,而绝对的自以为是的,那就是我从十八岁起,在这账簿的"备要"一项下,注上了一页可歌可泣的恋史,三十二年来刻骨铭心,牵肠挂肚,再也不能把它抹去,把它忘却;任是我到了乘化归尽之日,撒手长眠,一切都归寂灭,而这一页恋史,却是万劫长存,不会寂灭的。我平生固然是一无所长,一无所就,也一无所立;只有这一回事,却足以自傲,也足以自慰。

从此,紫罗兰成为周瘦鹃爱情生活的信物,他不顾妻子的感受,在自己的园子里种满了紫罗兰。每当春秋佳日,紫罗兰盛开,香气逼人,他便痴坐花前,在花香花影中回味那段忘不掉的缠绵往事。周瘦鹃生前因为系念周吟萍,作《记得词》一百首,每首都冠以"记得"二字,以印证这段记忆的珍贵和难忘,如云:"记得良辰曾共载,低眸掩袖总防人。""记得云英终嫁去,鸾情凤想尽成虚。""记得荷亭同促坐,流萤烨烨上罗衣。"周瘦鹃编辑《紫兰花片》时,撷录前人词中有"银屏"二字者,在杂志上开辟《银屏词》一栏,连续刊载,把"银屏"当作"吟萍"的谐声,以示不忘。他还写大量的哀情小说,如《此恨绵绵无绝期》《遥指红楼是妾家》《恨不相逢未嫁时》等,主人公都是他的紫罗兰——周吟萍。周瘦鹃还特地将张恨水请到紫兰小筑,取出他与周吟萍所有的信件,把他们的爱情故事详细地讲给张恨水听,请他以此为原型创作一部小说,这就是后来我们所看到的张恨水发表在《申报》上的《换巢鸾凤》。周瘦鹃在《姑苏书简》的一封信中写道:"我从十八岁起,就爱上了紫罗兰,经过了漫长的五十二年,直到今年七十岁,仍然是死心塌地的爱着它,正如诗人秦伯未先生赠我的诗中所谓'一生低首紫罗兰'了。"见他这般痴情,有朋友不免抱怨:

弥天际地只情字,如此钟情世所稀。我怪周郎一支笔,如

何只会写相思。(陈小蝶《〈午夜鹃声〉附记》)

紫兰小筑不仅给周瘦鹃提供情感慰藉,还让他实现了做一位羲皇上人的"桃源梦"。经过周瘦鹃的精心改造,园子面貌焕然一新,成为名副其实的"周家花园"。园中的主体建筑是一幢西式平房,坐北向南,有屋舍六间。周瘦鹃将中间的房子设为接待客人的客厅,命名为"爱莲堂"。"爱莲堂"东边是主人的卧房"含英咀华之室",西边是陈列青花瓷器的"且住居"和各种梅花点缀的"寒香阁"。西厢房是主人的书房"紫罗兰盦",东厢房是为纪念亡妻胡凤君而设的专室"凤来仪室"。后来,周瘦鹃的子女们又在"凤来仪室"上面加盖了一层小楼,取名"花延年阁",借花木的勃勃生机祝愿父亲益寿延年。

远离了上海空气中的胭脂气和喧嚣声,周瘦鹃享受着紫兰小筑带给他的幽静和舒适。

返苏以还,忽忽已历九日,目不睹报章,耳不闻时事,足不涉名利之场,似与尘世隔绝。所居在万绿中,看花笑,听鸟歌,日夕与自然界接;所过从者多雅人墨客,或园丁花奴;所语均关花木事,不及其他。此九日为时虽暂,固宛然一无怀氏、葛天氏之民也。(周瘦鹃《紫兰小筑九日记》)

周瘦鹃以花草盆景为伴，在紫罗兰氤氲的香味中，精心呵护着画家彭恭甫送给他的百年大绿毛龟、从五人墓畔移来的义士梅和白居易亲手植的槐树桔桩。他把全部情感和精力倾洒于钟情已久的园艺，闭门谢客，全心种花艺草，与明月清风相伴，过起了陶渊明式的隐居生活。

有趣的是，周瘦鹃本是为了摆脱世事的无奈和红尘的烦扰而寄情于花草，却无意中成为一名造诣极高的园艺大师。1939年、1940年，在上海举行的中西莳花会年会上，周瘦鹃以优雅别致、富有中国诗画情趣的插花、盆景三次压倒西方人，获得荣誉奖状和英国彼得葛兰爵士大银杯。当时，曾有西侨误认为他的盆景是日本人的作品，他大怒，说明自己是中国人，弄得西侨纷纷和他握手道歉。而后，他又作七绝四首，其一是："半载辛勤差不负，者番重夺锦标还。但悲万里河山破，忍看些些盆里山。"

周瘦鹃虽然隐居小园，不问世俗，但高洁雅士却纷纷闻香而至，程小青、范烟桥、谢孝思、郑逸梅……他们把酒席设在树阴之下，花前浅酌，饭罢品茗，然后欣赏盆景。在这些来访的人物中，有一个人后来成为当时文坛乃至20世纪中国文学史上的一个"传奇"，她就是张爱玲。

1943年春，年仅二十三岁的张爱玲，携带《沉香屑：第一炉香》和《沉香屑：第二炉香》的稿件，以及母亲远房亲戚、园艺家黄岳渊的信去紫兰小筑拜访周瘦鹃。这次相会，周瘦鹃慧眼识英才，发掘出了现代文学界的一颗巨星。

关于这次会面，周瘦鹃记得很清：

一个春寒料峭的下午，我正懒洋洋地耽在紫罗兰盦里，不想出门，眼望着案头宣德炉中烧着的一枝紫罗兰香袅起的一缕青烟在出神。我的小女儿瑛忽然急匆匆地赶上三层楼来，拿一个挺大的信封递给我，说有一位张女士来访问。我拆开信一瞧，原来是黄园主人岳渊老人介绍一位女作家张爱玲女士来，要和我谈谈小说的事。

我忙不迭的赶下楼去，却见客座中站起一位穿着鹅黄缎半臂的长身玉立的小姐来向我鞠躬，我答过了礼，招呼她坐下。接谈之后，才知道这位张女士生在北平，长在上海，前年在香港大学读书，再过一年就可毕业，却不料战事发生，就辗转回到上海，和她的姑母住在一座西方式的公寓中，从事于卖文生活，而且卖的还是西文，给英文《泰晤士报》写剧评影评，又替德人所办的英文杂志《二十世纪》写文章。至于中文的作品，除了以前给《西风》杂志写过一篇《天才梦》后，没有动过笔，最近却做了两个中篇小说，演述两件香港的故事，要我给她看行不行。说着，就把一个纸包打开来，将两本稿簿捧了给我，我一看标题叫做《沉香屑》，第一篇标明"第一炉香"，第二篇标明"第二炉香"，就这么一看，我已觉得它很别致，很有意味了。当下我就请她把这稿本留在我这里，容细细拜读。

《写在紫罗兰前头》

在《紫罗兰》1943年第2期上,周瘦鹃隆重推出张爱玲的《沉香屑·第一炉香》。卷首还登有他写的《写在紫罗兰前头》一文,文中对张爱玲大赞道:"请读者共同来欣赏张女士一种特殊情调的作品,而对于当年香港所谓高等华人的那种骄奢淫逸的生活,也可得到一个深刻的印象。"因为周瘦鹃和《紫罗兰》在上海的巨大影响,上海文人开始纷纷打探这个不曾听闻的张爱玲,其中包括张爱玲的第二个伯乐——柯灵,还有苏青、胡兰成等。周瘦鹃趁热打铁,从《紫罗兰》第三期开始,又连续三期隆重推出《沉香屑·第二炉香》。这两炉香差不多"烧"了整整四个月,引发了文坛的"张爱玲热"。《沉香屑》发表之后,张爱玲接连发表了《茉莉香片》《心经》《倾城之恋》《金锁记》,二十岁刚出头的她迅速蹿红。

三十多年后,张爱玲在《小团圆》一书中"间接"地描述了当时的场景:

> 有个二〇年间走红的文人汤孤鹜又出来办杂志,九莉去投稿。……
>
> 那时候常有人化名某某女士投稿。九莉猜想汤孤鹜收到信一定是当作无聊的读者冒充女性,甚至于是同人跟他开玩笑,所以没回信。
>
> 汤孤鹜来信说稿子采用了,楚娣便笑道"几时请他来吃茶"。
>
> 九莉觉得不必了,但是楚娣似乎对汤孤鹜有点好奇,她不

便反对,只得写了张便条去,他随即打电话来约定时间来吃茶点。

汤孤鹜大概还像他当年,瘦长,穿长袍,清瘦的脸,不过头秃了,戴着个薄黑壳子假发。

藏书家谢其章认为,"《小团圆》真实的成分远远多于虚构",文中的汤孤鹜便是周瘦鹃。张爱玲实在有点刻薄,作品中对周瘦鹃的描写不足五百字。不仅好话一句不说,还揭了周瘦鹃头秃的短。不过"头秃"倒也是实情。老友郑逸梅的有关文字可以佐证:

将近毕业,只差一学期,忽然大病一场,病得死去活来,眉毛头发,一齐脱光。既痊愈,他觉得牛山濯濯,太不雅观,便配上了一头假发,又戴着墨晶眼镜,用以掩饰。"(《紫罗兰盦主人周瘦鹃》)

深居紫兰小筑的周瘦鹃虽然还在弄文学,但更多的时间和精力是在园艺上。紫兰小筑宅园里培育的盆景枝繁叶茂,日益精良,很多奇葩名卉被拍成电影电视,一篇篇有关盆景的妙文也相继发表于海内外刊物,各路名人慕名而来,都在紫兰小筑的《嘉宾题名录》上写下了自己的名字。

1949年的翻天覆地打破了紫兰小筑的幽静。周瘦鹃放弃了他"羲皇上人"的宏愿,满怀热情地走出周家花园,准备积极参与新中国的建设。他的《西江月》词中写道:"举国争传胜利,居家应有知闻。红旗竞赛一重重，心志能无所动？早岁出撄尘网，暮年退拥书城。济时也仗老成人，那许巢由隐遁！"同时，周瘦鹃索性开放了紫兰小筑。1953 年 6 月 19 日，时任上海市长的陈毅登门拜访。1962 年 4 月，周瘦鹃出席全国政协第三届第二次会议，在中南海单独受到毛泽东的接见，并且留下了"半截香烟"的后话。1963 年和 1964 年，周恩来和朱德先后光临紫兰小筑参观游览。在此前后，到过紫兰小筑的还有董必武、陆定一、陈叔通、班禅、刘伯承、叶剑英等，这些名字都留在了《嘉宾题名录》上。

一本签名录和那半截香烟没能帮助周瘦鹃和紫兰小筑躲过政治风雨。即便是有毛主席的香烟和周恩来等人的签名为证，"文化大革命"的风暴依然席卷了周瘦鹃和他的紫兰小筑。在那个时期，钟情园艺当然是"玩物丧志"，紫兰小筑几乎被红卫兵夷为废墟。园中的花木尽遭摧残，连带紫罗兰盦的历年藏书，以及文玩书画之类，也全都被焚毁砸烂，荡为劫灰。其中最让周瘦鹃痛心的是周吟萍写给他的那些书信。没有了紫罗兰，周瘦鹃的生命也走到了尽头。

对于周瘦鹃的死亡，郑逸梅曾有回忆，说：

> 他的左手第四指上，经常戴着一金戒指，上面镌着西文 Love，即吟萍给他的纪念物。瘦鹃又积存吟萍寄给他的书札，凡数百通，裹以罗帕，装入锦匣，经战乱随身携带，幸无损失，直至十年浩劫，付诸荡然，瘦鹃也含冤而死了。(《周瘦鹃为什么喜爱紫罗兰》)

叶兆言的描述也让人看到了周瘦鹃对于生命的绝望：

> 临死前，周瘦鹃悄悄来到上海，请了几位老友，在馆子里吃了一顿，算是告别。此时正是"文化大革命"热火朝天之际，周瘦鹃似乎很平静，老友们并不知道他去意已定，大家都是自身难保，有此聚会，唯有喝酒，尽兴地喝酒。酒喝完了，周瘦鹃的故事也就到了尽头。（《闲话周瘦鹃》）

在1968年8月12日那个闷热的深夜，不堪再忍受无止尽凌辱和摧残的周瘦鹃，在徘徊半夜之后，走向了花园中央的那口无沿井。"花落人亡两不知"，爱花成痴的周瘦鹃，终于与花同殉了。这倒也应了他写的那两首《记得词》：

> 王生只合为情死，痛哭琅琊未算痴。记得平生为涕泪，箧中尽是断肠辞。
> 迢遥两地千山阻，雁杳鱼沉万虑煎。记得梦中曾化鹤，天风吹送到伊边。

四　范烟桥与邻雅旧宅

> 夜上海，夜上海，你是个不夜城。华灯起，车声响，歌舞

升平。只见她,笑脸迎,谁知她内心苦闷。夜生活,都为了,衣食住行……换一换,新天地,别有一个新环境。回味着,夜生活,如梦初醒……(《夜上海》)

这熟悉的旋律,让人想到灯红酒绿的上海南京路上的胭脂气,也想到在靡丽的灯光下唱歌的周璇。周璇的天籁之音,真是风情万种,让人魂不守舍。《夜上海》是上海的一张音乐名片。因为这首歌,人们记住了上海,也记住了周璇,但不一定记得词的作者、才华横溢的范烟桥。

1894年7月3日,江苏同里镇漆字圩范家埭的一户书香门第诞生了一个男孩,名镛,乳名爱莲,字味韶。这就是范烟桥。在后来的一生中,他还用过含凉生、鸥夷、万年桥、西灶、乔木、愁城侠客等多个笔名,但他最为人知的名字还是"范烟桥"。这个名字取自南宋词人姜夔《过垂虹》中的"曲终过尽松陵路,回首烟波十四桥"一句。

范烟桥从小便对词有着浓厚的兴趣。据他自撰的《驹光留影录》说:"父往来南北,委叔父蔼人公课余,督责甚严,而余跳荡不喜读书如故,虽已毕《大学》、《中庸》、《左传》诸经,茫无所知,背诵亦不纯熟。"受母亲影响,他对苏州弹词情有独钟,"母喜阅弹词,每当阅其书于晨间枕畔,因病近视"。这也是范烟桥后来喜欢带墨镜的原因。生活中的范烟桥时时不忘吟诵诗词,即便日常生活中极为平常的一件小事,在他眼中也会诗意益然。譬如端午吃粽子,用白糯米粽子蘸玫瑰酱,品尝一小口,他便吟出一行诗:"一抹朝晖掩雪峰。"

1922年,范烟桥的父亲范葵忱在苏州温家岸17号购置了一幢房屋。因其父字葵忱,取葵心向日之意,宅园名为"向庐"。这个园子原本是元代文学家顾阿瑛的私宅,后来成了清代进士顾予咸所居的雅园的一角,于是,范烟桥便借了雅园的旧名,在门楣上为向庐题了一个别号"邻雅旧宅"。范烟桥从二十八岁到七十三岁去世,一直住在这里。在隐居苏州的鸳鸯蝴蝶派文人中,他应该是在苏州居住时间最长的作家了。

1935年12月18日,范烟桥在《苏州明报》上专门为自己的邻雅旧宅撰文:

> 我家有院,有假山数垛,颇嵌空玲珑,有池虽天旱不涸,有榆树大可合抱,其他梧桐、腊梅、天竹、桃、杏、棕榈、山茶,点缀亦甚有致。屋后是土阜委巷,俗名"雅园",原是清初诗人顾予咸别墅余址,我家或许也是该园的一角,所以我称它为"邻雅小筑"。而南院敞轩则以先君的别号为"向庐"题额。

当年的邻雅旧宅分南北中三路,南为花园,中和北为住宅,住宅门上有范烟桥自撰的门联:"取旧宅三分,里近弦歌知媚学;留雅园一角,心期泉石待藏修。"门厅后有"文正世家"砖刻门楼,据范烟桥考证,自己是范仲淹从侄范纯懿之后,故有此刻。"宅中老榆参天，浓阴长蔽，有池塘一泓清水，奇旱弗涸，堪称为奇。"（郑逸梅《范烟桥〈拷红〉传千古》）山茶花盛开时，鲜艳烂漫，园中景色煞是迷人，因此，范烟桥有"一角雅园风物旧，海红花发艳于庭"之吟。这座美丽的小园也成了星社文人的聚集地。郑逸梅在文章中说：

> 这时他继同南社之后，组织星社，我和赵眠云、顾明道、屠守拙、孙纪于、范君博、范菊高、姚赓夔（后易名苏凤），共九人为基本社友。社址即设在烟桥家里，那邻雅小筑，我们经常在那儿聚谈，苔痕阶绿，草色帘青，又复缥帙缃囊，牙签玉轴，到处都是图籍。有时清微的花香，不知从何处飘来，真是个好环境。（《范烟桥〈拷红〉传千古》）

范烟桥爱好交友，经常与好友谈天言地，把酒言欢。少年求学时期，范烟桥就结识了很多爱好文艺的朋友，这帮人后来几乎都成了文坛的腕儿。范烟桥在他的《驹光留影录》中回忆说："其时同学少年，颇多讲求文艺者，后各有成就。如顾诵坤（颉刚）为考古学家，叶绍钧（圣陶）为文学家，吴万（湖帆）、陈俊实（子清）为画家，蒋镜寰（吟秋）为书法家，江铸（红蕉）、郑际望（逸梅）为小说家。"大家志趣相投，时常在课余三五成群，相邀出游，吟诗作对，啸傲山水。范烟桥一生之中加入过同南社、南社、星社、青社等多个文学团体。在苏州定居之后，范烟桥和几位好友组建的星社，成为在当时颇有影响的文学社团之一。"当民国十一年间我离开故乡，移居吴门时，首先和（赵）眠云相识。那时他正是张绪翩翩，而且在胥门开着赵义和米行，不是寒酸的书生。既然臭味相投，自然一见如故，便接连着酒食征逐好几回。在七夕的那一天，他约我和郑逸梅、顾明道、屠守拙、孙纪于诸君以及族叔君博到留园去。我和姚赓夔（苏凤）及舍弟菊高同去，在涵碧山庄闲谈。大家觉得这一种集合很有趣味，就结成了一个社。我说：'今夕是双星渡河之辰，可以题名为星社。'星社就是在这样有意无意之间诞生了。"（范烟桥《星社感旧录》）星社成立后，加入的会员达百人之多，当时通俗文学名家如包天笑、严独鹤、周瘦鹃、程瞻庐、蒋吟秋、程小青、陶冷月、徐碧波等，几乎都是星社成员，他们经常"极诗酒之乐，尽盍簪之欢"。

　　星社是范烟桥参加过的社团里最重要的一个。他是创立者，也是推动星社发展壮大的最大功臣，无论是组织各种活动，还是创办发展社刊《星光》《星报》等，他都亲力亲为。郑逸梅曾说："没有范烟桥，就没有星社。"（郑逸梅《范烟桥〈拷红〉传千古》）十年后，范烟桥写了篇名为《星社十年》的纪念文章，述说自己创办星社的目的："这一天的情况，平淡得很，只是有一桩巧事，孙东吴先生和周瘦鹃先生欣然加入星社，新旧社友就凑成了天罡之数——三十六。我们是不是文坛的魔君，我们倒不敢断定呢。不过，过去的十年中间，我们三十六天罡，有何作为，有何贡献，实在怵于落笔；我们应当自励，虽不能像梁山上朋友横行诸郡，也得分文坛一席地来掉臂游行,这才不负这一回的结合,而更使星社的存在为有意义了。"

在星社的成员中,范烟桥、周瘦鹃和程小青被誉为苏州文人圈中的"三老"。三个人各有特点,周瘦鹃擅长写言情,一生只愿为情所困;程小青擅长写侦探,在神秘惊险的悬疑世界中乐此不疲;范烟桥则更多爱好武侠和黑幕,尤其厌恶言情。他说:"言情之乐者近乎荡,言情之哀者近乎伤。荡则为青年蛊,伤则为青年鸩。况近之世,堕落无状,与其消极讽刺,不若积极鼓励。"(严芙孙《民国旧派小说名家小史》)范烟桥在他的一篇小说《冤枉的恋爱》里自道:"但是我并没觉得什么叫做恋爱,怎样才会恋爱。生平并没有恋爱的事迹可以说些出来,像什么忆语,什么哀史,简直一些没有资料,并且生平极恨那些花啊月啊哥啊妹啊的言情小说,从来没有做过扭扭捏捏的言情作品。"不过,范烟桥所说的没有做过言情作品仅限于他的小说、小品文等,他后来踏入影视行业所写的电影剧本和歌词等,可都是经典的言情作品。

1939年范烟桥根据叶楚伧小说《古戍寒笳记》为国华影业公司改编电影《乱世英雄》。1940年,他又为国华影业公司编写了电影《西厢记》《秦淮世家》《三笑》,并且是与当时的著名导演张石川合作完成。这些电影部部卖座,尤其是他为《西厢记》写的插曲《拷红》,经过"金嗓子"周璇的演唱红遍了上海滩乃至全国各地。范烟桥将传统的昆曲、弹词与流行的音乐相结合,巧妙运用长短句,协平仄韵，推陈出新，动听悦耳。再经过周璇运腔使用，遏云绕梁的演唱，让无数影迷陶醉其中。当年周璇所唱的电影插曲，填词者几乎都是范烟桥。他后来创作的《花好月圆》《夜上海》《花样的年华》等经典歌曲经久不衰，一直到今天都还是众多人弹唱的曲目。2000年，王家卫拍了电影《花样年华》，把范烟桥作词的歌曲《花样的年华》插入了影片中。

正当范烟桥在上海的影视领域如日中天的时候，上海沦陷。为了不跟日本人合作，他辞去了影片公司的职务。他说自己做人的原则是"仰不愧于天，俯不怍于人。哪怕做一个苏州人说的戆大，北京人说的傻子"。他还把自己的书房更名为"歌哭于斯亭"，对国家危亡的哀痛之情，就像《花样的年华》的歌词所写：

花样的年华，月样的精神，冰雪样的聪明，美丽的生活，多情的眷属，圆满的家庭。蓦地里，这孤岛笼罩着惨雾愁云，惨雾愁云。啊，可爱的祖国，几时我能够投进你的怀抱，能见那雾消云散，重见你放出光明。

1949年，范烟桥的人生发生了转折。他在自定年谱《驹光留影录》中写道："全国各地先后解放，十月一日中华人民共和国成立，进入社会主义革命与社会主义建设，以公历纪年。苏州军事管制委员会召开苏州各界人民代表会议，余由东吴附中推为候选人，中学教职员联合会选举，余当选，始参与政治生活。从东吴宿舍迁回温家岸,学习马列主义及毛泽东著作,思想渐得进步,参加社会活动,遵守并贯彻中国共产党政策、方针,努力自我改造,新我故我思潮不断斗争,余有诗云:'吾于解放得更生',盖此时为余一生之转折点。"在全国大潮的席卷下,作为文人的范烟桥也响应号召,用手中的笔书写工农兵。不过,擅长写武侠、黑幕小说和弹词的范烟桥面对那种"欢乐颂"式的政治抒情却捉襟见肘,无奈之下只能利用最为熟悉的弹词向新时代靠拢。在报纸上看到郭忠田的故事,于是他翻唱改写了苏州弹词《人民英雄郭忠田》。他把新中国成立初期的这些创作自嘲为"旧瓶装新酒"。但在新文艺阵营的眼里,范烟桥的"新酒"既质量低劣,也无新意,顶多算是无聊文人的无聊呻吟。最后,连范烟桥自己也觉得无聊,干脆躲入邻雅旧宅,埋头研究历史。因此,除了《人民英雄郭忠田》,范烟桥很少触及现实题材,《唐伯虎外传》《李秀成演义》《晏子故事》《神龟(庄子故事)》《韩世忠与梁红玉》等作品都是在历史中抒写诗意。看到他的这些作品,一些流落海外的旧时友人不免疑惑:范烟桥如今握在手中的,可还是写《夜上海》《花好月圆》《拷红》的那支笔?(张永久《断肠人在天涯——为范烟桥自定年谱〈驹光留影录〉补白》)

苏州文联副主席、苏州市文化局局长、江苏省文联副主席、江苏省政协常委等,范烟桥身上扛着好几个职务头衔,忙碌于各种政治会议,创作《拷红》和《夜上海》的那种满足和惬意恐怕早就没了。苏州人还能记得的,是漫步在临顿河畔的那个谦和的文化局局长:

> 他穿一件深蓝色的中山装,头戴宽边礼帽,一副大墨镜遮住了半个脸,剩下的半个脸,依然是满脸喜色,一团和气,见到熟悉的人,便笑盈盈地点头打招呼。可是他的内心,却是既孤独又苦涩,很少有人注意到还有那种冷清的场景:在江南的暮色中,他彳亍而行,有时候还仰面长叹。范烟桥本来就身材魁梧,脸色黑红,此刻看上去更像一座沉默的铜像。(张永久《断肠人在天涯——为范烟桥自定年谱〈驹光留影录〉补白》)

果然,"文革"初起,谱写了许多"靡靡之音"的范烟桥便遭冲击,与周瘦鹃、程小青三人一起被列为批判对象。1966年8月31日晚,他们三家同时被查抄。1967年3月28日,范烟桥胃溃疡复发,住进第四人民医院,3月31日因心肌梗塞去世。范烟桥去世后,温家岸的邻雅旧宅被充公。后来因为年久失修而墙塌屋危,房管部门便拆除其廊屋,改建为平房住宅,园中的水池亦被填平。1979年落实政策,故居虽归还给了范家后裔,但却只有一半的老宅幸存下来。曾经景色宜人的园子,如今只剩有砖刻门楼、一处沧桑的老房子及两块太湖石,园中花木稀疏,颇为萧瑟,门上挂着写有"范烟桥故居"字样的铜牌。

现在,在范烟桥故居的门楣上,"邻雅旧宅"的题字还异常醒目,透着风雅。

五　茧庐与程小青

郑逸梅在《侦探小说家程小青》一文中说到了苏州三位作家的宅子：

> 煮字疗饥，这是清苦事，所以靠卖稿为生，谈何容易，但却有例外。在我相识的同文中便有三位，把笔耕所得，筑有屋舍，一为周瘦鹃的紫罗兰庵，一为程瞻庐的望云居，一为程小青的茧庐。

既然说过了周瘦鹃的"紫罗兰庵"，就得说说程小青的"茧庐"。

在苏州大学旁边，有条十梓街，从十梓街东端的望星桥往北拐，是一条最典型的苏州老街巷——枕河而生的望星桥北堍。青石铺就的石板路，颜色几乎褪尽，高高低低，错落有致。一边是条石垒砌的驳岸，一边是白墙黛瓦的民居。仿古的亭廊建筑，缓缓流淌着的小河，处处散发着姑苏老城的味道。望星桥北堍23号，就是程小青的故居。故居在一条细窄而逼仄的小巷深处，两边都是斑驳墙面，还爬满青苔，在巷子尽头只有这一户人家，略显破旧的铁门上挂着"程小青故居"匾额。这个小院叫"茧庐"，是主人程小青起的名。

说起程小青，便会想起他笔下的霍桑。在每个侦探迷心目中，都会有一个福尔摩斯，而在上个世纪的中国，每个侦探迷的心中，都有一个霍桑。程小青被称为"中国现代最负盛名的侦探小说家"（谢冕《中国文学之最》），还被誉为"东方的柯南道尔"。范烟桥曾说他模仿柯南道尔的写法，塑造了"中国福尔摩斯——霍桑"，而这个霍桑却"是纯粹的'国产'侦探"（范烟桥《民国旧派小说史略》）。

其实，"霍桑"这个名字的出现实属偶然。1914年，程小青应上海《新闻报》周刊《快活林》的征文，写了侦探小说《灯光人影》。这篇小说的主人公是一个私家侦探，原来名叫"霍森"。不知是编辑有意改动，还是排字工人误排，等到发表后，"霍森"却变成了"霍桑"。程小青便将错就错，把"霍桑"作为他笔下的永久主人公，并在后来创作出了多达两三百万字的系列小说《霍桑探案》。《霍桑探案》问世之后，很快在国内风行，霍桑也成了红极一时的无所不能的大侦探。许多人对于这个名字的来历充满了好奇，程小青曾写文章予以解释说明：

> 自从拙著《霍桑探案》问世以后，有不少好奇的读者，和同文友好，曾向我发过种种有趣的问句："霍桑是谁？""究竟有没有这一个人？""他的命名是不是谐声'吓伤'？或是借用了美国的名小说家Nathaniel Hawthorne霍桑的名义？"
>
> ……
>
> 他的原名本叫霍森。他的第一篇探案的发表，就是民国初

年《快活林》第一次竞赛征文的《灯光人影》。这篇的原稿本写霍森,也许独鹤老友把"森"字给他改了一个"桑"字,或者竟是出于手民先生的好意更改,那已不得而知。当时霍森因着怕登更正广告的麻烦,就也以误就误,直截承认了霍桑。(程小青《侦探小说的多方面》)

伴随着侦探小说《霍桑探案》热销,程小青声名鹊起,无数人对他崇拜敬仰有加。有不少人认为程小青本身就是一个侦探或者至少干过侦探工作,小说中的霍桑只不过是作者的化身。程小青走在路上经常会有人问他:"程先生,最近在侦察什么案子?"生活中的程小青确实喜欢对各种事物进行试探,时常发挥自己的侦探思维。他不但研究过美国学者韦尔斯的《侦探小说技艺论》等专著,广泛涉猎侦探学和罪犯心理学,1924年,他还考取美国某大学的函授生,专门进修侦探学和罪犯心理学。有一次,他把自己的《霍桑侦案》译为英文,投寄美国某杂志,在邮寄之前故意在纸页间撮些轻微的粉末,寄出去大约一个月左右,杂志社把他的稿子退了回来,程小青打开退回稿子的纸页一看,粉末依旧存在,可知这是编辑未经审阅,即贸然退稿的。一气之下他去信诘责。在他的确凿证据之下,编辑不得已只能致信道歉。

1923年,程小青被东吴大学附中破例聘为正式语文教员,举家从上海迁入苏州,并在葑门望星桥北堍筑成新居——茧庐。茧庐在一条狭长的小弄里,两旁只有破败不堪的巍巍高墙,还时常会有残砖烂瓦落下。善于制造悬疑和神秘的程小青选择的居处一如他曲曲折折的侦探小说，幽深而隐秘，并且还带着一丝恐怖。一位曾去拜访程小青的学生后来回忆了当时走过这条小巷的情景：

> 经周瘦鹃先生介绍，我和苏高中同学龚之荣一起，第一次登门拜望程先生。记得他家住在望星桥（原寿星桥）堍，要走过第一人民医院（原博习医院）的太平间后门，旁边又是阴森森的殡仪馆，经常有黑漆棺材横在外面，丧家的男女老少披麻戴孝，哭喊震天……有几位女同学想跟了来，结果半途又逃了回去。（冬苗《程小青先生轶事录》）

从外面看，茧庐确实有点阴森恐怖，不过走进那扇红漆小门，里面就是另一番天地：映入眼帘的是一座花木葱茏、深幽恬静的花园与隐在园边一角的小巧雅致的小楼。茧庐的主体建筑是三间平房，中间是客厅，左右是卧室。屋前有一小庭院，园中种满各种花卉，有凌霄、迎春、月季等等，尤其月季，许多是程小青的女儿程育真从美国寄来的珍贵品种，开花季节群芳争艳、姹紫嫣红。平房东侧，有小型西式楼房一幢，楼上是书斋，数百万字与霍桑有关的那些神奇故事大多在这里诞生。小庭院墙外是一片沃野，可望见远处的农家炊烟、田地耕作的情景，可闻到阵阵微风吹来的田野散发出的馨香。这座小园有一种迷人的静谧之美。程小青专门赋词一首来描述自己的茧庐：

桥畔幽居鲟水西，曲岸风微，小巷人稀。向阳庭院有花蹊，春日芳菲，秋日纷披。

高阁窗前绿树低，晓接朝曦，暮送斜晖。闲来读画更吟诗，家也怡怡，园也熙熙。（《一剪梅·咏家园茧庐》）

然而，这一切都早已成为历史记忆。1957年以后，各种政治运动接踵而至，作为通俗文学代表的鸳鸯蝴蝶派作家自然要倒霉。曾经馨香幽静的茧庐成了程小青的"避难所"，此时的他已是"世乱有心驱猛虎，陆沉无计挽狂澜"（程小青《七十述怀之二》）。当年，他和好友范烟桥、周瘦鹃被称为苏州文坛"三老"，范烟桥是文化局局长，经常出席各种会议；周瘦鹃在他的紫兰小筑研究培养各种花卉盆景，受到领导人的厚爱，倒也风光；唯独擅长写侦探小说的程小青蜷缩在自己构筑的茧庐中。敏感的嗅觉使他似乎闻到了政治的血雨腥风，要"作茧自缚"，把自己紧紧裹住，抵御随时到来的风暴。1962年，在他七十寿辰时，程小青写了一组律诗《七十述怀》，其中一首写道：

少小孤寒门祚单，年华七十几辛酸。常多鬼魅挑心眼，偏寡亲知掬肺肝。午夜咿哦忘漏歇，晓窗挥洒惜春残。沧桑世局曾经历，冷暖人情欲话难。

在诗的序言里，他说："行年七十，历经忧患，伏枥老骥，欣逢盛世，抚昔感今，情不能已……""文革"爆发，程小青、范烟桥和周瘦鹃这三位鸳鸯蝴蝶派的老人都没有逃脱政治风暴，"三老"成了苏州的"三家村"。他们三个人的家同时被抄，接下来便是极尽屈辱的批斗。在程小青去世的前两个月，陆文夫去茧庐看望程小青。此时的程小青和他的茧庐早已没有"家也怡怡，园也熙熙"的温馨情景了：

> 我走完了那条长着青苔的小弄，叩门，希望能像当年那样，来开门的是位老保姆，或者是程师母。叩了半天，想不到来开门的却是程先生自己。我见了程先生十分吃惊，他已经老态龙钟了，耳朵也有点不便。他已经认不出我了，待我大声通报了姓名之后他才猛然想起，紧紧地拉着我的手，问长问短，询问江苏文艺界的老朋友都在哪里，恍如隔世似的。我打量着程先生的家，已经面目全非，他的书斋和小楼都被人占了，花草与盆栽都不见了，只有种在地上的迎春柳还是长得青青的。当我正要向程师母请安时，抬起头来却看见程师母的遗像挂在墙壁上面，这位慈祥的老人已经去世了多日。我为程先生担心了，觉得他经不起如此严重的打击。程师母的一生都在精心地照料着程先生，对程先生的饮食起居照料得细致入微，家里也是收拾得井井有条的。如今，程先生却被挤到一个小房间里，房内空空，只有一张小床，还有一辆他心爱的兰令牌自行车放在床边，车上落满了尘灰。程先生的书籍和手稿都被抄光了，连那张写字台也不见了，只有一张小桌子放在堂屋里。他订了

几份报纸，整天在那里翻来覆去地看，并且把几位能通信的老朋友的地址抄在一张纸上，轮着向老朋友写封信或写首诗，以消磨时日。

……

程先生把我送到大门口，说了一句十分伤心的话："文夫兄，这是我们最后的一次见面了，你多保重。"我忍着眼泪匆匆握别，从那条狭弄中走出去，走了一段回头看，见程先生还呆呆地站在那里。程先生的话不幸而言中，就在我探望他之后不到两个月，他便逝世了，没有能亲眼看到"四人帮"的粉碎。（陆文夫《心香一瓣祭程小青》）

程小青一生之中除了创作大量的侦探小说，还翻译了《福尔摩斯探案全集》《世界名家侦探小说集》《圣徒奇案》《陈查礼探案》等多种，郑逸梅称程小青为"侦探小说的译著权威""侦探小说的巨擘"（郑逸梅《侦探小说家程小青》）。《霍桑探案》的出现，让人们知道了在侦探小说领域英国有柯南道尔、阿加莎·克里斯蒂，美国有爱伦·坡、埃勒里·奎因，日本有松本清张、横沟正史，而中国有程小青。在程小青先生的墓碑上，陆文夫这样写道：

有一位正直而善良的作家在此长眠。他曾经走过漫长的人生之路，艰难、曲折、自强不息，用一枝秃笔，与邪恶卑劣搏斗。他写下了著名的《霍桑探案》，企图揭开一切罪恶的底细，但愿他留下的智慧能使善良的人们变得更聪明些。（《程小青墓志》）